KB177897

연화 蓮花

蓮花
by 安妮寶貝

Text Copyright ⓒ 2007 by 安妮寶貝
All rights reserved.
Korean translation copyright ⓒ 2009 by Erum Publishing Co., Ltd.

이 책의 한국어판 저작권은 저작권자와의 독점 계약으로 이룸에 있습니다.
저작권법에 의하여 한국 내에서 보호를 받는 저작물이므로 무단전재와 무단복제를 금합니다.

안니바오베이 장편소설 | 서은숙 옮김

蓮花

연화

이룸

일러두기

1. 이 책은 安妮寶貝, 『蓮花』(北京, 作家出版社, 2006)를 번역한 것이다.
2. 티베트 지명과 인명 표기에서 일반적으로 많이 알려진 단어는 티베트 관련 서적에서
   관례화된 표현을 참고하였고, 나머지는 중국어 외국어 표기법에 근거하였다.
3. 각주는 옮긴이가 단 것이다.

차례

프롤로그   7

1장 · 꿈속의 화원   17

2장 · 어둠 속의 메아리   63

3장 · 진홍빛 길   121

4장 · 가시면류관   167

5장 · 강철 로프 위를 걷다   217

6장 · 꽃은 활짝 피고 달은 둥글다   269

에필로그   329

옮긴이의 말   351

프롤로그

1

이것은 실재하는 장소를 배경으로 쓴 소설이다. 그러나 소설인 이상, 전적으로 허구에 바탕을 둔다. 그렇기 때문에 어떤 장소이든 그곳은 새로운 암시를 만들어낸다. 작품 속의 이곳은 또 다른 저곳일 수 있다. 둘 사이의 관계는 미묘하게 변화한다. 물을 건너가 저편 언덕에 몸을 맡긴다.

〈히말라야〉의 오리지널 시디는 라싸拉薩의 조그만 가게에서 구입했다. 이 책의 전반부를 쓸 때는 이어폰을 꽂고 앨범의 두번째 수록곡 '노르부Norbu'를 들었다. 간혹 열한번째 수록곡 '카르마Karma'를 듣기도 했다. 오랜 시간 두 곡과 동행했다. 덕분에 빨리 마음이 안정되어 어떤 상태로든 몰입할 수 있게 되었다. 음악이 준 기억의 터널은 푸르른 하늘과 뜨거운 태양, 차가운 눈과 맑은 샘물이 있는 협곡을 지나 궁벽한 마을로 한없이 이어졌다. 망망한 고원에서 자연과 육체가 연결되는 준엄한 느낌은 일종의 뿌리박음이었다. 나는 알았다, 그것이 내 인생에서 얼마나 중요한지를. 그 중요성은 여러 도시들을 떠돌며 겪었던 수많은 경험을 초월했다. 내가 해낸 수많은 일들을 초월했다.

책의 후반부를 쓸 때는 음악 듣기를 그만두었다. 기억의 터널을 통과해 이해의 핵심에 도달했다고 믿었기 때문이다. 결국 필요한 것은 침묵뿐이었다.

2

　　　　　　　　　모퇴^{墨脫}. 이것은 지도 위 하나의
표식이다. 잡지에서 그곳에 관한 기사를 본 것은 제법 오래전 일이
다. 내가 본 한 장의 사진에서 맨발의 짐꾼은 물건을 짊어지고 숲
속을 걸어가고 있었다. 질척거리는 진창과 물에 젖어 뒤엉킨 나뭇
가지와 덩굴들. 거기에는 이렇게 쓰여 있었다.

　오래전 이곳은 연꽃이 숨어 있는 성지라 칭해졌다.

　신산한 노정을 겪지 않고 어떻게 아름다운 곳에 다다를 수 있을
것인가. 신비의 상징이었던 곳. 그곳이 발하는 의미는 일종의 인도
^{引導}이다. 미혹한 중생을 깨달음의 길로 들어서게 한다는.

　얄룽창포^{雅魯藏布} 협곡으로 가는 도중 스스로 죽을지도 모른다고
생각했었다. 밤이 되어 산골짝의 목조 바라크에서 유숙할 때에는
잠들기 전 나에게 묻곤 했다. 내일도 변함없이 살아서 길을 재촉할
수 있을까. 아니면 붕괴된 토사와 진흙에 깔려 죽을까. 매일 똑같았

다. 이 경험을 통해 나는 이미 그전의 내가 아님을 깨닫게 되었다.

모튀의 길은 매우 위험하다. 가지 않기를 바란다. 이것만은 꼭
알려주고 싶다.

3

　　　　　　　　　　자발적인 선택에 의한 것이든 누
군가에 이끌려 가게 된 수동적인 여정이든, 모든 여정은 그것에 수
반되는 우의寓意 또한 책임져야 한다. 그것은 시간이 유전하는 여정
이다. 생명이 변화하는 여정이다. 그리고 인간 속세를 관통하는 여
정이다. 또한 강인하게 침묵하고 인내하는 정신이 실천하는 여정
이다.

중생은 연못 속의 연꽃과 같다고 누군가 말했다. 어떤 것은 초
탈 속에 활짝 피어나 있고, 나머지는 물에 깊이 잠겨 유현한 진흙
속에 침륜해 있다. 어떤 것들은 피기 직전이라 더 많은 빛을 필요
로 한다. 이 소설은 인생의 상이한 모습에 대해 쓰고 있다. 그것은
전혀 다른 종류의 죽음, 고통 그리고 따스함에 대해 쓰는 것과 같
았다. 그들의 지향과 추구 그리고 획득한 길. 만약 모든 여정이 반

드시 그 결말을 획득해야 한다면, 그것은 응당 그 길을 거스르지 않는 하나의 안배로 간주되어야 한다.

연꽃은 일종의 탄생을 상징한다. 그것은 더러움을 씻어내고 어둠 속에서 빛을 향한다. 상상을 초월한 새로운 세계의 탄생이다.

4

이 책은 우의에 관한 것이요, 영혼의 역사에 관한 것이요, 사람들이 걸어가는 여정에 관한 것이다. 그러나 사람들의 노력은 늘 부족하게 마련이다. 어쩌면 이것은 이미 하나의 결과일지도 모른다. 연꽃. 제목이 무척 잘 어울린다.

5

사진은 모두 디지털 카메라로 찍었다. 폭우와 힘든 여정 때문에 그 수는 극히 적다. 그리고 아름답고 신기한 경치는 찍고 싶지 않았다. 카메라 렌즈가 그 아름다움을 왜곡시키고 약화시킬지도 모를 일이니까. 아름다움은 그 자체로 존재해야만 비로소 가장 온전하다. 이 사진들은 기록의 일부일 뿐이다. 나의 기억에는 사진이 전혀 필요하지 않다.

6

　　　　　　　　　　　　내가 쓴 책을 당신이 줄곧 읽어왔다는 사실을 알고 있다. 첫번째 책에서부터 일곱번째 이 책까지. 작가의 창작과 독자의 독서는 낯선 두 사람의 내면이 열리는 것과 같다. 지금까지 변함없이, 내 자신이 쓰고 있는 글이 물속에 쓰는 글임을 나는 보았다.

　소설은 내향적 자기 성찰을 나타내면서 표상에 대한 초월을 이야기해야만 영혼의 범주를 확대하고, 인성과 사물의 여러 가능성과 복잡성을 더 잘 이해할 수 있다고 늘 생각해왔다. 소설은 개인적 기질을 지닌다. 설령 오해와 비판에 직면하더라도 여전히 그렇게 단정할 수 있다. 창작자로 말하자면, 소설은 근본적으로 개인의 적막한 경험이다. 그것은 그의 길이다. 독자 역시 마찬가지이다. 당신에게 이 책이 읽을 만한 가치가 있기를 바란다.

7 _____

이 책을 바친다.

나의 아버지에게

나의 어머니에게

내가 사랑하는 사람들에게

2004년과 2005년 사이의 열 달에게

이것은 작지만, 또한 소중한 기념이다.

2005년 12월, 안니바오베이

또 내가 새 하늘과 새 땅을 보니
처음 하늘과 처음 땅이 없어졌고
바다도 다시 있지 않더라
— 요한계시록 21장 1절

1장 · 꿈속의 화원

1

이른 새벽, 그녀는 방 안에서 나는 미세한 소리를 들었다. 한방을 쓰는 낯선 남자가 어둠 속에서 일어나 더듬더듬 옷을 찾아 입은 후, 문을 열고 밖으로 나간 것 같다. 희미한 빛이 사그라지며 그의 하얀 면 셔츠가 문틈에서 돌연 사라졌다. 밤하늘을 스쳐 지나가는 새의 날개처럼 아무런 흔적도 남기지 않았다. 르마日瑪 여관의 좁은 나무 계단은 하중을 이기지 못하고 삐걱삐걱 소리를 냈다. 눈을 뜨고 귀를 기울였다. 창밖으로 빗소리가 쏴쏴 들렸다. 마치 어릴 때 종이 상자에서 키우던 누에가 커다란 뽕잎 위를 꿈틀거리며 밤새 조금씩 갉아먹던 소리 같다. 왕성하고도 지속적인 소리, 빗소리.

수없이, 그녀는 이런 시간에 깨어나고 싶어 한 적이 있다. 라싸의 밤비를 볼 수 있었다. 밤비는 신비한 자태로 나타났다 사라지며 만물이 잠든 시간에 고원의 산골짝과 땅 위로 떨어지다가, 새벽이 되어서야 멈추었다. 그러나 이곳에서 지내는 1년 반 동안 그녀는 잠을 이루지 못한 적이 없었다. 잠은 사나웠다. 매번 머리가 베개에 닿자마자 까무러치듯 잠에 곯아떨어졌다. 공기 중에 산소가 부족하기 때문일 것이다. 뇌로 공급되는 혈류가 느려져 마취라도 당한 듯 가벼운 현기증이 일었다. 고산병의 한 증상이었다. 단, 그녀만 모르고 있었지만.

눈이 떠졌다. 일곱시쯤이었다. 하늘은 맑고 공기는 청량했다. 비 온 뒤의 아침놀은 눈이 부셨다. 밤의 소리와 소음은 흔적 없이 사라졌다. 여관 창문 아래로 티베트족의 단층집이 이어져 있었다. 지붕 위의 채색 번기幡旗가 바람을 맞으며 요란하게 펄럭였다. 작은 물웅덩이 대여섯 곳만이 남아 있었다. 머지않아 햇빛이 구름을 뚫고 나오면 그것도 사라질 것이다. 대지는 소생한 후 자신의 뜨겁고 건조한 기질을 회복했다.

그녀는 그에게 이렇게 말한 적이 있다.

"이곳 비는 마치 신의 흔적 같아서 엿보는 게 불가능해요. 비는 스스로 제 할 일을 할 뿐 사람들의 이해나 추측을 기다리지 않죠. 이런 비는 세계 어느 도시에서도 볼 수 없을 거예요. 이건 당신이 감각할 수 있는 기적이에요. 지척에 있어요. 지금까지의 경험과는 전혀 다를 거예요. 이건 신이 비호한다는 암시예요."

그녀는 늘 휴대하는 수첩에 19세기 유럽 탐험가 에바리스테 신부Régis-Evariste Huc(1813~1860). 19세기 프랑스인 선교사로 중국을 경유하여 티베트로 갔다.가 쓴 라싸에 대한 묘사를 발췌해 적었다. 하얀 실크 표지의 수첩에는 잡다하고 자질구레한 메모들이 적혀 있다. 각종 전공 서적에서 읽은 내용, 단속적이고 연관성 없는 시와 일기, 몇 장의 사진과 잡지의 한 부분에서 잘라낸 것, 가령 식물植物과 식물食物, 인물 초상이나 지방지, 또는 디자인 소재 등이 끼여 있다. 간혹 건물이나 조그만 물체의 세부를 그린 소박한 필치의 연필 소묘도 섞여 있다. 볼펜으로 휘갈겨 쓴 작은 글씨도 있다.

에바리스테가 살던 시절 라싸는 활기가 넘치는 작은 성이다. 그곳에 거주하는 사람의 3분의 2가 승려였지만 진정한 종교적 분위기는 느껴지지 않는다. …… 이 성의 특징은 혼돈이다. 부유함과 가난함, 상업적인 간교함과 수도 생활의 순진무구함, 귀족들의 허위와 유목민의 비속함. 그러한 다양한 직업, 희망, 민족과 계급의 예증으로 쇠모르의 소음, 주문을 외우는 단조로운 가락, 소라나팔 소리, 시장 희생물들의 울음소리가 제공된다.

낮에는 티베트족, 한족, 몽고족, 카슈미르 사람, 그리고 낯빛이 짙고 어두운 부탄인들이 보인다. 그들은 즐겁게 웃고, 중얼중얼 기도를 하며, 물건을 사고팔기도 한다. 이 혼잡한 무리들 중에 일부만이 라싸에서 생활한다. 나머지는 국경을 넘는 여행자, 유랑하는 걸인, 경내의 사원에서 온 승려들이다. 간혹 수개월을 여행해야만 이곳에 올 수 있는 농부와 상인들도 섞여 있다.

라싸는 주로 두 가지 상품으로 유명하다. 양모 직물과 중국 중원으로 팔려가는 향이다. 오로지 티베트족만이 그것을 생산할 수 있다. 금속세공품은 언제나 그렇듯 정교한 솜씨를 지닌 예술가만이 자유자재로 다룰 수 있다. 그들이 바로 히말라야 지역에서만 볼 수 있는 금은세공업자와 주조공과 대장장이들이다.

그녀는 글자 자체에 빠져 한 글자씩 조용히 읽었다. 그 배열과 조합이 신선하고 색다른 기운을 발산해 마치 지금 여기와는 아무런 관련이 없는 것 같았다. 밤비만이 긴 미망迷惘의 시간을 수행隨行하며 밤새 황폐한 잿빛 고원의 성을 뒤덮을 것이다. 때로 그녀는 이곳이 사라져버린 궁전, 잡초 무성한 적막한 옛 숲속에 버려진 궁전을 닮았다는 생각이 들었다. 벽화, 사원, 부처 그리고 오체투지하는 사람들. 투사 거리가 더욱 가까운 햇살 속에, 사람과 하늘의 관계는 이처럼 밀접했다.

2

그녀가 체류하는 르마 여관. 나날이 퇴락해가는 민박식 작은 여관. 성수기의 여행객들은 대개 인테리어가 멋있는 새 여관에 미혹되는데, 그 건물들은 통상 베이징동로北京東路 양쪽에 위치해 있다. 반면에 이 낡은 여관은 구불구불 갈라지는 좁은 골목 안에 숨어 있다. 외진 곳에 있어 일부러 찾아오는 단골만 맞이한다. 여행안내서 『론리 플래닛』에서 이름을 듣고 찾아오는 외국인 중에는 한국인과 일본인이 가장 많다. 유럽 여행객도 일부 있다. 여관의 양식당은 간소한 내부 장식에 비해 요리가 아주 전통적이다. 넓은 정원에는 화초가 가득 심어져 있다. 밤늦게 돌아오는 투숙객은 우물 옆에 있는 펌프에서 물을 길어 씻는다.

이른 아침에는 혼자 온 젊은 여자를 볼 수 있다. 칠흑 같은 긴 머리를 풀어헤친 그녀는 담배를 피우면서 세숫대야를 받쳐 들고 뜰의 석판 바닥을 지나 공용 욕실로 간다. 복도의 나무 의자에 앉아 지도를 보는 사람들은 무표정하다. 한밤중에 잠 못 이루고 나온 사람들 중에는 그곳에 앉아 정신을 놓은 이도 있다. 일부는 그곳에서 지낸 지 오래된 사람들이고, 일부는 겨우 하루 이틀 머물다 다시 떠난다. 지나가며 담뱃불을 빌리거나 몇 마디 건네는 것은 극히 자연스러운 일이다. 언제든 말할 수 있다. 그리고 언제든 자취를 감출 수 있다.

그가 도착한 한밤중. 문이 밀리는 순간, 축축하고 서늘한 비 냄새가 들이닥쳤다. 남자는 배낭을 내려놓고 침댓가의 스탠드를 켠 다음 방풍용 외투를 벗었다. 화학섬유 재질의 얇은 옷감이 공기 중에 스치며 서걱거렸다. 흐린 등불이 빗물이 어른거리는 유리창을 비추자 남방에서 온 남자의 모습이 떠올랐다. 얼굴은 스물다섯이나 되었을까, 젊어 보였다. 그의 눈은 얼굴보다 10년은 더 늙어 보였다. 이리하여 그의 실제 나이가 드러났다.

"쉬시는데 죄송합니다. 도중에 기차가 고장나는 바람에 밤늦게야 도착했거든요."

그의 어조는 담백하고 어색함이 전혀 없다. 마치 그녀를 오래전부터 잘 알고 있던 사람 같다. 그는 출발하기 전 인터넷에서 라싸에 관한 자료를 찾다가 그녀의 이름을 보았다. 라싸를 다녀온 여행객들은 인터넷 여행기나 일기에서 르마 여관 307호의 여자 투숙객을 언급하곤 했다. 매일 아침 복도에서 한약을 달이는, 말 한마디 없는 괴이한 여자. 병을 앓고 있고, 그냥저냥 하는 일 없이 라싸에 머물고 있는 여자. 모두들 그녀의 병을 짐작만 할 뿐, 그녀의 과거를 아는 사람은 없었다. 겨우 칭자오慶昭 라는 이름 정도만 알고 있었다.

9월은 결코 성수기가 아니다. 그녀가 지내는 방은 벌써 한참동안 비어 있다. 옆의 두 침대는 끊임없이 사람들이 오고 갔다. 길 위의 사람들은 세계의 구석구석에서 비행기·기차·화물차·버스·자전거·도보 등을 통해 이 고원 위 도시로 모여들었다. 그리고 잠시 머문 후 다시 티베트의 다른 곳으로 흩어져갔다.

기나긴 밤 함께 잠들었던 그들이 남긴 각기 다른 체온과 냄새, 소리는 조수처럼 가볍게 출렁거렸다. 그녀는 사람들과 거리를 두었다. 말을 붙이거나 일부러 다가가 친해지려 하지 않았다. 그녀의 자기장에는 일종의 자각과 자기통제가 설정되어 있었다. 그녀의 섬은 흔들림 없이 고요했고 자신만의 이동 규칙을 따라 서서히 변화에 대응했다. 이를 통해 그녀는 안전하다고 느꼈다. 사람들과 대화를 나누는 일은 거의 없었다. 점점 주변 사람들에 대해 흥미를 잃어갔다. 떠나고 나면 그들의 이름, 신분, 나이, 고향 등은 빠르게 잊혀졌다. 남는 것이라고는 하나도 없었다. 지금까지 얼굴을 기억한 적은 한 번도 없었다.

이 순간, 그녀는 그의 아름다움을 보았다. 강물에 거꾸로 비친 수선화처럼, 스스로 자긍심은 있으나 자신의 아름다움이 사람들의 얼굴에 감동의 빛을 어리게 하는 것을 모른다. 어둠 속에 앉아 있으나 옅은 불빛이 눈부시게 비친다. 말하려다 마는 듯한 눈가의 눈썹이 가늘고 길다. 그녀는 그의 한쪽 눈을 보았다. 세상과 멀리 떨어져 있는 그의 내면을 보았다. 절벽 위에 혼자 앉아 파란 해수면을 응시하면서 마음이 거울처럼 평화로운 남자. 그는 그런 남자였다.

아마 여러 해가 지나고 나면 늘 그랬듯 그녀는 그의 얼굴을 잊을지도 모른다. 그것은 흙더미에서 파낸 도기 같다. 도기 뚜껑을 열면 꽉 차 있는 매실이 보인다. 촉촉한 푸른 잎은 새벽안개 속에서 갓 따낸 것 같다. 하지만 세상에 나온 지 1분도 안 되어 잎과 열매는 급속히 검게 변하고 썩는다. 그것은 공기나 빛과 접촉해서는 안 된다. 금기禁忌 속에 유폐될 뿐이다. 그라는 질료는 가까이 있는, 그녀가 만질 수 있는 진실이다. 하지만 끝내 알 수 없을 것이다. 방관자의 손에 잡히는 최저한도는, 그의 내면에 정한 기준의 2분의 1, 5분의 1, 아니면 10분의 1이다. 혹은 그보다 훨씬 적다.

그리고, 그녀는 장차 동일한 방식으로 그에 대한 기억을 유보하고 훼손시킬 것이다.

3

간혹 그는 마케아메瑪吉阿米, 6대 달라이 라마 '창양 갸초'가 그리워했던 여인의 이름을 딴 거리이다.의 노천카페에서 그녀를 보곤했다. 그녀는 수를 놓은 헝겊신을 신고, 어깨에는 이끼색의 마로 만든 스카프를 둘렀다. 또한 머리에는 모자를 써 현기증이 일어날 것만 같은 햇빛을 막았다. 그녀는 오후에 나타났다. 늘 앉는 자리의 나무 의자에 앉아 탁자에 등을 대고, 건물 아래 바코르가八廓街와 그곳에 출현하는 무수한 사람들로 시선을 향했다. 오랜 시간 눈을 감고 햇볕을 쬐며 미동조차 하지 않는다. 얼음물을 마시거나 청과주青稞酒, 청과맥을 직접 발효시켜 빚은 술로 단맛에 신맛이 섞여 있다.를 시켜 씻지 않은 유리잔에 따라 마신다. 하얀 액체. 몸을 굽히고 머리를 숙여 뭐라 형용할 수 없는 맑은 향기를 맡는다. 그것은 마치 꽃이 활짝 핀 외딴 숲에 방금 발을 들여놓은 것처럼 믿을 수 없는 진실함을 지니고 있다.

그는 이제 한참동안 말 한마디 하지 않는 여자의 아름다움을 이해하고 감상할 수 있었다. 침묵은 그녀의 목과 팔뚝의 수척한 윤곽을 도드라지게 했고, 약간 굽어 보이는 등과 허리는 그다지 체력이 좋지 않다는 것을 보여주는 듯했다. 그녀가 그에게 말했듯이, 그녀는 작가였다.

"작가의 육체는 정적인 힘으로 장시간의 집필 작업을 버텨내요. 근육은 경직되고 얼굴 표정은 정체되죠. 단지 손가락만 힘이 있고 자유로워요. 작가들은 대체로 활기가 없고 쉽게 늙는 것같이 보이죠. 작가들 중에 운동이나 말하기를 좋아하는 사람을 기대하기란 정말 어려워요. 왜냐면 작가들은 신체 평형 능력과 구술 표현 능력이 나날이 퇴화할 수도 있거든요. 만약 정반대라고 한다면, 그 작가의 전문성을 의심해야 할 거예요."

그녀는 이렇게 말했다.

그녀는 바코르 거리 부근의 쉐위雪域 식당에서 식사를 했다. 아침은 간단히 토스트 한 조각과 신선한 첨차甛茶, 카페인이 없는 천연 단맛의 차로 시원한 맛을 낸다., 점심은 간소한 밥에 야채와 카레, 저녁에는 담백하고 진한 요구르트를 먹었다. 그녀처럼 혼자 밥을 먹는 여자는 또 있었다. 창가 자리에서 여행 책자를 읽는 프랑스 여자였다. 나이가 든 그 여자는 인디언처럼 머리를 땋고, 밥을 먹고 나면 담배에 불을 붙여 물고 우아하고 침착하게 시간을 보냈다. 그녀는 외국인이 모이는 곳에서 식사를 했다. 상이한 피부색과 머리색의 낯선 사람들 속에서 조수처럼 끊임없이 밀려왔다 밀려가는 주위의 낯선 언어를 듣고 있었다. 마치 내면으로부터 격리된 것 같다.

첨차관은 통상 티베트식 건물의 아래층에 위치했다. 외벽은 흰

석회를 바르고, 선명한 색깔의 틀로 장식한 문과 창에는 두꺼운 천으로 만든 커튼이 드리워 있다. 외부는 햇빛이 비추기 때문에 환하지만 문발 뒤로 들어가면 어두워졌다. 실내는 낮고 좁다. 공기는 온통 연무와 홍차, 소똥 냄새와 썩는 냄새로 가득하다. 안에는 조리 슬리퍼를 신고 차림새가 불결한 히피, 검은 피부와 형형한 눈빛의 현지 남자들이 앉아 있다. 이 사람들은 그늘 속에 숨어 있어 생김새가 분명하지 않다. 잔에 남은 홍차를 다 비우고 나면 조용히 일어나 떠난다.

황혼의 거리는 적막하고 쓸쓸해진다. 전경轉經, 불교에서 경전을 읽을 때 경문 전체를 차례로 읽지 않고 처음·중간·끝의 몇 줄만 읽거나 넘기면서 띄엄띄엄 읽는 것을 말한다.을 하거나 좌판을 늘어놓은 현지인들은 여기저기 붐비던 여행객들과 함께 점차 사라진다. 죠캉 사원大昭寺은 승객을 모두 하선시킨 화려한 선박이다. 멀리 햇빛 속으로 사라지는 검푸른 고산高山이 엄숙하고 경건하다. 그녀가 광장에서 일어나 자리를 뜬다. 그리고 소리 없이 그의 곁을 지나간다. 한 조각 얇은 전지剪紙처럼. 손목의 은팔찌만이 가볍게 부딪히며 짤랑짤랑 소리를 낸다. 그는 이 장면을 오래도록 기억했다.

한밤중 그녀는 침대에서 책을 읽는다. 그의 잠을 방해할까 봐 불은 켜지 않는다. 양초 한 다발을 사서 침대 밑에 두고 책을 읽을 때면 그 중 하나에 불을 붙인다. 그녀는 『스타인 탐험기』를 가지고 다닌다. 때로는 칼 세이건의 『코스모스』, 『힌두교의 기원과 발전』,

『노자』 혹은 『고대식물 화석사』도 읽는다. 페이지의 옆면이 붉게 칠해진 소박하면서도 고상한 영중 합역본 『성경』은 베개맡에 놓여 있다. 그녀의 독서는 사치에 가까울 만큼 무용하다. 연필로 줄을 그을 뿐 아니라 뭔가도 적는다. 집중.

4

그의 목적지는 모둬였다. 흰 종이를 여섯 조각으로 나누어 동행을 구한다는 메모를 써 배낭여행객이 가장 많이 모이는 류자六家 여관에 붙였다. 이런 내용이다.

5일 후 모둬로 출발 예정. 동행을 원하는 분은 연락 바람.

메모판으로 쓰이는 칠판에 겹겹이 붙어 있는 낡은 혹은 새로운 종이들이 바람을 맞으며 바스락거렸다. 대개 여름 성수기 때에 남긴 것들이다. 주로 아리阿里나 주펑珠峰이고, 가까운 나무춰納木錯도 인기 지역이다. 모둬를 거론하는 사람은 전혀 없었다.

그의 가방에는 1982년에 출판된 『변증법사』가 있었다. 표지는 4분의 1을 차지한 어두운 남색과 4분의 3을 차지한 회백색이 가는 하얀 선으로 나뉘어 있다. 종이는 20여 년이라는 세월의 손길로 푸석거리고 누렇게 바랬다. 그는 혼자 있을 때면 간혹 책을 뒤적였다. '보편적인 자연 규칙에 따라 진행되는 기계적인 발전은 우주 구조의 기원이다……' 1장은 칸트의 논술이다. 그의 관심은 늘 1장에 머물러 있는 듯, 흘려 쓴 글씨와 그은 선이 보인다. 다른 페이지는 여전히 보지 않은 채로 남아 있다.

밤에 잠이 안 오면 그는 달빛에 비친 구름이 바람 속을 조용히 이동하는 것을 바라보며 한참동안 회랑의 나무 의자에 앉아 있곤 했다. 마치 지난 시절 소모해버린 많은 시간에 대한 보답을 이제야 얻는 것만 같다.

두 사람은 라싸 박물관에 갔다. 오후, 넓은 전시실에는 겨우 두어 사람뿐이다. 황량하기 그지없다. 계단과 회랑에 의자 몇 개가 놓여 있고, 유리 천장에서 쏟아지는 어둡고 차가운 빛이 의자를 비춘다. 그는 혼자 그곳에 앉아 다시 책을 뒤적였다. 전시실에는 불상, 티베트어 문헌, 탕카 종이나 비단에 화려한 무늬를 그려 넣은 티베트 회화의 일종, 악기, 법기, 공예품과 도기가 진열되어 있다. 남자의 이런 고요함은 마치 오래된 유물 특유의 빛을 한 다발씩 몸으로 흡수하려는 것 같다.

그가 다른 여행객들과 같지 않다는 것을 그녀는 느낌으로 알 수 있었다. 라싸는 정말 많은 사람들이 지나간다. 그들은 대개 멋진 장비를 갖췄다. 금방이라도 적진으로 돌격할 듯 명품 등산복에 등산화를 걸치고 선글라스를 쓰고 지프를 몰며 과시하고 흥청거린다.

고급 카메라를 들고 여기서는 너무 흔해 신기할 것도 없는 경치를 찍어대고(카메라 장비와 필름도 물론 거금을 들인 것이다), 누구나 다 가는 관광지(그 중에는 무료하기 짝이 없는 인공 조경도 끼어 있다)로 몰려간다. 여행 엽서와 똑같은 구도의 평범한 사진을 인화해, 아침 아홉시부터 저녁 다섯시까지 도시에서 휴가 없이 일하는 사람들에게 보내 자랑할 뿐이다.

그들은 여행 목적지를 한곳 한곳 돌파하는 것이 목표고, 그것을 상상할 수 있는 가장 자유로운 생활로 여긴다. 공리적이나 무미건조한 여행자들. 하지만 그녀는 사해四海를 집으로 삼아 떠돌아다닐 뿐만 아니라 언제 어디서든 발을 멈추고 고요히 생활할 수 있는 사람을 좋아한다. 인파 속에서 그들을 충분히 구별해낼 수 있다.

그녀는 그에게 여관 밖 노점에서 밤참을 먹자고 청했다. 그는 일어나 외투를 입고 그녀와 함께 복도의 문을 열어두었다. 여관은 밤 열한시가 되면 바로 문을 잠그기 때문에 밤늦게 귀가하는 투숙객은 큰 소리로 문을 두드릴 수밖에 없었다. 그래서 두 사람은 문을 닫아두기만 하고 잠그지는 않았다. 한밤중, 조용하고 쓸쓸해 보이는 베이징동로에는 티베트족 여자가 삼륜차를 세우고 고치 구이를 튀기고 있었다. 가는 대나무 가지에는 감자나 야채, 야크 고기가 꽂혀 있다. 튀긴 후 뜨거울 때 고춧가루와 쯔란孜然, 중앙아시아와 이란 일대에서 나는 풀로 짙은 녹색에 박하향이 난다. 일명 이란 회향(茴香)이라고 하며, 중국에서는 신장(新疆)에서만 자란다. 가루를 뿌려 먹으면 된다. 두 사람은 나무 걸상에 앉았다. 그녀는 두 손을 허리띠 사이에 꽂고 다리를 곧게 펴서 몸을 쭉 폈다. 서늘한 밤공기는 사람을 흥분시켰다.

그녀가 말했다.

"9월이라고 해도 모퉈의 우기가 완전히 끝난 건 아니에요. 간혹 더 길어질 수도 있고요. 매년 그곳에 들어갈 수 있는 여행객은 겨우 100명에 불과하다고 해요. 붕괴된 토사나 진흙더미, 그리고 산사태 때문에 출입이 통제되는 길이거든요. 현지인들도 도중에 돌에 맞거나 강물에 빠지는 경우가 있어요. 외지에서 온 사람들은 보통, 체력이나 심리적인 준비가 충분하지 않으니까 경솔하게 들어가서는 더욱 안 돼요. 제 생각에 동행을 구하는 건 어려울 것 같아요."

"만약 동행을 못 구하면 혼자 가면 됩니다. 모퉈에서 만나야 할 친구가 있습니다."

"친구가 거기 사나요?"

"4년 전에 그곳 아이들을 가르치려고 협곡으로 들어갔습니다. 지금까지 돌아오지 않고 있고요."

"허가가 나기는 조금 어려울 거예요. 당신이 갈 곳은 전국에서도 도로가 뚫리지 않은 유일한 도시거든요. 예전에 정부에서 보미波密 —모퉈 간 도로를 가설했지만 빈번한 토사 붕괴로 무너져 사라지고 말았어요. 도움을 받을 교통수단이 전혀 없어요. 진입하는 데 최소한 나흘은 걸어야 하고, 나오는 데 다시 나흘을 걸어야 해요."

"예, 알고 있습니다."

"아주 오래전에 잡지에서 모퉈에 관한 소개를 본 적이 있어요. 얄룽창포 대협곡의 고산준령 속에 깊숙이 숨은 곳이에요. 지명은 티베트어로 '꽃송이'라는 뜻이고요. 지금까지 세상과 단절돼 편지조차 통하지 않지요. 옛날에는 '백마강白瑪崗'이라고 불렸는데 '비밀의 연꽃 성지'라는 뜻이죠. 대장경『감주이甘珠爾』에서 '불교의 정토 백마강은 절경 중에서도 최고 절경'이라고 했어요. 그곳은 신비하고 거룩한 곳으로 많은 이들이 동경하고 있죠."

"편지에서 봄이 되면 산과 들에 꽃이 흐드러지게 피고 나비 수천 마리가 모여든다고 하더군요. 말로는 이루 다 표현할 수 없다고요."

"당신은 항상 그런가요? 누군가에게 약속한 일은 반드시 지키고야 마는."

"어떤 일들은 겉보기에는 상대에게 하는 것 같지만, 어쩌면 자신을 위해 하는 것일지도 모릅니다. 그녀는 개의치 않을 겁니다. 비록 약속의 실행이 너무 늦었다 해도."

"그럼, 이전에는 뭘 하셨나요?"

"분주한 노동과 단조로운 일상이었습니다. 모든 것을 잃기 전까지는요."

그는 잠시 말을 멈추었다. 그리고 말했다.

"그녀를 보러 가는 것이 언제가 더 좋을지, 예전에는 생각해본 적이 없는 것 같아요……. 인간은 결코 시간을 통제할 수 없더군요."

"경전에 보면 씨를 뿌려 가꾸는 것도 때가 있고, 수확하는 것도 때가 있다고 해요."

들고 있던 가는 대꼬챙이를 던져버리고 담배에 불을 붙이며 그녀가 말했다.

"라싸에 오기 전, 베이징에서 수술을 했어요. 몸 안에 뭔가가 자라고 있었어요. 의사 말이 재발하기 쉬우니 가능한 빨리 결혼을 하고 아이를 낳아야 한다고 했어요. 어쩌면 그럴 경우 좋아질지도 모른다고요. 하지만 병 때문에 갑자기 라이프 스타일을 바꾸는 건, 이유가 있다 하더라도 여전히 억지죠. 제가 얼마나 오래 버틸 수 있는지 한번 보려고 해요. 시간이 내게 결재를 해줄 때까지."

"공항에서 오는 길에 처음 포탈라 궁을 보았습니다. 차를 타고 그곳을 에워싼 담장 밑을 지나가는데, 생기가 없고 사람을 압도하는 기세도 전혀 느껴지지 않았습니다. 사진으로 볼 때는 거대한 건축물이자 넘을 수 없는 신성한 곳이라 생각했는데 약간 실망했습니다."

"많은 사람들이 당신과 비슷한 생각을 해요. 하지만 오랜 시간 보고 나면 서서히 그것의 드높은 장엄미를 느낄 수 있을 거예요. 이렇게 인식하기까지의 과정은 지루하고 복잡하죠. 병렬 혹은 대비되는 상황이 대체로 중요해요."

"이렇게 오랫동안 라싸에 머무는 이유는 뭡니까?"

"여기는 초탈의 각도에서 현실과 허구의 특징을 관찰할 수 있는 도시예요. 그러니까 속세에서 온 모든 수도자를 위한 도시지요. 만약 당신이 인생의 진실을 의심해본 적이 있다면 말이죠. 병원에서 보낸 시간은 제 인생을 바꾸었어요. 환자의 관심은 오로지 신체적 감각뿐이죠. 그 순간 자신이 존재한다는 감각이나 지각보다 더 중요한 사물도 사람도 없어요. 피, 오줌, 심전도, 통증의 위치, 주사바늘을 찌르는 힘, 약의 부작용, 구토와 불면, 전신 가려움, 썩어 점차 유합癒合되는 상처, 병소病巢는 처리되거나 억제되어야 해요. 만일 육체가 존재하지 않는다면, 의식을 잃고 난 후 정신과 의지도 곧 존재하지 않게 되죠."

"……."

"죽음은 창궐하는 허위를 돌파하는 진실이에요. 그것은 끝내 우리에게 알려주죠. 남들이 당신을 어떻게 보든, 당신 자신이 어떻게 인생을 탐험하든 그 모두는 결코 중요하지 않다는 것을요. 중요한 것은, 손가락 사이로 빗물처럼 쉼 없이 떨어지는 시간을 반드시 진실된 방식으로 보내야 한다는 거예요. 앞으로 어떻게 살 것인지 알아야만 해요."

"……."

밤 풍경이 고요했다. 노점 주인인 위구르족 남자는 화로와 의자를 정리하기 시작했다. 손수레를 단단히 묶고 좌판을 걷으며 돌아갈 준비를 했다. 대로변 빈터에는 쓰레기가 어지러이 널려 있었다. 술 취한 젊은 한국 여자가 지나갔다.

칠흑 같은 긴 머리를 한 그녀는 작은 소리로 웃었다. 내내 말이 적었지만 때로는 말이 많아질 뿐 아니라 상대의 말문을 막았다. 환자에게 부드럽고 유머러스한 말로 즐거움을 찾으라고 요구할 수는 없다. 그것은 불가능한 일. 그녀는 억압된 내면의 방황과 두려움을 말하기 위한 그 어떤 시도도 하지 않았다. 침묵의 상태로 머무르는 것, 그것은 그녀가 앓는 질병의 중심지였다.

그녀는 묵묵히 거리의 야경을 바라보며 담배꽁초의 불을 발로 비벼 껐다. 노란 보름달과 짙은 구름이 떠 있었다. 예의 습관적인 냉담한 표정이 다시 그녀의 얼굴에 어렸다. 몸을 일으키며 말했다.

"내일은 티베트 최초의 사원을 구경시켜줄게요. 사뉘에 사원^{桑耶寺}은 산의 남쪽 즉, 얄룽창포 강 북쪽 언덕에 있어요. 배로 강을 건너야만 하죠. 하룻밤 묵고 돌아올 거예요."

5

문이 열렸다. 빛과 소음이 밀려들었다. 순간 뜨거운 바닷물에 침몰했다. 그것은 로비의 답답하고 혼탁한 공기였다. 수속을 하기 위해 무더기로 모여 있는 인파에서 풍기는 살갗과 호르몬 냄새. 낯선 사람들의 몸이 마치 조수처럼 양쪽으로 밀려갔다. 그녀는 그들의 얼굴을 볼 수 없다. 시멘트 바닥 위를 굴러가는 바퀴의 생경한 마찰음만을 들을 뿐이다. 간호사가 수술대를 밀며 인파와 풍랑을 헤치고 엘리베이터를 향해 나아갔다.

남자는 수술대 뒤에서 따라 걸었다. 셔츠를 입었고 키가 크지 않았다. 엘리베이터 안에서는 그녀의 왼쪽에 서서 동승한 다른 사람들의 시선을 몸으로 막았다. 그의 어깨 위에는 감정이 전혀 실리지 않은 평정함이 있었다. 그녀는 그의 이름이 생각나지 않았다. 수술동의서는 그가 서명했다. 동의서는 반드시 직계 혈족이 서명하게 되어 있었으므로 그는 의사에게 여자의 남편이라고 말했다. 그리고는 그녀 곁에 서서 수혈이나 수술 위험이 적힌 동의서에 서명했다. 그녀는 서류를 전혀 읽지 않았다. 다만 그에게 서명을 재촉했을 뿐이다. 만약 서명이 틀리지 않는다면, 이 남자는 그녀가 겨우 이틀 전에 알게 된 사람이었다.

병은 아주 오랜 시간을 따라다녔다. 길을 걸을 때면 항상 체내에 있는 그것의 무게를 느낄 수 있었다. 몸의 왼쪽이 지속적으로 쑤시고 감각이 없었다. 허리와 복부에서 무릎까지 이어졌다. 밤에 잠을 잘 때면 통증이 근육과 신경에 집중되었다. 통증은 그녀의 몸 안에 둥지를 틀었다. 마치 잘 익은 과육처럼 갈색의 진득한 혈액이 가득한 그것은 수시로 터져버릴 것 같았다. 복강 안에서 진동하는 부드럽고 상냥한 주파수. 그것은 시한폭탄이었다.

의사가 그녀에게 진료 차트를 건네주며 말했다.

"수술합시다. 육체는 당신의 정신과 영혼의 정보를 잔뜩 실은 그릇입니다. 육체는 독소들의 방출을 원하고 있습니다."

그녀는 서류에서 결함으로 가득찬 자신의 인생을 보았다. 떼어 버린 씨앗이 발아하고 있었다. 실의와 방랑, 우울과 번민이 그녀에게 보복하고 있었다. 마치 평생 동안 빛을 보지 못한 씨앗이 진흙의 틈을 뚫고 활짝 피어날 기회를 얻어 가지와 잎을 틔우고 뻗어나가는 것 같았다. 육체는 끊임없이 열매를 맺는, 욕망으로 충만한 나무가 되었다.

그녀가 문밖으로 걸어 나왔을 때 진찰실 복도의 석양은 적막한 먼지를 관통하고 있었다. 사람들은 무표정하게 몸을 스쳐 지나가 각자의 종착지로 향했다. 행복은 여전히 위풍당당하고 아주 요원해 보였다. 가까운 치료실에서 늙은 남자의 애통한 절규가 들려왔다. 그 소리는 혼탁하고 무능력했고, 공기 속에 섞여 복도를 배회했다. 동시에 그녀는 붉은색 스위치를 가볍게 누르는 소리를 들었다. 그녀의 시간이 드디어 시작되었다. 생과 사, 득과 실, 천박한 고통과 쾌락 사이에는 줄곧 얇은 경계만 있을 뿐이다. 심지어 그것은 본래 투명했다. 운명은 자유자재로 오고가고, 외마디 비명조차 지를 필요가 없었다.

"우리에게는 사실, 자신의 인생을 선택할 권리가 전혀 없어요. 그것은 가망 없는 일이에요."

엘리베이터가 5층에 멈추고, 수술실 문이 열렸다. 그녀는 수술에 필요한 수액 주머니를 손에 쥐고 수술대 위에 똑바로 누워 있다. 머리에는 흰색 모자가 씌어져 있고 전신은 알몸이다. 환자복 상의는 뒤집어 입혀져 있고, 헐렁한 바지는 허리띠를 묶지 않은 채로 두르고 있을 뿐이다. 아침 일찍 일어났을 때 그녀는 깨끗하고 따뜻한 면양말을 신었다. 색깔이 선명한, 그녀가 좋아하는 진홍색 양말이다.

수술 전날 밤에는 다섯 번의 관장으로 대변과 소변을 모두 배출해냈다. 물이나 음식은 더 이상 입에 대지 않았다. 이제 그녀의 몸은 막 태어난 영아처럼 순결했다. 이 모든 과정에서 유일하게 감각적으로 참기 어려운 단계는 요도에 도뇨관導尿管을 삽입하는 일이었다. 마치 몸속에 뜨거운 철사가 꽂히는 것 같았다. 바지 바깥쪽에 노출된 투명한 관은, 아주 빠르게 담황색 소변을 뽑아냈다. 뇌신경의 자율적 통제를 전혀 받지 않았다. 소변이 뽑혀 나와 대중의 시선에 노출되는 순간, 그 사람은 이미 어떤 허위적 존엄도 보전할 필요가 없다.

"그건 아주 진실한 순간이었죠."

고개를 뒤로 젖히고 통로 천장의 흰색 등이 빠르게 스쳐 지나가는 것을 보았다. 흰 불빛이 찌지직 소리를 냈다. 이 길은 어디로 통해 있을까. 곧 한 구의 육체가 열리고, 의료 장비가 진입하고, 손과 절삭 도구의 조종을 받을 것이다. 육체는 결코 사람들이 상상하는 것처럼 그렇게 귀하거나 중요하지 않다. 보전과 강고한 자기 방어를 포기한다. 좋은 옷과 음식, 안마와 화장, 그리고 향기롭고 값비싼 보양품……. 이런 것들이 더는 필요하지 않다. 육체의 자존심은 부서지고 육신의 허약과 진실성이 회복됐다. 그녀의 마음은 조금씩 안정되어갔다. 마치 대설이 지나간 뒤의 적막한 들판 같다. 모든 허상과 환각이 퇴각하며 사라지고 있었다.

"그랬어요. 그 순간, 나는 그동안 집착했던 모든 것들이 중요하지 않다는 사실을 발견했어요."

마취사가 그녀 뒤에서 고개를 숙이고 나직이 이름을 불렀다.
"칭자오, 들리세요?"
흰 옷을 입은 어린 여자가 마스크 한쪽을 벗었다. 가볍고 부드러운 목소리였다. 젊은 여자의 얼굴은 작고 깨끗했다. 이렇게 부드럽고 명확하게 그녀를 불러준 사람은 이미 오래전에 없어졌다. 그러나 젊은 마취사는 낯선 사람에 지나지 않았다.
그녀는 좁은 수술대 위에 정면으로 누운 채 시선을 돌려 곁에 빽빽이 들어찬 의료 장비를 보았다. 얼굴 위쪽에서 무영등이 밝은 빛을 발산했다. 손과 발은 이미 띠로 졸라매 단단히 고정되었다. 의식은 그 순간에도 여전히 분명했다. 정수리에서 시작된 마비감이 서서히 아래로 내려가는 것만 느껴질 뿐이다. 바람도 파도도 일지 않는 물 위를 표류하며 물결을 따라 내려가는 것 같다.

마취 바늘을 꽂은 팔목에 예리한 통증이 일었다. 바늘이 제대로 꽂히지 않은 것 같다. 하지만 그녀는 어떤 소리도 낼 수 없었다. 이번이 두번째 전신마취였다. 그녀는 이런 종류의 감각에 매혹되었다. 마취에 사로잡혔다. 머지않아 이 육체에서 탈각해 이탈할 것이다. 익숙한 임계점이 가까이 다가와 있다. 눈을 감고 절벽 위에 섰다. 한 발자국을 내디디면, 발밑은 끝없는 암흑의 심연이다. 이 세계와 저 세계 사이의 확정된 경계에 서 있다. 바로 이 순간, 그녀의 내면은 완전하게 깨끗이 정리된 상태가 아니다. 결코 아무것도 없는 텅 빈 상태가 아니다.

대부분의 사람들은 세상을 떠나는 순간까지 마음속에 여전히 갖가지 망설임과 곤혹스러움을 지니고 있지 않을까. 이 문제를 미처 사색할 여유도 없이 그녀는 바로 심연 속으로 빠져들었다.

6

"내가 언제 죽을지 정확히는 모르겠어요. 하지만 머지않았다는 건 알아요. 만약 당신이 죽음과 몸을 스치며 지나친 적이 있다면, 당신을 포획하려 하는 그 촉감을 잊지 못할 거예요. 자신에게 심리 실험을 해본 적이 있으세요? 가령 당신 앞에 버튼이 하나 있고, 그것을 누르면 어떤 고통도 없이 이 세상에서 사라질 수 있다고 쳐요. 그걸 누르실 건가요? 제 대답은 늘 같아요. 전 누를 거예요. 때로는 이런 생각 덕분에 경각심을 가지게 되죠."

"아버지는 3년 전에 돌아가셨어요. 흉부 수술을 받다가 도뇨관을 꽂고 알몸인 채로 병원에서 돌아가셨죠. 사람들의 시선과 차가운 먼지 속에서 말이죠. 병원에서 임종을 맞지 않도록 해야 했어요. 가능하다면 집으로 모시고 와야 했어요. 그래서 아버지 당신의 침대에서 돌아가시도록 해야 했어요. 그랬다면 시신은 낯익은 이불 속에서 식어갔겠지요. 그곳엔 당신 고유의 체취가 있었겠죠…….

돌아가셨을 때에도 소변 주머니는 여전히 따뜻했어요. 그것을 들었을 때 손에 전해진 따뜻한 온기는 오랫동안 잊혀지지 않았어요. 그런데 아버지는 하룻밤 사이에 사라져버렸어요. 이 세상에서 완전히 사라졌어요. 호적이 말소되고 이름이 폐기되었죠. 체온은 육체와 함께 증발되었어요. 더 이상 순회할 길이 없어졌어요."

"……."

"얼마 뒤 유골의 재를 삼키는 꿈을 꾸었어요. 맑은 물과 함께 한 모금 한 모금 전부 삼켜버린 거예요. 아버지가 완전히 매장되지 않도록 재의 일부를 곁에 두었거든요. 베이징에 있을 때 서너 달 간격으로 이사를 했어요. 그럴 때마다 가구나 가전은 이삿짐 센터의

4
1

트럭이 실어 날랐지만, 재를 담은 도기 항아리는 꼭 제가 안고 다녀야 했어요. 누구도 깨뜨릴 수 없도록 가지고 다녔어요. 어디를 가든지 꼭."

"아마도 스스로 고립무원하다고 느꼈겠지요. 안정감이 없었을 겁니다."

"손에 쥔 비장의 카드를 잃은 것 같았어요. 자신이 가난해질 수도, 굶거나 얼어 죽을 수도, 아무것도 가진 게 없을 수도 있다는 사실이 두려워지기 시작했어요. 병이 나기 전에 저는 편집광적인 일중독자였어요. 줄곧 뭔가를 하고 소유하고자 안절부절했어요. 일에 집중해 마음의 빈 곳을 채우려 했어요. 영원하며 확고부동한 쾌락이 존재할 거라고는 믿지 않았어요. 그것은 항상 짧고 미약해서 마치 파도가 물결칠 때 잠시 반짝이는 햇빛처럼 사람들에게 충분한 신뢰를 줄 수 없어요. 이런 느낌은 조금만 늦추어도 가버리기 때문에 목표가 되기 부족해요. 더 강력한 뭔가가 필요했어요. 마음 깊은 곳까지 이르는 강력한 정리와 기반이 필요했어요."

"예전에 옥으로 된 팔찌를 산 적이 있어요. 늙어 죽을 때까지 내 곁에 있을 수 있기를 바라면서요. 은이든 옥이든 상관없었어요. 그렇게 하면 죽기 전에 그것을 빼서 곁에 있는 사람에게 줄 수 있을지도 모르잖아요. 그 사람이 누구든지요. 내 곁에서 최후를 함께 해줄 사람이 누구일지 상상해본 적이 없어요. 오락가락하며 기억 속에 남아 있질 않았어요. 팔찌는 사고 나서 다음 날 바로 금이 갔어요. 이유 없이 옥에 금이 가는 것은 재앙을 막기 위해서라고 하더군요. 좋지 않은 징조죠. 팔찌에 금이 간 후 검사 결과가 나왔어요. 병은 이미 손쓸 수 없는 상황이라고요."

"라싸에 오기 전 어떻게 죽을까 생각해본 적이 있어요. 사람들이 오고가는 여관에서 죽을까, 아니면 빈방에서 혼자 죽을까 하고요. 만약 여관이라면 주변 사람들이 시신을 발견해 처리해주거나 죽은 사실을 알릴 수도 있겠죠. 설령 저를 모르는 낯선 사람이라고 해도 말이에요. 그들은 반쯤 죽은 사람만 두려워해요. 책임을 져야 하는 부담감 때문에 생기는 두려움이죠. 하지만 아예 죽었다면 쓰레기를 처리하는 문제만 남죠. 또는 도시의 고층 아파트에서 남모르게 죽어간다면, 부패하는 육체는 애완동물이나 구더기들의 차지일 뿐이죠.

누구든 유서를 미리 써두어야 해요. 사람은 언제든 죽을 수 있으니까요. 제 아버지만 해도 아침 식사를 하시고 자리에서 일어나시다가 뇌혈관이 터져 피가 고이는 바람에 순간적으로 말문이 닫히고 몸을 움직일 수 없게 되었어요. 입고 계시던 옷에 꽂혀 있던 수첩에는 그날과 다음 날 해야 할 일들이 모두 적혀 있었고요. 아버지의 목표, 계획, 불만, 자책을 포함한 모든 것이 아주 빽빽하게요. 그러나 그 모든 몸부림과 의도는 전부 폐기되었어요. 뇌에 고인 피를 제거하는 수술을 받은 다음 혼수상태로 3일을 계시다 돌아가셨지요. 죽는 것이 사는 것보다 훨씬 기회가 많더군요. 지금도 죽기 직전에 아버지가 어떤 생각을 하셨는지 궁금해요…….”

그가 말했다.

“많은 사람들은 눈을 감으면서 자신만은 아무런 손상 없이 장수하거나 심지어 썩지 않을 거라 생각할 겁니다. 손안에 영원히 시간을 쥐고 있을 거라고 믿지요. 거리낌 없이 낭비하고 후회할 일들을 합니다. 그리고 항상 다시 기회를 얻을 수 있다고 여기지요.”

그녀가 말했다.

“나무춰에 갈 때 라싸의 조그만 가게에서 구입한 『중음득도中陰得度』라는 책을 가지고 갔어요. 당신이 이미 속세를 떠나고 있다 해도 당신이 결코 유일한 한 사람은 아니다. 삶이 있으면 반드시 죽음이 있다는 것은 누구에게나 똑같다. 삶에 집착하지 마라. 설령 집착하지 않는다 해도 이 세상에 오래 머무를 수는 없다. 윤회하면서 끊임없이 떠도는 것 외에는 아무것도 얻을 수 없다. 미련을 두거나 비겁하지 말라고 했어요. 해발 4,817미터 고원의 작은 여관에서 그 책을 읽었어요. 한밤중에는 여기저기서 짖어대는 개들의 날카로운 울음소리가 들렸어요. 우박은 천막 지붕에 부딪치며 울렸고요. 입과 혀가 말라가고 호흡이 곤란해 잠을 이룰 수 없었어요. 새벽에 문을 열고 호숫가에 이어져 있는 녠칭탕구라念靑唐古拉 산맥의, 햇살이 비추는 새하얀 눈을 보았어요.”

“만약 이 세상의 빛이 사라진다면, 우리는 저세상으로 갈 수 있을까요?”

7

"어서 오너라, 샨셩. 나를 따라오
너라."

어둠 속에서 그는 눈을 떴다. 여전히 아홉 살 소년인 자신이 보
였다. 소년은 동남 연해에 위치한 낡은 고향집에서 잠을 자고 있었
다. 흰 벽과 검은 기와로 된 명대 양식의 뜰과 나무 계단은 무척 낡
아 있었다. 장마가 지나간 목조 주택은 눅눅하고 서늘했다. 벽지는
황갈색 빗물 자국으로 얼룩덜룩하고, 담 모퉁이는 이끼 냄새를 풍
겼다. 성장하는 동안 그는 잠자는 것을 무척 좋아했다. 아침마다 잠
에서 금방 깨어나질 못했다. 그때는 날이 밝기도 전에 이유 없이
놀라 깨어났으나 마음은 여전히 망연한 상태였다. 눈을 떴다. 침댓
가에 말없이 서 있는 어머니가 보였다. 낯빛은 평온했으나 입술 끝
이 가늘게 실룩거렸다. 어머니를 보자 그는 돌연 마음이 환해졌다.
"어머니를 보자 돌연 마음이 환해졌어요."
그가 그녀에게 말했다.

어머니는 불도 켜지 않고 어둠 속에 서서 나지막하게 말했다.
"아버지가 삭힌 두부를 먹고 싶어 하시니 가게에 와서 한 모 사
오너라."
그는 바로 윗옷과 운동화를 걸치고 모친에게서 동전 몇 개를 건

네받은 후 방문을 열고 골목으로 나갔다. 중국 남방의 봄날, 동틀 무렵인 네다섯 시쯤이었다. 안개는 뼛속 깊이 스며들 정도로 차가웠고, 하늘에는 별빛이 아직 사라지지 않았다. 발소리가 구불구불한 좁은 골목길의 석판 위를 쿵쿵 울렸다. 골목 양쪽의 목련나무에서 활짝 피어난 크고 둔중한 흰 꽃이 놀라 땅에 떨어지며 진흙 바닥을 가볍게 툭툭 쳤다.

부친은 그가 아홉 살 되던 그해 봄, 세상을 떠났다. 오랫동안 암을 앓았다는 사실은 동네 사람들도 이미 알고 있었다. 건장했던 남자는 몰라볼 정도로 수척해져 마지막에는 몸무게가 35킬로그램이 돼버렸다. 그래서 유동식만 겨우 삼킬 뿐이었다. 멀건 미음에 포도당을 섞어 어머니가 한 술씩 떠먹였다. 그 이후로는 전혀 식사를 할 수가 없었다.

그는 한 사람의 생명이 서서히 암흑 속으로 밀려들어가 보이지 않는 손에 의해 눌리고 문질러지는 것을 보았다. 의심할 여지없이 사람을 압도하는 힘이었다. 인간이 어찌할 수 없는 일이었다. 그는 알고 있었다. 기꺼이 세상을 떠나고자 하는 한 사람을 자신과 어머니가 배웅한다는 사실을. 또한 이 배웅은 오랜 투병으로 감정의 인내심을 잃어버려 넘쳐흐르는 격정을 적절히 유지할 수 없다는 사실을. 반드시 오고야 말, 이미 정해진 시간임을 알고 있었다. 그는 끝까지 그 순간을 기다려 자기 인생에서 유일했던 한 남자와 정식으로 이별을 고할 것이다.

삭힌 두부를 사서 집으로 돌아왔을 때는 이미 친척들이 들이닥쳐 영당靈堂을 세운 뜰에 등불을 환히 밝히고 제를 지낸 뒤였다. 다 타서 재로 변한 지전 조각과 향이 바람 속을 선회하고, 코를 찌르는 연기 냄새가 공기 중에 자욱했다. 그는 사람들을 뚫고 침실로 들어갔다. 아버지의 시신은 아직 침대에 있었다. 최신의 비단 수의와 신발을 걸쳤고, 얼굴은 경직되어 있었다. 그 옆에 섰다. 그는 미약한 어린아이에 불과했다. 돌연 깊은 피곤이 몰려왔다. 방으로 돌아가 조금 더 잠을 자고 싶을 뿐이었다.

어머니가 말했다.
"어서 오너라, 샨샹. 나를 따라오너라."
어머니는 그를 방으로 데려갔다. 그는 옷을 벗고 푸르스름한 여명이 밝아오는 시간 다시 침대에 누웠다. 눈을 감았다. 아버지의 얼굴이 생각나지 않았다. 이런 종류의 감정 억제나 괴로움을 쉬 드러내지 않는 성격은 어머니를 닮았다. 인생의 결핍과 손실은 항상 결함을 초래하기 때문에 가질 수 없는 것은 반드시 합리적인 이유로 냉정하게 처리했다. 어머니는 남자의 모든 사진을 정리했다. 남자의 위패는 흰색 비단에 싸서 서랍에 넣었다. 죽은 자의 모든 흔적이 깨끗이 지워져야만 비로소 산 자의 생활이 다시 시작된다. 그녀는 소도시의 중학교 물리 선생이었다. 어머니의 세계는 강인했다. 그리고 자신의 능력을 정확히 알았다. 모든 것을 과학적으로 분석하는 데에 익숙했기 때문에 군더더기가 없고 분명했다. 하지만 그것이 단순하고 난폭한 세계가 아니라고는 말할 수 없었다.

그해 9월, 그는 모든 과목에서 만점 가까운 성적으로 성省의 중점 중학교에 입학했다. 어머니는 성적표를 받아든 후 그를 과자점으로 데려가서 아이스크림을 사주었다. 말수가 적고 총명한 소년은 단것을 좋아했다. 어머니는 말했다.

"산성아, 너는 네 목표를 정확히 알아야 한다. 칭화대清華大 건축과다. 성 전체에서 상위 여섯 명의 남학생만이 손에 쥘 수 있는 기회다. 우리처럼 과부와 아비 없는 자식으로 이루어진 가족에게 인생은 결코 방종하고 타락할 기회를 주지 않는단다. 끊임없이 너 자신을 다스려야 해. 알겠니?"

그는 일언반구도 하지 않고 천천히 컵에 담긴 딸기 아이스크림을 떠서 입으로 가져갔다.

그는 늘 어머니로부터 벗어나기를 갈망했다. 갈망은 맞은편 언덕으로 걸어가 그녀의 고난을 주시했다. 그러나 어머니의 손을 잡고 나가 세상의 변화에 맞서지는 않았다. 비록 그가 그녀의 피와 살로 생겨났다 할지라도 그것은 불가능했다. 그의 인생이 어머니의 고난에 무고하게 말려들 필요는 없었다. 누구 한 사람의 아들이 되고 싶지는 않았다. 다만 그는 지샨성紀善生이었다. 완전한 자신이 되기를 갈망했다. 하지만 인생은 뜻대로 되지 않았다. 줄곧 어머니의 의지에 의해 움직이고 전진했다. 지니고 있는 모든 영광스런 신

1장 / 꿈속의 화원

분이 마치 레테르처럼 한 장씩 쌓여야만 비로소 어머니를 도울 수 있었다. 가난하고 불완전한 생활 속에서 승부욕과 고집이 더해진 그녀를 돕는 일이었다.

"스스로 더 잘할 수 있고, 그것을 해낼 수 있다는 것도 알았지만 그러고 싶지 않았습니다. 이런 반항심은 거역할 수가 없더군요. 일종의 수치심과 비슷했어요. 어머니는 재혼하지 않았습니다. 당신의 희생을 잘 아는 제가 필요했던 거지요. 이것이 어머니가 치르는 대가였고, 그것에 보답할 제가 필요했던 겁니다. 어머니와는 줄곧 친밀하게 지내지 못했습니다. 항상 순종했지만 동시에 반항심도 가득했죠."

그는 냄새 고약한 양말과 포르노 필름으로 곤혹스러워 하는 주위 여드름쟁이 동년배와는 확연히 달랐다. 친구들은 축구장으로 달려 나가 고래고래 소리 지르기를 좋아한 반면, 그는 머리를 파묻고 공부에만 집중했다. 그럼으로써 인생의 결함에 저항했다. 돌아가신 아버지, 뜻대로 되지 않아 늘 울적한 어머니, 경제적 결핍, 열등한 처지⋯⋯. 그는 자신의 노력 뒤에 숨은 동기를 분명히 알았지만, 그 성질과 원인은 판단하지 못했다. 자제해야만 이성적일 수 있다는 믿음 때문에 방종해보고자 시도한 적도 없었다. 관심의 대상은 언제나 학업 성적과, 한 번도 긴장을 늦춘 적 없는 자아의 성장이었다.

군계일학의 소년은 이목구비가 반듯했고, 카키색 면바지와 흰색 셔츠, 운동화가 정갈하게 잘 어울렸다. 검은 눈동자는 무수한 말을 하는 듯했고, 속눈썹이 그림자처럼 덮여 있어 생각을 전혀 드러내지 않았다. 그는 내면에 자리한 적막한 소우주 속에서 스스로 도취할 뿐이었다. 수업이 없으면 자전거를 타고 도서관에 가서 책을 읽었다. 매주 책을 빌렸다. 과학 잡지를 열람하고 두꺼운 『유럽문명사』를 빌려 읽었다. 그곳에서는 나가라고 재촉하는 사람이 올 때까지 앉아 있을 수 있었다.

여느 날처럼 도서관에서 시간을 보내고 있을 때였다. 어느새 하늘이 어두워지고 별이 반짝이고 있었다. 그는 책을 가지고 도서관을 나와 자전거를 탔다. 그리고 목숨을 걸기나 한 듯 오르막길을 전력 질주했다. 내리막을 내려가자 길 양편의 녹나무가 놀란 듯 잎을 우수수 떨어뜨리고 향기가 코를 찔렀다. 눈을 감고 팔을 벌렸다. 자전거에 몸을 맡기고 나는 듯이 미끄러졌다. 바람이 귓가에서 쏴쏴 울렸다. 그 순간 비로소 마음속 괴로움이 느껴졌다. 눈에서 눈물이 흐르는 것 같았다. 이마에 땀이 흥건했다.

8

그는 눈을 떴다. 침댓가에 앉아

조용히 담배를 피우고 있는 그녀가 보였다. 그녀가 말했다.

"이제 출발해도 되겠어요."

그녀는 배낭을 간단히 꾸린 후 그가 깨어나기만을 기다리고 있었다. 평소처럼 편안한 인도풍 베옷에 꽃을 수놓은 신발을 신고 있었다. 잠깐 집 밖에 나가는 옷차림이었다. 두 사람은 배낭을 메고 여관을 나섰다. 맞은편의 작은 식당에서 아침을 먹었다. 녹두죽과 노릇노릇하게 튀긴 작은 요탸오油條, 발효시킨 밀가루 반죽을 30센티미터 정도로 길쭉하게 잘라내 기름에 튀긴 음식으로 주로 아침에 콩국을 먹을 때 같이 먹는다.를 간장에 찍어 먹으니 속이 든든했다. 여기에 찻잎에 절인 달걀과 짠지 조금. 이렇게 간소한 아침 식사는 대개 1, 2위안 정도였다. 미니버스를 타고 사뮈에缫耶 나루터로 간 다음, 북쪽 기슭으로 가는 나룻배를 탔다.

배가 강을 건너는 동안 거의 1시간 가까이 고물에 앉아 있었다. 나룻배에 규칙적으로 부딪치는 파도 소리를 빼면 주위에는 어떤 소음도 들리지 않았다. 떠가는 커다란 구름이 하늘과 강물 사이의 빈 공간을 배회했다. 세차게 불어오는 바람에 한기가 묻어났다. 그들은 강물과 수면 끝에 구름송이가 잇닿아 있는 하늘을 바라보았다. 물길을 따라 모래톱과 나지막한 진흙집, 개와 아이와 노인들이 보였다. 키가 큰 누런 활엽수들이 짙푸르고 투명한 하늘과 잘 어울렸다. 가을날의 평온하고 유유자적한 전원 풍경이 라싸와는 달랐다. 고요히 흘러가는 얄룽창포 강 주위로 크고 단단한 산맥들이 들쭉날쭉 솟아 있었다. 이물에 서 있던 뱃사공이 표정의 변화도 없이 갑자기 노래를 부르기 시작했다. 티베트 민가가 걸걸한 목소리에 실려 고아하고 아련한 여운을 남겼다.

"저 사람들의 관습이에요. 저들은 배를 몰 때 항상 노래를 불러요. 아마도 외로움 때문일 거예요. 오로지 자신을 위해 노래를 부르는 것이지요."

그녀는 얼굴을 젖히고 실눈으로 하늘을 쳐다봤다. 작열하는 오후의 태양에 얼굴이 드러났다. 그녀는 피부를 쓰다듬는 따가운 자외선을 즐겼다. 구름을 뚫고 내리쬐는 햇살이 방망이로 직접 얼굴을 때리는 듯 격렬한 흔적을 남겼다. 이미 햇볕에 그을린 그녀의 얼굴은 새카맣고 건조했다. 모공도 컸다. 광대뼈에는 현지 여자들처럼 고원 특유의 붉은 반점이 서서히 나타나고 있었다. 하지만 그녀는 절대 태양을 피하지 않았다. 오히려 가까이 있길 좋아했다. 자외선은 그녀를 잘 구운 빵처럼 태웠다. 까무잡잡한 피부에는 빛이 감도는 것 같았다. 그녀가 피부를 위해서 하는 일이라고는 조그만 가게에서 싸구려 크림을 사는 것뿐이었다. 향은 조악했지만 그저 얼굴에 뭔가만 바르면 그만이라고 생각했다.

"이번이 열여섯번째예요. 늘 혼자서 배를 타고 사뮈에 갔었어요. 이제야 조금 알겠어요. 왜 옛사람들이 한 배를 타려면 100년 이상의 인연을 닦아야 한다고 했는지요. 이 강가에서 저 강가로 가려면 마음이 맞고 목표가 같아야 해요. 강을 건너는 것은 하나의 의식이나 마찬가지예요."

"단지 벽화를 보기 위해 사원에 간 건가요?"

"맞아요. 사뮈에 사원의 대전大殿 1층에서 2층의 통로에는 티베트에서 가장 훌륭한 벽화가 있어요. 그 벽화들은 인연이 닿은 단한 사람과, 단 한 번의 만남을 위해 1,300년을 기다렸어요. 일부는이미 상당히 심각할 정도로 파손되었지만 빛에 노출되지 않은 덕분에 지금까지 보존될 수 있었죠."

"라싸에서도 늘 사원에 가십니까?"

"라싸는 갈 만한 곳이 그다지 많지 않죠. 벽화 감상은 혼자서 할일이거든요. 사원의 승려들도 저를 알아봐요. 제게는 입장표를 받지 않는답니다. 벽화는 대부분 부처의 생애와 경변經變, 그리고 불경고사나 이야기들이죠. 우주와 인간 세상에 대한 그들의 관점을 설명하고 있어요. 벽화는 그들의 종교적 의궤儀軌의 일종이라고 할 수있어요. 그림 자체가 바로 일종의 경모죠. 그것은 과정이 아니라 완성이에요."

두 사람은 해질녘에 도착했다. 더 어두워지기 전에 서둘러 사원으로 가 벽화를 보았다. 그는 그녀 뒤에서 가파르고 좁은 돌계단을따라 천천히 올라갔다. 그녀에게서 가쁜 숨소리가 들렸다. 그녀는이곳의 복잡한 지형을 마치 손바닥 들여다보듯 알고 있었다. 그를이끌고 원형 회랑을 따라 한 바퀴 돌며 천천히 돌아보게 했다. 그리고는 어둡고 서늘한 대전 안으로 들어갔다. 태양이 강하게 내리쬐는 밖에서 한참을 있다가 갑자기 깊숙한 방 안으로 들어가자 눈이 먼 것처럼 캄캄했다.

그는 어둠 속에서 낡은 벽화들을 식별하려고 노력했다. 엄청난 크기의 벽화들은 이미 세월에 마모되어 어둡고 거무스름했다. 화려한 색채, 정교한 무늬, 반복적인 꽃문양이 마치 바다에서 전복한 침몰선처럼 세월의 또 다른 종결점을 보여주고 있었다. 그것은 범접할 수 없는 또 하나의 세계였다. 남아 있는 불상의 금가루가 여전히 희미하게 반짝거렸다. 그녀가 어둠 속의 한 줄기 빛을 따라 손을 뻗었다. 10센티미터 정도 떨어진 곳에서 손가락으로 조심스럽게 모양을 따라 쓰다듬었다. 손바닥이 무한한 존경심으로 공중에서 완만하게 이동했다. 대전 안은 텅 비어 아무도 없었다. 마치 인간 세상에서 잊혀진 곳 같았다. 소유등酥油燈, 소유는 끓인 소·양의 젖을 식혀 응고시킨 지방으로 만든 기름이다. 주로 티베트족과 몽고족이 애용한다. 의 불빛이 너울거렸다.

"모퉈로 가실 거면, 제가 함께 가줄게요."

"왜죠? 그건 본래 당신 계획이 아니지 않습니까?"

"저는 아무 계획도 없어요. 그저 라싸에 체류하고 있을 뿐이죠. 뭐든지 즉석에서 결정할 수 있는 거잖아요. 그래야 비로소 우리가 항상 행동할 준비가 되어 있음을 알 수 있죠. 무슨 일이든 늦는 건 문제가 되지 않아요."

"맞습니다. 늦는 건 문제가 되지 않습니다."

"친구 분은 어떻게 그곳에 있게 되었나요?"

"처음에는 티베트에서 일을 했습니다. 잡지에 대협곡의 사진을 찍어 잡지에 전해주는 일이었죠. 모퉈로 들어갔다가 그곳에 남아 아이들을 가르쳤습니다. 그녀는 자기가 하고 싶은 대로 하는 사람이에요. 벽지에서의 생활을 전혀 불편하다고 생각하지 않았습니다. 신문도 텔레비전도 보지 않았습니다. 실제로 번잡한 신문기사나 정보는 사람들의 생활과 무관하다고 여겼죠. 그곳은 그녀가 성년이 되어 고향을 떠난 이후로 가장 오래 머문 곳입니다. 그녀가 갔던 그 어떤 도시나 장소보다도 오래 머물렀습니다."

"그렇군요. 그건 굉장한 의지가 필요한 일이에요."

"그렇습니다. 저도 여태껏 제가 그녀를 완전히 이해했다고는 결코 생각하지 않습니다. 그녀의 내면에는 어쩌면 고행하며 떠도는 행각승이 있을지도 모릅니다. 그들은 세속적 가치에 동조할 필요가 없죠. 그에 반해 전 줄곧 도시에서 생활하면서 스스로 건강하고 강인하다고 자인했어요. 도시에 사는 모든 사람들처럼 물질과 생활의 표상적인 쾌락을 즐기는 데 익숙해 있었습니다."

"몇 살 때 그녀를 알게 되었나요?"

"열세 살 때 알았어요. 우리는 언제나 서로에게 유일한 친구였습니다."

그녀는 대전 북쪽에 버려진 작은 방으로 그를 데려가 훨씬 더 얼룩지고 파손된 벽화를 보여주었다. 상부는 괴이한 짐승의 도형이 있었고, 가장자리는 마모되어 흐릿한 연꽃과 불상이 있었다. 낡은 나무문을 열자 광활한 평원이 마주하고 있었다. 멀리 보이는 능선 사이로 설산의 정상이 어슴푸레하게 드러나며 석양 속에서 고요히 푸른빛을 발하고 있었다.

어두운 빛이 벽 위의 그림 사이에서 너울거렸다. 그는 오래되고 소박한 선들을 더 정확히 보기 위해 다가가 시선의 각도를 조정했다. 그녀가 말했다.

"이것 좀 보세요. 여기 벽화는 순수한 천연 안료를 사용했어요. 붉은색은 산호, 푸른색은 청금석靑金石, 녹색은 송석松石이에요. 천년 동안 전혀 손상되지 않았어요. 단지 쇠락했을 뿐이에요."

그녀는 문설주에 기대 멀리 있는 설산을 바라보며 담배에 불을 붙였다. 급히 몇 모금을 빤 후 다시 담뱃불을 껐다.

방을 나왔다. 회랑은 여전히 눈부신 태양으로 강렬했다. 뜰의 화원에서 승려 차림의 남자가 검은 나무에 불상을 조각하고 있었다. 바닥에는 그보다 훨씬 많은 나무 조각이 쌓여 있었다. 두 사람은 한쪽에 앉아 그 모습을 지켜보았다. 잠시 후 그녀는 살그머니 그의 곁을 떠나 구석진 처마로 갔다. 카메라를 꺼내 나무 장지에 그려진 고아하고 고전적인 식물을 찍었다.

"사뭐에 사원은 라싸의 드레풍 사원만큼 혼잡하지 않아요. 드레풍 사원은 쇼툰절雪頓節, 티베트력으로 음력 6월 30일이다. 승려들의 엄격한 수행이 끝나고 마을로 내려오면 사람들이 요구르트를 만들어 환영했다고 요구르트 축제라고 한다. 때가 성대한 명절일 거예요. 쇄불曬佛 의식을 하는 동안 산허리 암석들 사이로 거대한 불상과 탕카들이 전시되고, 라싸 각지에서 신도와 여행객들이 그곳으로 모여든답니다. 사람들은 소나무 가지를 태우며 신나게 노래와 춤판을 벌이죠. 마치 앞으로 시간이 다시는 오지 않을 것처럼요. 반면에 이곳은 항상 이렇게 적막하죠. 그래서 많은 여행객들이 실망스럽다고 해요. 그들은 이런 벽화에 관심을 갖지 않아요. 세월을 견딘 강인함과 고귀함을 모르는 거죠."

"이 방이 당신이 가장 좋아하는 곳인가요?"

"맞아요. 방이 어둡고 서늘해서 한참을 있다 보면 잠이 들곤 해요. 어린 라마승의 휴게실이 아닌가 의심할 때가 있어요. 저 벽화를 한번 보세요. 대전에 있는 것과 달라요. 유달리 천진하면서도 슬퍼 보이죠. 마치 라마승의 꿈속 화원 같아요."

9

"어서 와, 샨셩. 나를 따라와."

그는 어둠 속에서 눈을 떴다. 그녀가 나무문 밖에 서서 그의 침대와 바짝 붙은 벽을 손전등으로 가볍게 두드리는 소리가 들렸다. 손전등 불빛이 아래로 향하며 원주형 직사광선이 바닥 위로 흩어졌다. 주위 소년들은 단잠에 빠져 피부와 머리에서 김이 올랐다. 방 안에 비쳐든 달빛을 받으며 그는 조용히 일어나 카키색 바지에 흰

셔츠를 입고 운동화를 신었다. 입구가 넓은 유리병을 넣은 책가방과 손으로 만든 가제 마스크를 집어 들고 방을 나갔다.

그녀는 계단 입구에서 기다리고 있었다. 흰색 치마를 입고 있었으며 맨발이었다. 많은 검은 머리와 맨살 종아리가 어둡고 희미한 빛을 받아 어슴푸레하게 파랬다. 집게손가락을 조용히 입술로 가져가며 그에게 따라오라고 했다. 사원의 회랑은 길고 좁았다. 그녀가 그를 위해 켠 손전등 불빛만이 길을 앞서고 있었다. 그는 운동화를 손에 든 채 한 걸음씩 내디뎠다. 100년 이상 된 썩은 녹나무가 하중을 견디지 못하고 삐거덕 소리를 냈다. 심장이 돌진하는 사슴처럼 쿵쿵 뛰었다.

"어서 와, 산셩. 나를 따라와."

약간의 망설임이 일었지만 때는 이미 늦었다. 창밖으로 파도 소리가 희미하게 스쳐왔다. 얼굴을 돌리자 별안간 한 줄기 새하얀 번개가 밤하늘을 긋는 것이 보였다.

두 사람은 나란히 심야의 모래사장을 지나갔다. 드넓은 바다에 둘러싸인 섬은 동남 연해에서 성지로 알려져 있었다. 불교 전설에 의하면 관음보살이 이곳에서 수행했다고 한다. 섬 전체의 사원들은 서쪽을 향해 세워져 있었다. 사계절 내내 여행자와 성지순례자들이 모이는 곳이었다. 여름이면 더 많은 여행객이 몰려들었다.

대해大海. 노란 보름달이 수면을 비춘다. 은화 부스러기 같은 맑은 빛이 반짝거린다. 파도는 달의 중력을 받아 상승과 하강을 반복한다. 부단히 위로 솟구치며 암석에 부딪혀 물보라를 일으키다가 다시 서서히 물러가며 파도에 씻겨 들쭉날쭉한 모래사장을 드러냈다. 나지막한 메아리. 부딪힌 뒤의 욕망과 기쁨으로 여전히 가볍게 숨을 내쉬는 것 같다.

그의 발이 얼음같이 차가운 진흙탕 속으로 들어갔다. 한 걸음 한 걸음 밤을 향해 나아갔다. 앞의 소녀는 손으로 치맛자락을 걷은 채 가볍고 경쾌하게 달린다. 까르륵거리는 웃음소리가 낮고 어지럽게 울린다. 소녀의 하얀 실루엣이 서서히 바다를 향해 달려가다가 다시 천천히 반대쪽으로 돌아온다. 소녀는 옆에 아무도 없는 것처럼 놀이에 빠져 있다. 파도가 치마를 적시며 가녀린 몸을 단단히 휘감는다. 저 멀리 수평선 위로 어선의 등불이 보인다. 파도 하나가 바짝 따라오며 소녀를 백사장으로 몰아붙인다. 소녀가 즐거운 비명을 지른다. 공기는 끈끈하고 무덥다. 8월 한여름이었다.

깊은 숲속으로 통하는 오솔길 입구에서 그녀가 발을 멈추고 얼굴을 돌려 그를 바라보았다. 운동화 두 짝을 신발 끈으로 이어 목에 걸었다. 맨살의 발과 종아리는 온통 해초와 진흙투성이였다. 완전히 젖은 앞머리가 이마에 달라붙었다. 뛰어다니느라 미세혈관이 모두 팽창한 뺨은 잔뜩 취한 두 개의 꽃송이가 활짝 피어난 것 같다.

"무서워?"

그녀가 윗입술의 조금 튀어나온 부분을 약간 실룩였다. 부드럽고 순해 보이지만 비웃음 또한 옅게 깔려 있다. 그를 대할 때마다 그녀가 변함없이 짓는 일종의 습관적인 표정이었다. 이렇게 질문할 때 그녀는 전혀 대상을 구분하지 못하는 것 같았다. 그를 향한 질문인 것 같지만 동시에 그녀에게 하는 질문이기도 했다.

그는 전혀 내색하지 않고 그녀 맞은편에 섰다. 그의 침묵이야말로 이 문제에 대한 답이었다. 그 혹은 그녀를 구분할 필요가 없었다. 해답이 필요하지 않았다. 그녀는 항상 자신감이 부족했다. 그는 비록 겉으로는 의심하는 듯하지만 그녀보다 분명히 자신의 선택을 알았다. 만약 두려움이 있다면 한밤 특유의 신비에서 기인한 것일 뿐이다. 그녀 등 뒤의 검은 숲이 마치 동굴 같다. 깊이 들어가면 귀로를 완전히 잃는다. 하지만 그는 그녀를 따라 들어갔다.

눅눅하고 무더운 가운데 그는 코를 찌르는 백리향百里香 냄새를 맡았다. 관목 숲으로 들어가자 여기저기서 무수한 나뭇가지들이 얼굴로 달려들어 팔뚝과 목덜미를 스쳤다. 이름을 알 수 없는 작은 나방들은 날개를 펼치고 황급히 날아가다가 그들의 눈에 부딪혔다. 그는 그녀의 손전등 불빛과 불빛 속에 너울대는 하얀 실루엣을 바짝 뒤따랐다. 그들은 작은 개울가에 이르러서 발을 멈췄다.

무수한 반딧불이가 공중에서 불을 밝히고 날아다니며 나뭇가지와 풀숲에 서식하고 있었다. 그녀의 머리와 치마에서도 빛이 났다. 번개는 더욱 빈번히 하늘을 비껴 지나갔다. 시원하고도 강한 빗방울이 그의 입술로 떨어지기 시작했다. 암흑과 신비의 새로운 세계를 보자 그의 심장은 격렬하게 뛰어 가슴 밖으로 튀어나올 것만 같았다. 참을 수 없을 정도로 아팠다. 그는 휘청휘청 강물로 걸어 들어갔다. 수면 위 달빛이 요동했다. 잘게 부서진 은빛 물결, 능선의 쓸쓸한 검은 그림자가 깊이 잠든 들짐승 같다.

바로 그때, 그녀가 말없이 흰색 치마를 벗는 것이 보였다. 그리고 한 마리 물고기처럼 풍덩, 물속으로 뛰어들었다.

2장 · 어둠 속의 메아리

1

그녀는 그에게 나비를 잡고 기르는 방법을 가르쳐주었다. 새파란 잎이 달린 나뭇가지 위의 번데기에게는 적당한 습도와 온도가 필요했다. 밀폐된 상자 안에서 어린 나비가 번데기를 깨고 나오는 것을 볼 수 있었다. 날마다 작은 나뭇가지의 신선한 즙액을 빨아 먹으며 펼친 날개를 흔들고 무모한 비행을 시도했다. 그녀는 마치 침묵하는 동류同流를 탐색하는 것처럼 어린 생명체에 호기심이 많았다. 실재하는 모든 사물을 이해하고 그들과 소통하기를 갈망했다. 그녀는 이렇게 말했다.

"우리와 나비는 모두 동일한 물질로 구성되어 있어. 생명체의 분자 핵심은 나비든 인류든 그 본질이 같아."

그들은 회색빛이 도는 녹색의 작은 나방을 함께 길렀다. 하지만 그녀가 동경하는 대상은 녹조익접綠鳥翼蝶이었다. 자주색이 감도는 한 쌍의 남색 날개가 병풍처럼 달린 이 나비는 브라질의 열대우림에서만 살았다. 눈을 어지럽게 하는 화려한 원환형 꽃무늬 날개, 짙은 녹색의 크고 굵은 더듬이 한 쌍, 교활한 눈동자를 가졌다. 쉽게 찾아 보기 어려운 사물이 그녀 내면의 초현실적 표상에 대한 신념을 구축했다. 그녀는 그 어떤 삶의 표피에도 복종한 적이 없었다.

"열세 살 때였습니다. 제가 다니던 중학교로 그녀가 편입해 왔습니다. 엷은 봄 햇살이 비치는 오후에 우리 반에 출현한 낯선 여자아이에게 선생님은 칠판에 이름을 쓰도록 했어요. 그녀가 몸을 돌리고 힘들게 팔을 뻗었어요. 이리저리 서성이더니 마침내 칠판 왼쪽 꼭대기 구석진 곳에 서툴고 유치하게 '쑤네이허蘇內河'라고 썼습니다. 글자 하나하나가 진지하고 고집스러웠습니다. 차고 있던 투박한 은팔찌가 팔에서 오르내렸어요. 다시 몸을 돌렸을 때 보니 흰색 셔츠에 남색 면치마를 입고 맨발에 운동화를 신고 있었어요. 조잡한 솜을 넣어 땋은 긴 머리를 가슴 앞에 늘어뜨리고요. 눈이 아주 맑았죠."

그녀는 마르고 고지식한 여자아이였다. 오른뺨에 커다란 검은색 사마귀가 있었다. 세월이 지난 후 그는 어떤 여배우의 얼굴에서 같은 위치의 똑같은 검은 사마귀를 발견했다. 너무 신기했다. 그 여배우는 예뻤다. 남방의 복숭아꽃처럼 신선하고 선명한 용모였다. 그는 줄곧 두 사람이 닮았다고 생각하며 그녀의 영화를 보았다. 그녀의 비밀스런 팬이었다. 두 사람의 어디가 닮았는지는 시종일관 명확하지 않았다. 예쁜 것은 분명 아니었다. 쑤네이허는 예쁜 여자는 아니었다.

여배우는 열여섯부터 서른 살까지 연기를 했고, 그동안 한결 같이 소녀의 자태를 유지했다. 두 명의 여자는 단지 같은 사마귀만을 가진 게 아니었다. 잡으려 하면 곧 사라지고 마는 성숙하면서도 천진스런 기질은, 병 속에 갇혀 깊은 해저에 던져진 영혼과 같았다.

같은 시기, 같은 기질에 속하는 이 영혼들은 봉폐되는 순간 일체의 생장과 성숙을 멈추었다. 단지 서서히 죽어가고 있을 뿐이다. 그들은 늙지 않을 것이다. 소진되지 않을 것이다. 다만 사라질 뿐이다.

비록 소도시였지만 성省급의 중점 중학교는 100년의 역사를 자랑했으므로 학생들 모두 자긍심이 강했다. 여학생들은 통상 흰색 면양말에 반들반들 윤이 나는 학생 구두를 신고 머리를 말 꼬리처럼 높이 올려 땋았다. 네이허는 피부가 까무잡잡했고, 늘 여름처럼 맨발로 다니는 것을 좋아했다. 흰색 상의에 남색 치마 교복도 그녀가 입으면 건들건들해 보였다. 자전거를 쏜살같이 타고, 웃음소리가 시원시원했다. 나중에 알게 되었지만 그녀는 여섯 살이 될 때까지 바닷가 마을에서 자랐다. 그 후로 시내의 외삼촌 집에 맡겨져 학교 교육을 받았다.

이렇게 말과 행동이 이상한 여자아이를 여학생들은 좋아하지 않았다. 그녀를 따돌리거나 무시했다. 선생님들도 그녀 때문에 골머리를 앓았다. 그녀는 수업 중에 졸거나 숙제를 늦게 제출했고, 수학·물리·화학 과목은 늘 재시험을 치러야 했다. 예의가 없고 불결하며, 성질이 사납고 고집스러워 남의 기분을 맞출 줄 몰랐다. 그러나 퀴즈 대회나 글짓기 대회에 참가할라치면 거들먹거릴 등수를 따올 만큼 아주 훌륭한 선수였다. 국어·역사·생물·지리의 성적 또한 예상을 뛰어넘을 정도로 좋았다. 그러나 친구는 없었다. 지샨성을 제외하면.

그는 늘 여학생들의 구애를 받았다. 그를 향한 마음을 은밀히 드러내는 여학생이 많았다. 소녀들은 숙제 노트를 제출할 때면 노트가 책상 여기저기로 떨어지도록 일부로 대충대충 쌓아둔다. 그리고 옆에 서서 도발적으로 몸을 기울이고 그가 말을 걸어주기를 기다린다. 그는 무표정하게 노트를 한 권씩 가지런히, 아주 견고하게 쌓아 올린다. 둘러서서 구경하던 급우들은 그 순간 한숨을 길게 내쉰다. 한숨소리 속 지산성은 여학생들의 짝사랑 대상에서 벗어날 수가 없다. 심지어 고등학교 여학생들도 소문을 듣고 교실로 그를 보러 왔다. 그 때문에 동성 친구와의 인연은 더욱 멀어져 거의 왕따에 가까웠다.

남자아이들은 농구나 축구를 할 때도 그를 부른 적이 없었다. 다행스럽게도 그는 운동에 전혀 관심이 없었다. 성격은 괴팍해서 습관적으로 자신을 주변 사람들로부터 격리시키는 소년이었다. 그의 정신세계는 혼자 내왕하는 데 익숙해 의기투합하는 친구가 없었다. 모종의 사명감은 불붙은 채찍이 영혼을 후려치듯 안정을 찾은 적이 없었다. 모친의 엄격함과 완고함 때문에 여성에 대해 친근감을 느끼지 못했을 뿐만 아니라, 주변의 경박하고 멍청한 여학생들을 경시했다.

그는 특출한 학생이었다. 엄격한 가정교육을 받으며 선생님의 신뢰를 받는 진지한 인격의 소유자였다. 하지만 이것이 그녀에게 매료되는 그를 막지는 못했다. 그는 그녀가 여자라는 것을 거의 의식하지 않았다. 그녀 특유의 독립적이고 자유로운 중성적 기질이 성별을 떠나 친구처럼 느끼게 했다. 그녀는 그에게 막연한 연정을 품는 여학생들과 달랐다. 그들은 그를 우러러보고 머리꼭대기에 광배를 두며 어쩔 줄을 몰라 했다. 반면에 그녀는 처음부터 그의 곁에 서도록 자연스럽게 선택되었다.

두 사람은 서로의 유일한 친구였다. 하지만 그것은 누구에게 말하거나, 누구와도 나눌 수 없는 두 사람만의 은밀한 비밀이었다. 중학교를 졸업할 때까지 교실이나 공공장소에서는 말 한마디 나눈 적이 없었고 눈길조차 주고받지 않았다. 그녀는 그의 내면에서 꿈틀대는 영혼을 인도하는 능력을 지니고 있었다. 이런 능력이 구체적으로 어떤 것인지 설명하기는 어려웠다. 의심할 여지없는 그녀만의 능력. 사람과 사람 사이에 주고받는 영향은 분자의 조합이 일으키는 기류의 변동과 유사하다. 이런 신비한 함의는 이성적 판단의 범주에 속하지 않는다. 그것은 해석될 수 없다. 모든 자연적 존재의 규칙은 사후의 주석이다. 그것은 사족이다.

그녀만이 그에게 말을 걸 수 있었다.

"샨성, 서남쪽 하늘의 뭉게구름을 좀 봐."

그는 고개를 들고 석양에 물든 저녁놀이 도시의 드넓은 지평선에서 끝없이 펼쳐지며 빛나는 것을 보았다. 그들은 집으로 돌아가는 길에 자전거를 타고 뭉게구름을 쫓아 언덕을 날듯이 질주하며 오르내렸다. 스치는 바람에 지면 가득 떨어진 벚꽃 잎들이 놀라 일

2장 / 어둠 속의 메아리

어나 하늘에서 술렁거렸다. 구름을 쫓아 웨후月厚까지 자전거를 몰았다.

그녀는 호숫가에 그와 함께 앉아 갖가지 식물들이 내뿜는 냄새를 맡고, 나무들의 이름과 습성을 알기 위해 사전을 뒤적였다. 그도 그녀처럼 두꺼운 영국 그림책을 빌려 공룡의 화석을 보곤 했다. 프로케라토사우루스, 오루라노사우루스, 티타노사우루스, 디플로도쿠스 등 각양각색의 공룡이 완전한 형태의 화석 스케치와 더불어 설명되고 있었다. 완전히 이해하기는 힘든 영문 해석도 있었다. 책에 온몸을 파묻고 흥분을 억제할 수 없어 숨을 씩씩거렸다. 그러나 대체로 그들의 세계는 청정하고 편안했다. 해질 때까지 앉아 있다가 호수 위의 붉은 석양을 본 뒤 함께 자전거를 타고 집으로 돌아갔다.

2

그의 어머니는 다른 사람들처럼 그녀를 좋아하지 않았다. 오히려 반감까지 있었다. 두 사람이 얼굴을 본 것은 단 한 번에 불과했다. 어머니는 말했다.

"걔는 열심히 공부하는 애가 아니다. 노는 것에만 열중하고 호기심은 또 지나치게 많더구나. 전혀 안정되어 있질 않아."

그래서 그녀는 그의 집에 놀러갈 때마다 뒤뜰 담벼락을 기어 올라갔다. 덕분에 더 이상 그의 어머니에게 발각되는 일은 없었다. 한 번은 이야기를 하다가 날이 저물었다. 그녀는 우물쭈물하며 가겠다는 말을 하지 않았다. 그는 나가서 어머니와 저녁밥을 먹은 후 어머니가 방으로 들어가기를 기다렸다. 그런 다음 몰래 주방에서 먹을 것을 가져와 방에 숨어 있는 그녀에게 주었다.

청춘은 활력으로 충만했다. 두 사람은 방에서 숙제를 하거나 조용히 책을 읽었다. 학교에서는 과묵한 학생이지만 둘이 있을 때는 이야기가 끝없이 쏟아졌다. 서로 의지하며 지냈다.

하루는 몹시 피곤했던 그가 침대로 올라가 여느 때처럼 자버렸다. 한밤중에 깨어나자 아직 가지 않은 그녀가 옆에서 등을 대고 자고 있는 것이 보였다. 젖어 있는 까만 머리카락은 김을 내뿜었다. 베개에 얼굴을 파묻고 몸을 아주 작게 웅크리고 있었다. 창밖에서 밝게 비치는 새하얀 달빛이 두 소년을 휘감았다. 그들은 시간이 얼마나 흘렀는지 몰랐다.

그녀도 깼다. 일어나 앉아 칠흑 같은 머리를 빗고 가늘게 땋았다. 새벽 네시 반. 그녀는 집으로 돌아가야 했다. 한 마을에 살고 있기 때문에 걸어서 10분이 채 걸리지 않았다. 집으로 가면 분명 야단맞을 텐데도 그녀는 결코 허둥대지 않았다. 그녀의 외박에 이미 익숙한 외삼촌 식구는 그녀가 늘 친구 집에서 지내는 줄 알고 있었다. 그녀는 독립적이기 때문에 반드시 안전하게 돌아올 걸 믿었다.

깔끔하게 머리를 땋아 등허리에 내리자 올 때와 똑같았다. 그는 졸린 눈을 게슴츠레 뜨고 어둠 속에서 그녀의 눈을 보았다. 눈동자가 너무 환했다. 촉촉하게 젖은 눈에 옅은 그림자가 비쳐들어 금방이라도 눈물이 떨어질 것만 같다. 그는 마음이 망연해져 참지 못하고 손바닥을 펴서 그녀의 눈으로 가져갔다.

그녀는 몸을 일으켰다.

"샨셩, 이제 가야 해."

그녀가 책가방을 등에 메고 방문을 열었다. 그는 뜰의 담장까지 그녀를 배웅했다. 23년 전 봄날의 새벽이었다. 고향집 뜰에는 동백꽃이 활짝 피어 있었다. 두꺼운 선홍색 꽃잎이 한겹 한겹 겹쳐 있다. 그렇게 단단하게 피어나 이슬에 잠겨 조용히 호흡하고 있었다. 그녀가 한 송이를 따서 가지를 입에 물었다. 그런 다음 가방을 가슴 앞에 걸고 담장 위로 날렵하게 기어올랐다. 담장에 오른 후 숨을 내쉬었다. 힘을 쓰느라 뺨이 붉어졌다. 아래 서 있던 그는 잔뜩 긴장해 졸음기가 싹 가셨다. 서늘한 새벽바람이 불어왔다. 점점 눈부심을 더하는 아침 해가 하늘 끝에서 떠오르고 있었다.

"샨셩, 개울가로 가서 일출을 보자."

그녀가 그를 유혹했다. 하지만 그는 고개를 저었다.

"집에 가서 잠 좀 자야지. 넌 노는 걸 너무 좋아해."

그녀가 깔깔대며 웃었다. 이런 대답을 미리 예상했다는 듯 동백꽃을 되는 대로 머리에 꽂고 몸을 돌려 담장에서 뛰어내렸다. 눈

깜짝할 사이에 보이지 않았다. 다만 밖에서 낭랑한 소리만이 들려왔다.

"샨셩, 안녕. 내일 봐."

그녀가 탄 자전거는 체인 소리를 내며 밝아오는 봄날의 시간 속으로 빠르게 사라졌다.

3

그는 꿈속에서 그녀의 고향을 보았다. 도시로 오기 전에 생활했던 그곳에 대해 그녀가 설명해준 적이 있었다. 바닷가 마을의 이름은 루아儒雅였다. 그녀는 그곳에서 태어나 자랐다. 지금까지 자신의 부모를 본 적이 없다. 모친은 그녀를 낳은 후 행방을 감추어 소식이 묘연하다가 5년이 지난 후에야 소식을 전해왔다. 처음에는 모리셔스Mauritus로 가서 일을 하다가 나중에는 다시 아랍연합과 인도를 전전했으며, 마지막에는 태국을 혼자 여행하다가 우연히 만난 영국 남자와 런던에 갔다고 했다. 이로써 방랑 생활에 종지부를 찍고 돈도 생겨 마침내 딸을 돌볼 수 있게 되었다. 외삼촌에게 양육비를 보내 그녀를 도시로 데려가 교육을 받게 했다.

그녀의 어머니는 그녀 인생의 첫번째 나비였다. 일생 동안 멀리 그리고 높이 날아가 자취를 보이지 않았다.

"아버지에 대해선 지금까지 누구도 내게 말을 꺼낸 적이 없어. 내게 피와 살을 준 그 남자는 존재한 적이 없는 것 같아."

그녀는 그렇게 말했다. 그녀의 출생은 정자와 난자의 결합을 통해서가 아니라 한 줄기 큰 강물이 버림받을 운명의 여자아이를 가져다준 것 같았다.

"엄마는 나를 낳기 전에 꿈속에서 파도가 용솟음치는 큰 강을 보았대. 어렸을 때부터 외할머니가 여러 번 얘기해준 거야. 고산 정상의 눈 녹은 물과 빗물이 합쳐진 강물이 고요하고 광활하게, 보석처럼 찬란한 은빛을 반짝거리며 산 능선과 평원을 넘고 마을을 통과해 집 문턱으로 흘러들더니 바로 가로질러 가버렸대. 꽃들이 한 송이씩 수면 위로 활짝 피어나 마치 분홍색 등롱처럼 두둥실 멀리 가버렸다지. 거대한 강물은 뱀처럼 서서히 미끄러지더니 뒷문을 통해 사라졌고 이렇게 무서운 꿈을 무더운 한 여름날 오후에 꿨는데, 잠에서 깨어났을 때 엄마 이마엔 땀이 흥건했대."

그녀는 자기 어머니의 성을 따랐다. 그녀는 그해 7월에 태어났다.

그녀는 동해에 자리한 그 마을에 대해 설명해주었다. 겨우 300여 킬로미터 떨어진, 별로 멀지 않은 곳이다. 지금도 여전한 곳이다. 봄이면 산비탈에 자주색 목란과 새하얀 배꽃이 활짝 피었다. 비파나무와 감귤나무가 무성하고, 진달래꽃, 해당화, 야생 난초가 온

산에 가득했다. 여름에는 짙은 향기가 코를 찌르는 치자와 장미, 그리고 연못 가득 피어난 붉은 연꽃이 보였다. 왕잠자리는 걸핏하면 뜰로 날아들어 빨랫줄에 앉아서 쉬곤 했다.

아이들은 어려서부터 함께 어울려 해변으로 달려가 우렁이를 찾아내고, 게를 잡고, 물고기를 건져 올리고, 김과 해초를 햇볕에 말렸다. 산에 가면 열매를 따고 곤충을 잡았다. 그리고 언덕 가장자리에 앉아 정박한 어선과 화물선을 향해 환호성을 질렀다. 배는 바깥세상의 소식과 물건을 싣고 왔다. 포장이 멋진 상하이 과자, 영화 포스터, 신문, 우편물과 서적을 가져왔다. 간혹 선부가 선실에 오르는 것을 허락할 때도 있었다.

아이들은 함께 몇십 리 산길을 걷는 데 익숙했다. 산봉우리를 타고 옆 마을로 가서 식료품을 교환하고, 걷다 지치면 대숲에서 쉬며 대통으로 시원한 샘물을 실컷 떠 마셨다. 모든 생활이 하늘과 땅, 그리고 바다 사이에 활짝 열려 있었다. 마을은 100년 이상을 그렇게 지내왔듯이 자연스럽게 존재했다.

루야 주민의 선조는 백전백승의 장군이었다. 드높은 용기와 혁혁한 전공의 장군은 늙어서 자손을 거느리고 이곳에 정착했다. 투구와 갑옷을 전부 걸친 소상塑像이 모셔진 낡은 사당에는 향불이 계속 타오르고 있다. 누대에 걸친 족보도 그곳에 보관되어 있다. 루야의 아이들은 그의 후손이었다.

"우리는 결코 천지의 변화무상함을 두려워하지 않아. 우린 해변에서 자란 아이들이야. 장군과 바다의 후손이야."

2장 / 어둠 속의 메아리

선박의 정박으로 루야가 번화한 상업지역이 되자 인근 사람들
이 물품을 교환하기 위해 모여들었다. 매달 초하루와 15일에 정기
적으로 열리는 시장은 아주 흥성했다.

"시장은 세속적 즐거움과 오고가는 사람들로 북적이는 성대한
연회야. 자갈이 깔린 중앙 도로는 인파와 상인들로 미어터지지. 야
채·고기·과일·해산물·각종 염장품과 훈제품·말린 과일·다양한
금은 장식품과 자기와 포목·가정에서 만든 과자·술·찹쌀 간식·수
공으로 짠 포목……. 이 모든 것들이 거리에 진열되었어. 아이들은
개를 데리고 목조 가옥이 늘어선 어두운 골목길을 가로질러 햇살
이 반짝이는 인산인해의 시장으로 달려갔어. 천당 같았던 루야의
기억들 중에는 정기 시장 말고도 매년 여름에 불어닥치는 태풍이
있어. 비가 억수로 퍼부어 3일 낮, 3일 밤을 꼬박 내리는 거야. 만
약 바닷물이 만조라도 되면 치솟은 바닷물이 백사장과 제방을 휩
쓸고, 목조 가옥의 문지방을 넘어 바닥을 휩쓸고, 벽을 통과해 곧장
마을의 중앙 도로로 돌진했어. 자갈이 깔린 도로 전부가 하얀 포말
이 이는 짜디짠 바닷물에 잠겨버렸지. 그 위로 집에서 탈출한 식료
품과 물건들이 둥둥 떠다니고, 개와 오리들이 수영을 하는 거야. 길
이 온통 바닷물이 모여드는 물길이 되면 아이들은 흥분해서 밖으
로 뛰쳐나와. 퍼붓는 비를 맞으며 출렁출렁 세차게 흐르는 파도 속
에서 고함치고 낄낄대고 장난치며 뛰어다녀. 천지가 캄캄해지고
번개와 우레가 교대로 번쩍이고, 어두컴컴하고 구불구불한 골목길
과 좁다란 층계가 서서히 빗물에 잠기는 거야.

장대 같은 녹나무·오동나무·버드나무가 벼락에 맞아 쓰러지고, 잎이 무성한 나뭇가지들이 물결을 따라 떠다니며 맵고 맑은 향기를 발산해. 밤에 잠을 잘 때는 높이 세운 탁자 위에 침대를 둬야해. 전기도 안 들어와. 촛불만 켤 수 있어. 방 전체가 파도로 요동치며 언제라도 부딪쳐 떠내려갈 것 같아. 이런 날씨는 비가 그치고 하늘이 갤 때까지 계속돼. 그러고 나면 파도는 신속하게 물러나. 도로와 층계도 다시 두둥실 떠오르지. 작열하는 태양은 무더운 여름이 바야흐로 그 서막을 열어젖히고 있음을 예고하는 거야.”

아연실색한 그에게 이야기를 다 끝낸 다음, 그녀는 몸을 숙이고 치마를 들어 다리에 난 상처를 보여주었다. 셔츠의 소매를 걷어 올리자 팔과 어깨에도 상처가 있었다. 들이닥치며 퍼붓는 파도 속에서 장난치다가 나무와 돌에 부딪쳐 난 상처 자국이었다. 드문드문 흩어져 있는 붉은 자국들. 왼쪽 늑골 밑에는 약 5센티미터의 꿰맨 자국이 있었다. 색은 이미 옅어졌으나 보기만 해도 여전히 몸서리가 쳐졌다.

“널빤지의 쇠못에 긁힌 거야. 꿰맨 후 1주일간 주사를 맞고 나서야 좋아졌어.”

상처 자국에 대한 이런 무심함은 단조롭고 무미한 골목의 소년에게 열등감을 느끼게 했다.

그는 자신의 질투심을 억누르지 못하고 슬그머니 그녀를 밀며 말했다.

"알았어. 난 이제 숙제하러 가야겠어."

이렇게 근본적으로 대등할 수 없는 잡담이 종료되었다.

4

　　　　　　　　　　　"어서 와, 샨성. 나를 따라와."

그녀가 어둠 속에서 조용히 그를 불렀다. 가까이 있었기 때문에 그녀는 그를 명확하게 식별했다. 과묵하고 괴팍한 소년은 오로지 성적과 석차에만 관심이 있었다. 반면 그녀는 사물에 대한 폭넓은 관심에 일체의 거리낌이 없었다. 9월에는 천체의 별자리가 어떻게 달라질까? 철새는 어떻게 그렇게 오랫동안 비행할까? 공룡은 용반류龍盤類와 조반류鳥盤類로 나눌 수 있고 중생대 말에 571종이 전부 멸종했어. 두 사람은 목표와 방향이 완전히 달랐다. 마치 같은 수원水源에서 발원한 두 지류가 각자 구불구불 앞을 향해 가는 것처럼.

그녀는 서로를 검증할 수 있는 공감자를 원했다. 어쩌면 그녀는 그 자신이 전혀 모르는 동경을 알아보았는지도 모른다. 그녀가 그를 유혹했다. 검증이 결과를 이겼다. 책임을 지지 않는 그녀의 태도는 시작부터 방랑하는 반란자적 특징을 지니고 있었다. 이성으로는 처치할 수 없는 고통이 어디든 진입할 가능성을 지니고 있었다.

몸을 날려 돌진했다. 이런 가능성이 그녀가 설정한 가상적 전제가
될 때까지. 그러므로 그녀는 상이한 순간, 상이한 종류의 희생양을
만들었다. 그녀는 이것을 공유할 권리를 설정하지 않았다. 해석도,
설명도 하지 않았다.

두 사람은 반딧불이를 수집한다고 숲속으로 갔다. 그리고 밤새
도록 캠프로 돌아가지 않았다. 그들을 찾기 위해 선생, 학생들이 총
출동했다. 이곳 중점 중학교에서는 거의 전례가 없는 일이었다. 오
만과 고집, 개인주의, 자기중심, 조직과 집단에서의 이탈, 무질서와
불복종……. 그들은 주변 사람들에게 당황과 분노의 고통을 안겨
주었다. 다음 날, 그들을 찾았을 때 극도로 화가 난 선생은 네이허
를 꾸짖으며 처벌을 내렸다.

그는 공공연히 처벌에서 제외되었다. 그녀는 기꺼이 징계를 받
아들였다. 그녀가 그를 포획해 그의 세계로 침입을 강행했다는 점
은 의심의 여지가 없었다. 끼이익 하는 소리만 들렸다. 문틈이 열
리고, 그 순간 빛은 숨기 시작하는 모든 꿈틀거리는 욕망을 환하게
비추었다. 그녀는 그의 영혼을 포획한 다음, 그를 데리고 비틀거리
며 참을 수 없을 만큼 고통스럽게 그녀 자신이 지각한 세계로 진입
했다.

그는 자신이 앞으로도 여전히, 그리고 언제나 그녀를 필요로 할
거라는 사실을 알고 있었다. 그녀는 맞은편에 나타나 그의 몸에서

뻗어 나간 또 하나의 자아를 보게 하는 확연히 다른 매체였다. 비록 그는 늘 망설이며 주저했지만, 이 또 하나의 자아가 내면의 필요에 의한 것인지를 결코 확신하지 못했다. 한밤중에 조용히 일어나 격렬한 심장 박동을 참으며 바다와 캄캄한 숲으로 뛰어든 도망자. 흰색 셔츠를 입고 전교생들 앞에서 기수가 되어 깃발을 천천히 끌어올리는 우등생. 어느 것이 스스로 만족하는 진실한 영혼인지 확신하지 못했다. 영예와 치욕, 전범과 착오가 한데 뒤엉켰다. 어리고 단순한 그는 그것을 충분히 구별할 수 없었다.

때문에 그는 십 수년 뒤, 성공적인 외양에도 불구하고, 시종 회재불우懷才不遇의 기분에 휩싸였다. 마치 그의 인생은 줄곧 두 개의 평행선을 달리는 모순된 세계에서 망설이며 정확과 안정을 찾지 못하는 것 같았다.

5

열여섯 살의 여름. 그는 중점 중학교의 고등부로 진학했다. 그녀는 이과 성적이 많이 떨어져 문과로 유명한 고등학교에 입학했다. 두 학교는 도시의 극과 극에 있었다. 그녀는 그의 집으로 와 정원의 담장 밑에서 그를 기다렸다. 장미가 활짝 핀 무더운 여름밤이었다. 향기로운 자잘한 꽃잎들이 그녀의 하얀 면치마 위로 흩어졌다. 그녀는 맨발에 운동화를 신고 꽃하나를 따서 씹으며 자전거 뒤에 앉아 있었다. 자전거 체인이 계속돌아가고, 그녀는 그것을 밟으며 놀았다.

함께 자전거를 타고 서점으로 가서 책을 샀다. 그녀는 『장 크리스토프』, 『소크라테스 군도 자연사』, 『기독교의 인생관』, 『조가비의 자연사』, 『융 심리학』, 『원자학설』 등을 샀다. 그녀의 책 읽기는 그보다 훨씬 광범위했다. 그녀는 그와 함께 문제를 탐구하는 것을 즐겼다. 책을 함께 읽은 후 서로 의견을 교환하거나, 심지어 그것 때문에 때로는 특별히 긴 편지를 써 보내기도 했다. 서점에서 책을 다 산 후에는 가게에 들러 아이스크림을 먹으며 당시 한참 유행하던 중국 선봉파先鋒派, 1980년대 당시 20~30대 젊은 작가들이 주도한 문학유파로 형식적 탐구와 실험적 문체를 추구했다. 현재 주목받고 있는 중국의 세 작가 위화, 모옌, 쑤퉁이 20년 전에 선봉파 문학을 주도했다.

소설가들의 작품을 토론했다. 두 사람 모두 기법이 우아하면서도 음울한 남방 작가에 빠져 소설 속의 폭력적이고 고독하며 극단적인 소년에 대해 지칠 줄 모르고 토론했다.

그때는 20세기, 1980년대 말이었다. 단순했던 어린 시절. 그들은 1970년대 중반에 출생했다. 생활의 기복은 변화가 무상해 마치 희미한 풍경이 옆에서 번쩍이는 것 같았다. 하지만 모든 것이 그들과 무관한 것 같았다. 그들은 자신의 내면에서 생활했다. 그것은 순백의 소우주였다.

어느새 또 밤 열시가 넘었다. 그는 귀가해야 했다. 그녀는 꾸물 거리며 가려 하지 않았다.

"샨셩, 너희 집에서 조금만 더 있을게."

그녀는 여느 때처럼 또 작은 정원의 담장을 기어올랐다. 그는 그녀를 방에 두고 거실로 가서 모친과 대충 인사를 나누었다. 욕실 에서 씻고 방으로 돌아가자 그녀는 이미 침대에서 잠이 들어 있었 다. 그날 특히 말을 많이 한 탓에 흥분되어 빨리 지친 것이다. 두 사 람은 함께 누워, 변함없이 천진무구한 어린아이가 되어, 언제나처 럼 등을 대고 잠이 들었다.

그녀의 길게 땋은 머리가 그의 베개 위에 드리워졌다. 그는 밤 새도록 흠뻑 젖은 머리카락에서 풍기는 냄새를 맡았다. 머리카락 에서 풍기는 땀 냄새. 맑고 향기로운 아이 냄새가 짐승 새끼의 그 것 같다. 그녀의 머리카락은 진하고 숱이 많았다. 한밤중에 깨어나 자 머리카락 냄새는 옅어져 홀연히 사라지고 없었다. 그는 온몸이 땀투성이였다. 티셔츠가 흠뻑 젖었다. 어둡고 무더운 방 안에는 선 풍기 돌아가는 소리만 들렸다.

그녀는 조용히 침대에 걸터앉아 긴 머리를 빗질하며 한 줄 한 줄씩 머리를 땋고 있다. 팔목의 은팔찌가 탁자에 부딪히며 딸랑딸 랑 소리를 낸다. 희미한 소리에 그는 정신이 아득해지며 여전히 꿈 을 꾸고 있다고 생각한다. 하늘이 어슴푸레 검푸르지만 여전히 어두운 기운이 남아 있고, 담장의 장미는 새빨갛게 피어 있다. 이것이 매번 가기 전의 모습이다. 그는 피곤한 듯 애써 눈을 뜨고 몸을 일으키며 묻는다.

"가려고?"

그녀는 등을 맞대고 낮은 소리로 동문서답한다.

"난 내가 정말 싫어."

그녀가 외삼촌 집에 가느니 차라리 밖에서 지내고 싶어 한다는 것을 그는 어렴풋이 느끼고 있었다. 영국의 생모는 계속 돈을 부쳐 왔고, 외삼촌 또한 유명한 상인이었다. 그녀는 그에 비해 돈이 많았다. 그가 비록 더치페이를 주장했지만, 그녀는 밖에서 항상 흔쾌히 돈을 냈다. 물질적 풍요와 생활의 안정으로 그녀에게는 그가 느끼는 심리적 스트레스가 없었다.

그것은 그녀가 그에게 처음으로 고백한 방황이었다. 아마도 한 번도 받아본 적 없는 친부모의 부양과 장기간의 더부살이가 그녀에게 열등감을 준 모양이었다. 그리고 이런 열등감은 소녀 시절 그녀의 은밀한 수치심의 정신적 측면을 구성했다.

"샨성, 외삼촌은 내게 온화하고 후하셔. 하지만 그것이 한 남자에 대한 기대를 대신할 수는 없어. 등에 매달리고, 목마를 타고, 어리광을 부리고, 간식과 장난감과 애정을 강요할 수 있는 한 남자. 내가 뭘 하더라도 변함없이 나를 사랑하고 나를 떠나지 않을 사람이 생기기를 항상 바랐어. 때때로 나는 일부러 다른 사람을 화나게 하거나 멀리하고, 도리어 화를 내고는 해. 그런 다음 이유 없이 울어. 난 손쉽게 비위를 맞출 수 있는 애가 아니야. 악랄한 태도로 다른 사람을 난처하게 하기를 좋아해. 그걸 통해 애정에 대한 그리움을 증명하는 거야."

"산셩, 난 애정이 필요해. 무한한 애정이. 난 애정에 대해 과도한 탐욕과 질투심이 있어. 언젠가 나를 낳아준 부모를 만나고, 삼촌네 사촌들과 화목하게 지내고, 내 주변의 많은 사람들을 좋아하고, 그들과 친밀한 관계를 맺을 수 있는 날을 상상해. 하지만 그것이 어렵다는 걸 알아. 내 마음속의 검은 동굴을 본 후에는 항상 온 힘을 다해 그것을 메우려 해. 그리고 예민함과 수치심 때문에 이 동굴을 사람들이 바라보거나 접촉하게 하고 싶지가 않아. 난 사람들과 친해지기에는 부족해. 사람들에게 증명해주기를 거듭 요구했지만 만족을 얻은 적이 없었어. 난 정말 이런 내가 싫어."

그는 어둠 속에서 그녀의 가느다란 말소리를 들으면서 순간 어떻게 대답해야 할지 몰랐다. 그녀가 말했다.

"어른이 되면 이런 불가항력을 느끼지 않을지도 모르지. 넌 나중에 네가 어떤 삶을 살고 있을지 생각해본 적 있니? 네 어머니가 원하는 것처럼 좋은 대학에 합격하는 것 빼고 말이야. 그 다음에는 어떻게 할 건데? 또 그 다음에는?"

"모르겠어. 그런 건 잠시 동안 생각하지 않아도 될 것 같은데."

"네가 설정한 건 다만 목표일뿐이야. 넌 그걸 추구해야 할 유일한 것으로 만들고 싶어 하지. 왜냐면 그것이 네게 안전한 느낌을 주거든. 너는 이성으로 네가 필요로 하는 것과 그에 상응하는 대가를 충분히 대응시킬 수 있어. 우린 비슷해. 우리는 격렬한 갈망으로 가득 찬 빈 병과 같아. 너는 그 속을 감정보다 의지로 채울 거야. 어쩌면 넌 의지가 감정보다 힘이 있다고 믿을지도 몰라. 샨성, 넌 뛰어나. 하지만 너란 사람은 거대한 상처야. 너는 자신을 사랑하지 않아."

6

그들은 머지않아 시작될 여정을 위한 세세한 계획 따위는 전혀 세우지 않았다. 그는 티베트에 관한 배낭여행 책자를 한 권 챙겼다. 책은 스무 페이지에 걸쳐 모퉈를 설명했지만, 내용이 공허하고 간략해 실제로 참고할 만한 자료는 많지 않았다. 그녀는 작은 서점에서 여행객들이 편찬한 책을 찾아내 거기서 지도 한 장을 복사했다. 모퉈로 가는 노정표였다. 그녀는 붉은 선으로 굵게 도보 노선을 표시하고, 녹색 선으로 가늘게 얄룽창포 강을 그었다. 그런 다음 손가락으로 가볍게 그곳의 지명들을 훑었다.

라싸, 바이八一 진鎭 파이派 향鄉, 뒤슝라多雄拉, 라거拉格, 한미汗密, 베이벙背崩, 야랑雅讓, 모톼, 108K, 80K, 보미波密. 보미에서 라싸로 돌아온다. 200킬로미터 이상을 걸어야 한다. 대략 하루에 35킬로미터에서 40킬로미터를 걷는다.

"여길 보세요. 길은 얄룽창포 강과 그림자처럼 다닐 거예요. 얄룽창포 협곡은 유라시아판과 인도판이 만나는 지대예요. 매일 아침 일곱시에 출발해 정오까지 걷고 숲속이나 강가에서 쉴 거예요. 오후엔 저녁 여섯시 정도까지 걷고요. 목적지에 도착해야만 비로소 음식과 잠자리를 얻을 수 있어요."

출발하기 전날 저녁에 침낭과 비옷과 발한發汗 내의 등 필요한 물건을 샀다. 베이징 동로의 양편에는 값싼 여행용품 가게가 많았다. 짐을 줄이기 위해 일부 장비는 버려야 했다. 방습용 깔개, 나침판, 로프, 나이프, 약품 일부 등이었다. 필요한 물건은 손전등, 건전지, 침낭, 담배, 각반, 초콜릿, 백주白酒, 흔히 배갈로 불리는 높은 도수의 증류수를 말한다. , 그리고 반창고와 소독약이었다. 준비물은 줄일 수 있으면 최대한 간단히 해야 한다는 것이 그녀의 생각이었다. 도중에 예상치 못한 무수한 상황이 발생하더라도 임기응변할 수 있다는 것이다. 마지막으로 그녀는 문구점에서 샤프펜슬 50개를 사서 고무줄로 묶어 배낭에 넣었다. 협곡의 아이들에게 줄 것이었다.

"유일하게 아쉬운 점이라면, 책이 너무 무거워 가져다줄 수 없다는 거예요. 그곳 아이들은 좀처럼 산 밖으로 나갈 기회가 없거든요."

군용 운동화는 모퇴로 가는 데 가장 적합한 신발이었다. 진창이
나 빗물에도 끄떡없고, 수시로 숯불에 말릴 수 있으며, 신다가 찢어
지면 새 걸로 바꾸면 되었다. 한 켤레에 6위안이었다. 각자 세 켤레
씩 사서 배낭에 쑤셔 넣었다.

"베이징에 있을 때 몇몇 친구들은 2천 위안이나 하는 수입 운동
화를 신었습니다. 단지 주말에 만리장성에 오르기 위해서 말입니
다."

"편안하고 럭셔리한 여행을 좋아하는 사람들이 원하는 것은 자
기암시적인 심리 상태예요. 그들은 무리를 지어 시끌벅적 몰려다
니며 빈 깡통과 비닐봉지를 한가득 남긴 후에야 만족해서 돌아가
죠. 그들이 원하는 것은 결코 대자연이 아니에요. 그곳에서 전혀 얻
는 것이 없어요. 사실, 대협곡을 넘는 데는 군용 운동화 세 켤레로
도 충분해요. 이것이 여행의 본질이죠. 원한다면 일어나 발을 내딛
어 출발하는 거예요. 그것뿐이에요.

저는 히말라야의 떠돌이 수행자에 관한 전설을 좋아해요. 그들
은 6천여 미터의 고산을 넘으며 하루 한 끼밖에 안 먹는다고 해요.
담요 한 장, 지팡이 하나만을 가지고, 호피와 물병을 등에 지고 맨
발로 걸어가죠."

날은 빨리 저물어 눈 깜짝할 사이에 벌써 밤이 되었다. 그들은

식당으로 가서 저녁을 먹었다. 일본에서 온 젊은 남자와 예쁘장한 여학생이 구석 자리에 앉아 간단한 음식을 먹으며 일본어로 조용히 이야기를 나누고 있었다. 실내는 조명이 어두웠다. 배낭을 멘 유럽 남자가 일부러 그녀에게 다가와 인사를 건넸다. 죠캉 사원 밖의 광장에서 그녀를 본 적이 있다며 영어로 열심히 말했다. 그녀는 미소를 지으며 차갑게 대충대충 대답했다. 그녀가 낯선 사람과는 거의 말을 하지 않는 것을 그는 지켜보았다.

한밤중에 그가 침대에서 몸을 뒤척이며 신음소리를 냈다. 그녀는 일어나 물었다.

"어디 불편해요?"

"열이 좀 있는 것 같습니다. 온몸이 바짝 마르고 머리도 아프고 호흡이 힘들어 잠을 잘 수가 없네요."

그녀는 침대에서 내려와 그의 이마를 짚어보았다. 이마가 몹시 뜨거웠다.

"피곤해서 그럴 거예요." 그녀가 알약과 물을 건네주었다.

"약을 좀 드세요. 도움이 될 거예요. 억지로 참지 마세요."

그가 약을 삼키고 말했다.

"아래로 내려가 세수를 좀 해야겠습니다."

그는 아래층으로 내려갔다. 마당의 세면대를 이용하려면 펌프질을 해야 했다. 그녀는 펌프질을 도와주면서 차가운 우물물에 번지는 그의 머리카락을 보았다. 회랑에는 잠에서 막 깨어나 거슴츠레한 투숙객이 공용 화장실로 가고 있었다. 바람에 방문이 삐걱삐걱 소리를 냈다. 그녀가 말했다.

"우리, 잠깐만 여기 앉아 있어요. 방 안은 무덥고 건조해서 더 견디기 어려울 거예요."

출발하기 전 라싸에서 보낸 마지막 밤이었다. 새벽 한시쯤이었다. 산과 들판에서 바람이 세차게 불었다. 짙푸른 하늘은 커다란 구름층이 바람에 휩쓸려가자 투명한 광택을 드러냈다. 노란 달이 둥글고 고요했다. 밤은 결코 실재하지 않는 것처럼 아름다웠다. 달빛이 어두운 정원에는 선홍색 달리아가 무리를 지어 활짝 피어 있었다. 벽에 붙은 메모지가 바람에 시끄러운 소리를 냈다. 예나 다름없이 번잡한 초대와 이메일 주소, 핸드폰 번호가 잔뜩 쓰여 있었다. 아무런 회답도 없는.

그들은 회랑의 나무 의자에 앉았다. 그녀가 담배를 꺼내 한 개비에 직접 불을 붙였다. 벽에 기대 바람에 날리는 달리아를 보았다. 그녀는 흰색 셔츠를 입고 맨발에 슬리퍼를 신고 있었다.

"이번이 첫번째 여행이세요? 가방이나 방풍복이 모두 새것이어서요."

"일 때문에 지구상의 거의 모든 곳을 가본 셈입니다. 직업 때문에 공중에서 그네 곡예를 했죠. 어떤 때는 오전에 서반구에 있다가 저녁에 동반구로 달려가기도 했습니다. 휴가도 다르지 않았습니다. 몰디브의 짙푸른 모래사장이나 태국 사무이 섬의 고급 호텔에 있다가 파리의 카페에서 한가롭게 오후를 보냈죠. 아시겠지만 단지 이것뿐이었어요. 여행의 구체적인 개념은 모릅니다. 지금에서야 겨우 시작한다는 느낌이 들어요. 일을 그만두고 배낭을 꾸려 여행 책자를 들고 길을 나서게 된 거죠. 아는 거라곤 전혀 없는 황량한 고원의 도시를 향해서 말입니다."

"……."

"늘 여행을 떠나시죠?"

"1년에 대략 2, 3개월만 나가요. 나머지는 대개 도시에서 지내죠. 오랫동안 도시에서 생활한 사람은 의존적인 도시 동물이 되기 쉬워요. 도시가 제공하는 풍부한 기능 안에서 생활을 영위하기 때문에 삶이 익숙한 표상들 속에서 관성에 따라 흘러가도록 내버려두죠. 그런데 전 그런 생활과 거리를 두는 데 익숙해요."

"혼자 지내시나요?

"예. 밖으로 거의 나가지 않아요. 인터넷으로 쇼핑과 채팅을 하고, 책이나 음악, 영화를 다운로드하죠. 사람들과 약속을 하고 얼굴을 볼 기회는 아주 적어요. 한밤중에 인적이 드물면 밖으로 나가 천천히 걷고 겨울 나뭇잎과 강물의 냄새를 맡곤 해요. 그리고 사람의 피부와 머리에서 풍기는 죽음과 고독의 냄새를 맡죠."

베이징에서 있을 때 한동안 그녀는 약을 먹어도 밤새 잠을 이루지 못한 적이 있었다. 24시간 영업하는 서점이나 카페 혹은 탁구 연습실이 생겼으면 했다. 그렇게 되면 새벽 한두시에도 밖으로 나가 불이 켜진 곳을 찾아 커피를 마시고 책을 보거나, 아니면 누군가를 찾아 잡담을 나눌 수 있다. 그러다 날이 밝으면 각자의 갈 길로 간다. 아무 소리도 없는 방 안에서 대비對比가 존재하지 않는 불면의 인생은 마치 무덤 속에 몸을 둔 것과 같았다. 그녀는 산책할 때면 캄캄한 도시의 밤 한가운데 숲처럼 우뚝 솟아 있는 고층 빌딩을 디지털 카메라에 담곤 했다.

"제겐 친구도 애인도 없기 때문에 어디에 살든 마찬가지예요. 그래서 황량한 느낌이 있는 황폐한 도시가 좋아요. 라싸의 황량함은 독특한 지형 때문이에요. 베이징의 황량함은 그 안에 모인 낯선 사람들 때문이고요. 저는 도시에 살면서 그것을 향유하는 데 익숙하지만 그 생활 속으로 침잠하지는 않아요. 혼자서 대화할 수 있는 외딴 도시에 숨을 수만 있다면 편안함도 느낄 수 있어요."

"여행 중에는 신체를 물리적 공간을 따라 이동시키는 데 익숙해져야 할 거예요. 내면에서 유동하는 번잡한 의식과 현상은 더욱 내향적 사색을 하게 돼요. 항상 날이 밝기 전에 일어나 길을 떠나죠. 망망한 천지 사이로 별이 어둡고 안개가 자욱하면 사람들은 위축감을 느껴요. 하지만 다음 여정을 향해 출발해야만 하죠."

"그해 겨울이었어요. 새벽 다섯시에 윈난성雲南省 다리大理에 도착했어요. 배낭을 등에 지고 옛 골목길을 걷는데 차가운 바람이 휙휙 소리를 내고 주위에는 인적조차 없었어요. 창산蒼山의 커다란 회색빛 윤곽만이 희미하게 보였어요. 마침내 문을 연 작은 식당을 찾았죠. 붉은색 등롱이 문발에 걸려 있었어요. 실내에는 중년 남자가 밀반죽 덩어리를 치대고, 큰 솥에서 녹두죽과 콩국이 모락모락 김을 뿜고 있었어요. 자리에 앉아 따뜻한 음식을 시켰어요. 온몸은 꽁꽁 얼어 감각조차 없었어요. 뜨거웠다가 급속히 차가워지는 커다란 사기 사발에 손가락을 대고 몸을 녹였어요. 문밖에는 새벽안개가 여전히 자욱했어요. 하늘이 서서히 밝아오고, 개 한 마리가 어슬렁거리며 들어왔어요. 일찍 일어나 등교하는 어린 학생들이 가게 문 앞을 뛰어가기 시작했어요. 거리는 소리와 사람의 그림자, 색깔을 되찾기 시작했어요. 그 순간이었어요. 혼자 조그만 식당에 앉아 담배를 피우고 글을 쓰면서 이 세상의 적막함을 보았어요. 내면이 진실로 침착해지는 순간이었어요. 소음으로 들끓는 인파나 한낮과는 전혀 달랐어요. 여행 중에만 일어날 수 있는 일이었지요.

늘 여행을 다니는 것은 아니에요. 여행은 사람의 생활 방식을 깨뜨리거든요. 항상 여행을 다니는 사람은 질서와 원칙이 없고 금방 싫증을 내며 새것을 좋아해요. 불안정한 태도로 수시로 방향을 바꾸죠. 분명히 집착을 하면서도 굉장히 무정해요. 저는 한 도시를 탈출했다는 느낌만으로도 어쩌면 관성을 타파할 수 있을지도 몰라요. 사람들은 습관 속에 지나치게 많은 금기를 가지고 있거든요. 그것은 좋지 않아요."

그녀는 재차 담뱃갑에서 담배를 꺼냈다. 얼굴을 돌리고 라이터를 꺼내 불을 붙였다. 칠흑 같은 긴 머리는 뺨을 가렸고 아래로 드리운 눈썹과 쌍꺼풀이 없는 가늘고 긴 눈이 불빛에 비쳤다. 얼굴이 깨끗하고 편평한 달 같다. 그녀는 환자와 수도자의 결합체였다. 멀리 떨어진 인간 세상의 번잡한 부분을 완전히 걸러낸, 내면의 깊은 곳과 열려 있는 만물의 세계에 관심의 양극단이 존재했다. 티베트 사람들이 자신들을 원숭이와 암라찰녀^{嚴羅刹女} 사이의 후손 ^{티베트 신화에 의하면 관세음보살 제자의 화신인 원숭이와 암라찰녀라는 요괴 사이에서 탄생한 원숭이가 티베트족의 조상이 되었다고 한다.} 이라고 생각하는 것과 같다.

그녀는 여느 여자와는 달랐다. 그는 그녀와 함께 길을 떠나도 된다는 사실을 알고 있었다. 오랫동안 고원을 유랑하며 조용히 죽음을 기다리고 있는 여자. 지난날의 인생을 종결하고 출발을 준비하는 지친 남자. 그들 사이의 세계는 분명히 닫혀 있었다. 그러나 거기에 둘 사이의 동맹을 결성하는 기반이 존재했다.

그가 『변증법사』를 가져와 한 페이지를 펼쳤다. 낡고 얇은 지면이 바람에 바스락거렸다. 손가락으로 가볍게 종이를 문지르며 말했다.

"이건 그녀가 내게 준 오래된 책입니다. 그녀가 쓴 시가 몇 수 적혀 있습니다. 항상 잡히는 대로 아무 종이에나 썼기 때문에 시들은 쓰이는 순간 실종될 운명에 처해 있었죠. 시인은 아니었지만 그녀는 시를 쓰는 것이 속세로부터 귀천^{歸天}할 수 있는 길이라고 여겼습니다."

그가 책을 건네주었다.

"한번 읽어보세요."

그녀는 책을 받아 그가 펼쳐 놓은 페이지를 보았다. 대충 흘려 쓴 연필 자국이 아이의 글씨처럼 소박하고 천진하며 필획이 깨끗했다. 시를 쓴 날짜는 7년 전으로 되어 있었고, 제목은 『출발』이었다. 그녀는 바람이 이는 한밤에 목소리를 낮추어 경쾌하면서도 정중하게 한 줄씩 낭독했다. 그는 한 번씩 가격해오는 두통 때문에 부풀어 터질 것 같은 머리를 벽에 기댔다. 눈을 감은 모습이 마치 벌써 잠이 든 것 같다.

7

......

의심의 여지없는, 나의 연인
이 순간 넌 나를 믿어야 해

어둠이 뒤덮기 전에
세상이 불바다와 재와 석상으로 변하기 전에

우리가 출발할 때, 제발 무기를 지녀라

육체가 허공에 굴복하기 전에, 스스로 결정하라

광년※‡을 지녀라, 그것으로 망각된 너의 시간을 계산하라

이미 죽어버린 아버지를 지녀라

우상과 숭배자, 더럽혀진 진리를 지녀라

자취 없는 영웅과 그의 미라를 지녀라

헛된 권력은 우리 수중에 없기 때문이다

눈물과 실망을 지녀라, 이것은 힘의 근원이다

빛을 지녀라, 또한 그것의 종결을 믿어라

······

8

어둠 속에서 그는 작은 여관방을 다시 바라보았다. 기차역과 가깝고 창문이 기차 레일로 향해 있었다. 밤 기차가 기적을 길게 울리고 덜커덕덜커덕 소리를 내며 지나갔다. 기차 바퀴와 선로의 마찰음이 귀를 찌를 듯 울렸다. 격렬한 소리가 몸을 관통했다. 소리는 잠시 쉬었다가 30분쯤 뒤에 다시 울렸다. 그는 땀으로 흠뻑 젖은 채 깼다. 눈을 떴다. 눈부신 빛이 쏟아졌다. 탁자 위의 보온병, 세숫대야, 약병, 물 컵 등이 가볍게 진

동하며 달그락달그락 부딪혔다. 햇빛이 사라지자 기차가 멀어져갔다. 하지만 여전히 평정이 되지 않았다.

방은 텅 빈 용기처럼 모든 소리를 여과했다. 그는 어떤 소리도 들리지 않았다. 귀 안에서 웅웅 메아리가 남았다. 공기 속에는 씻은 지 오래된 지저분한 냄새가 시고 떫은 옅은 피비린내와 섞여 있었다. 다른 침대에는 그와 등을 지고 누운 여자아이가 낮은 신음 소리를 냈다. 쥐어짜는 듯한 소리가 척추를 따라 희미하게 퍼졌다. 그의 마음은 누구든 밟고 디딜 수 있는, 알몸을 드러낸 공터였다. 그래서 그는 두려웠다. 몸이 미세하게 떨렸다. 눈에 뜨거운 눈물이 가득했다.

그는 소년이 어둠 속에서 몸을 일으켜 여자아이의 침대로 향하는 것을 보았다. 여자아이는 정면으로 누워 그를 바라보고 있었다. 베개 위에 드리운 까만 갈래 머리가 땀에 젖어 짙은 남색의 윤기를 발했다. 달빛을 받은 그녀의 얼굴이 물결처럼 가볍게 흔들렸다. 이마에 땀이 총총히 배어 있었다.

"샨셩, 너무 아파. 나를 좀 안아줘. 꼭 안아줘."

여자아이는 가녀린 목소리로 그에게 간구하며 가슴의 셔츠를 움켜쥐었다. 그는 그녀 옆에 누웠다. 그녀의 마르고 부드러운 몸과 닿았다. 그녀의 피부는 너무나 뜨거웠다. 어린 두 육체가 포옹했다. 그녀는 계속 중얼거렸다. 아파서 말을 멈출 수가 없었다.

"우리는 서로를 파멸시킬 운명을 타고난 것 같았습니다. 그곳을 떠나야만 했습니다. 눅눅하고 어두운 터널을 따라 앞으로 길을 재촉해가며 먼 곳의 희미한 빛을 향해 달렸습니다. 함께 사람이 없는 자유로운 곳으로 도망쳤지요. 그녀는 내 손을 잡고 나는 듯이 빠르게 맞은편으로 달렸어요. 그래서 나는 그녀가 가는 길을 볼 수 없었어요. 그녀가 날 인도했어요. 나는 그녀의 발자국을 따라가고 싶지 않았어요. 그녀에게서 있는 힘을 다해 필사적으로 벗어나려고 했어요. 내가 본 빛이 그녀가 본 것과 같은 것인지, 항상 마음속으로 의심했습니다. 사실, 전혀 달랐어요."

그는 항저우행 야간열차에 앉아 있었다. 어머니에게는 거짓말을 했다. 이번 토요일에는 집에 가지 않고 학교에 남아 복습을 하겠노라고. 하지만 그는 교복을 갈아입은 후 버스를 타고 기차역으로 가서 차표를 샀다. 그리고 그녀와 함께 낯선 도시로 갔다. 이것은 그의 첫번째 여행이었다. 그는 학교와 집 사이의 고정된 노선에서 벗어난 적이 없었다. 근거리 여행임에도 그는 걱정스러웠다. 그래서 네 시간 동안 줄곧 아주 긴장해 있었다.

유리창 밖으로 밤안개에 잠긴 들판이 휙 지나갔다. 때때로 넓게 드문드문 퍼져 있는 시골 마을의 불빛이 번쩍거리며 스쳐갔다. 빛이 밝게 비칠 때 그는 자신의 얼굴을 보았다. 마르고 괴팍한 소년의 얼굴. 눈빛에는 그늘과 같은 황망함이 담겨 있었다. 그녀는 자

리에 비스듬히 누워 몸을 웅크린 채 그의 다리에 얼굴을 대고 잠이
들었다. 마치 자신이 대면해야 할 일체의 것에 무지하고 무감각한
듯 깊은 숨소리를 냈다. 누군가는 그녀가 결코 자신의 두려움을 폭
로하고 싶지 않은 거라고 말할지도 모른다. 어렸을 때 그녀는 두려
움 없는 침착한 성격이었는데 그것은 자신을 책임지는 또 다른 방
식이었다.

새벽에 항저우에 도착했다. 그들은 날이 밝을 때까지 대합실 의
자에 앉아 있었다. 역의 안내 방송이 쉴 새 없이 들리고, 무수한 인
파들이 어지럽게 날뛰는 병사와 군마처럼 우르르 여기저기서 오고
갔다. 사람들의 살갗과 짐에서 풍기는 냄새가 공기 중에 퍼져 있었
다. 그녀는 일어나 화장실로 가서 차가운 물로 세수를 했다. 그녀가
말했다.

"병원 주소는 찾아놨어. 내가 병실로 들어가면 너는 밖에서 기
다려야 돼. 대략 30분 정도. 빨리 끝날 거야. 다른 데 가지마. 내가
나올 때까지 기다려야 해."

샨성은 병원 복도에 한참을 앉아 있었지만 그녀가 나오는 것은
보이지 않았다. 수술을 기다리는 시간은 무척 길었다. 수술실로 들
어간 뒤의 시간은 훨씬 더 길었다. 얼굴이 거무튀튀한 성인 남자
들 사이에서 그는 유일하게 신선하고 말끔한 소년이었다. 이유 없
이 몇 번이나 곁눈질을 당했다. 아침부터 오후 내내 마시지도 먹지

도 않았다. 눈이 침침해질 정도로 햇빛이 쏟아졌다. 수술실 문이 한 번, 두 번 열리고 여자아이들이 한 명, 두 명 나왔다. 그녀는 없었다.

그는 애써 호흡을 가다듬으며 자신에게 말했다. '만약 10분이 더 지나도 안 나오면 발로 문을 차고 들어가 찾아보자.' 그 순간, 간 호사가 나와 큰 목소리로 쑤네이허의 가족을 찾았다. 그는 벌떡 일 어났다. 두 다리가 가늘게 후들거렸다. 그의 눈은 간호사가 끼고 있 는, 혈흔이 가득한 고무장갑을 노려보고 있었다.

그는 그녀와 함께 들어갔다. 표정 없는 여의사는 흰색 에나멜 접시를 들어 바로 그의 눈앞에 들이댔다. 의사가 핀셋으로 검붉은 핏덩어리를 만지작거리며 말했다.

"보세요, 정확히 봤죠? 흡착물에 융모가 없어요. 자궁외임신 가 능성이 있어요. 주의해서 관찰해야 합니다. 만약 출혈이 많거나 복 통이 있으면 즉시 큰 병원으로 보내야 하고요."

핏덩어리에서 풍기는 뜨뜻한 피비린내가 별안간 그의 얼굴로 훅 끼쳤다. 코를 찌르는 냄새 때문에 눈에서 뜨거운 눈물이 솟구치 며 속이 메슥거렸다. 다급히 물러날 수밖에 없었다. 돌연 흰색 면 커튼 뒤에서 누군가의 희미한 신음 소리가 들렸다. 그가 들은 건 그녀의 소리였다. 뇌가 반응할 틈도 없이 곧장 걸어갔다. 그렇게, 그는 그녀를 보고 말았다.

그녀는 산부인과 수술대 위에 반듯하게 누워 있었다. 곁에는 전 선들에 휘감긴 의료 기기가 있었다. 투명한 고무 흡입관에는 여전히 핏자국이 남아 있었다. 피를 닦은 솜뭉치는 바닥에 버려진 채 시큼하고 진한 피비린내를 풍겼다. 하반신은 실오라기 하나 걸치지 않았다. 가냘픈 두 다리가 가랑이를 벌려 세우고 틀 위에 고정되어 있었다. 허벅지에 묻은 선혈 몇 가닥이 피부를 따라 조용히 미끄러져 떨어졌다. 그녀가 고개를 들어 그를 바라보았다. 안색이 창백했다. 온통 땀으로 젖은 이마에 앞머리가 축축하게 한데 엉겨 있었다. 투명한 눈물이 눈가에서 아무런 느낌 없이 주르륵 흘러내렸다. 하지만 그녀의 눈빛은 전혀 슬프지 않았다. 다만 나직이 이렇게 말했다.

"와서 안아줘, 샨성. 너무 아파. 힘이 없어서 일어날 수가 없어."

그의 두 눈은 너무나 갑작스럽게 보고 말았다. 그녀의 두 다리 사이에 있는 금기의 신체 기관을. 어둡고 수치스러운 내핵이 눈앞에 있었다. 갑자기 들이닥친 추악함이 강한 힘으로 그를 내리쳤다. 마치 두 개의 쇠망치에 눈을 세게 얻어맞은 것 같았다. 그는 고통스러워 눈을 감았다. 눈앞이 핑 돌며 몸을 가눌 수가 없었다.

9

라싸에서 린즈^{林芝} 바이 진까지,

420여 킬로미터. 거의 여덟 시간에 가까운 여정이었다. 피곤한 하루였다. 하루 종일 차 안에서 지내야 했다. 저녁 무렵에야 도착했다. 깨끗한 작은 여관을 찾아 여장을 풀었다. 배낭을 내려놓자마자 먼저 국경 통행증을 신청하러 갔다. 모퉈는 인도 국경에 가까웠다. 통행증을 받으면 내일 아침 일찍 파이 향으로 출발할 수 있었다.

그는 화장실에서 면도를 하고 차가운 물로 얼굴을 깨끗이 씻어낸 후 거울을 마주하고 풀 향이 나는 스킨을 가볍게 발랐다. 이것은 고위 간부로 재직했던 10년 생활의 습관이었다. 많은 사소한 일들이 마지막에는 습관으로 굳어지곤 했다. 항상 담판과 회의, 교제와 접대를 하는 남자는 자신의 얼굴을 가꿔야만 했다. 그는 거울 앞에서 흰색 면셔츠로 갈아입고 어깨 위의 허공을 향해 샤워코롱 한 방울을 가볍게 분사했다. 그리고 외투를 걸치고 방을 나왔다.

그녀는 머리를 감은 후 담배에 불을 붙이고 회랑에 서서 그를 기다렸다. 짙은 청록색의 이집트 작약꽃 무늬 면상의에 헐렁한 인도산 마직 바지를 입고, 머리를 정수리 뒤쪽에서 둘둘 감아올리고 귀걸이를 찼다. 그녀는 늘 동남아시아의 시골 여자 같은 차림을 했다. 맨얼굴로 다니며 화장을 하거나 피부를 가꾼 적이 없었다. 그녀가 말했다.

"오늘은 추석인데 쓰촨 음식점에 가서 물만두나 먹어요."

두 사람은 쓰촨 출신 여주인이 손수 빚은 만두 2인분, 야채 볶음과 훈제 순대, 그리고 작은 백주 한 병을 시켰다. 좁은 식당은 불빛이 어두웠다. 벽에 높이 건 텔레비전에선 한물간 홍콩 드라마가 방영되고 있었다. 그 소리가 시끄럽고 소란스러웠다. 물만두를 다 만들자 주인과 점원도 걸상에 앉아 텔레비전을 보기 시작했다. 큰 개가 문 앞을 어슬렁거렸다. 저녁 하늘은 음산하고 구름이 자욱했다. 린즈 지역은 건조한 라싸와는 달리 비가 많이 왔다. 구름이 달을 가려 달빛이 전혀 보이지 않았다.

"사실, 저는 명절을 전혀 챙기지 않아요. 생일을 지낸 적도 거의 없고요. 항상 날짜를 잊어버리기 때문에 몇 월, 며칠, 무슨 요일인지를 몰라요. 시계를 차본 적이 없거든요. 하지만 오늘은 함께 기쁨을 나눠야 할 명절 저녁이에요. 왜냐면 인파가 집결한, 청결하고 번화한 곳에서 보내는 마지막 밤이니까요."

다음 날부터 그들은 정식으로 대협곡을 향한 여정에 올라야 했다. 사람이 살지 않는 원시림으로의 진입은 화장실이 딸린 편안한 여관방, 다양하고 맛있는 음식을 구비한 식당, 시끌벅적한 인파와 편리한 교통수단, 그리고 즉각적으로 화폐로 교환할 수 있는 일체의 물질적 자원을 더 이상 가질 수 없다는 것을 의미했다. 정보, 상업, 오락, 우상, 뉴스, 유행, 경제, 정치……. 현대 사회가 파생한 모든 생산물은 더 이상 존재하지 않았다.

그녀가 그를 향해 잔을 들며 말했다.

"고색창연한 만년림萬年林을 위하여! 건배!"

백주와 물만두로 자축한 추석. 두 사람은 식사를 마치고 가랑비가 내리는 쌀쌀한 거리로 나섰다. 도로변의 누추한 탁구장에서 몇 게임인가를 했다. 여행객은 한 명도 마주치지 않았다. 썰렁하고 휑한 가게 안을 흐릿한 백열등이 비추고 있었다. 그녀가 하체를 굽히며 공을 치는 동작은 민첩하고 호쾌했다. 공이 탁 소리를 내며 구멍 속으로 들어갔다.

그 시각, 밖에는 비가 거세져 빗소리가 요란했다. 두 사람은 피차 비에 관해 더 이상의 논평을 하지 않았다. 9월 말이면 이미 모둬는 우기의 끝이므로 비는 곧 그칠 것이다. 하지만 지연될 가능성도 있었다. 폭우가 지속적으로 내리면 산이 붕괴될 것이다. 산사태와 진흙사태로 인해 협곡에서 유일하게 걸을 수 있는 길이 소실될 것이다. 두 사람 모두 이 점을 잘 알고 있었다. 그러나 부정적인 상상을 야기할지도 모르는 일을 주고받고 싶지는 않았다.

그녀는 몸을 세우고 세차게 퍼붓는 창밖의 비를 바라보며 담배에 불을 붙였다.

"티베트에서 그렇게 오래 있었지만 폭우를 직접 보기는 처음이에요. 여관까지는 뛰어가면 될 거예요."

10

"샨셩, 난 정신력과 지혜가 점점 풍부해지는 것 같아. 아주 사소한 것에도 마음이 끌리고 격렬하게 요동쳐. 하지만 마음이 다다른 곳은 마치 캄캄한 감옥처럼 몸을 움직일 수 없고 질식할 것만 같아. 내 스스로 생명을 소모시키는 것 같아.

난 사랑을 찾으러 갈 거야. 진심으로 사랑받고 싶어. 내 방식으로 이 세상과 마주하고 싶어."

그녀가 본 남자는 그녀와 함께 페리를 탄 여행객에 불과했고, 밤에는 얼굴 생김새가 흐릿했다. 그녀는 혼자 출항을 했고, 이것이 그들 서로 약정한 여정임을 믿었다.

그는 몸을 굽히고 그녀가 그린 작은 캔버스의 유화를 보았다. 그는 그녀가 참가 신청을 한 미술 특별활동반의 교사였다. 그녀는 실경 묘사를 연습하지 않았다. 그림은 그녀의 상상 속 바다였다. 파란색 물감을 칠한 파도가 짙은 자주색 포말과 뒤섞이고 있었다. 태양은 광택이 없는, 밝은 황금빛으로 그려진 원이었다. 무더위로 몸을 뒤틀고 요동치는 공기 속에 있었다. 그것들이 한 줄 한 줄씩 변화하는 여러 선들로 그려졌다.

그는 햇살 속에서 가늘게 실눈을 떴다. 강렬한 화면에 가볍게 얻어맞은 것 같았다.

"가장 좋아하는 화가가 반 고흐니?"

"예. 그의 그림에는 아동화 같은 특징이 있어요."

"예술의 영역에서 창작자는 일정한 경계를 지나면 그 풍격이 단순하고 소박하게 돼버리곤 한단다. 정확한 것은 반드시 간결한 법이지."

그는 항상 하얀색 셔츠를 입고 소매를 대충 걷어 옷매무새에 신경쓰지 않았다. 머리카락은 기름지고 불결했다. 그녀는 그가 허리를 굽혀준 정중함에 매료되었다. 천천히 곁을 지나가는 그의 발걸음 소리를 들었다. 교실의 낡은 나무 바닥이 가늘게 찢어지는 소리를 냈다. 공기는 성년 남자의 체온과 애프터 쉐이빙 냄새로 충만했다.

만약 비극이 있다면, 그것은 분명 각자가 붕괴시킨 폐허 위에 세워진다. 그는 뜻을 펴지 못한 우울한 기혼남에 불과했다. 미술학교를 졸업하고 소도시로 돌아와 교직 생활을 하고 있었다. 얄팍한 월급으로 생활은 늘 궁핍하고 부부 싸움이 끊이지 않았다. 성격이 굼뜨고 말이 적은 아내는 이미 오래전에 직장을 그만두었다. 결혼한 지 14년, 두 명의 아이가 있었다. 열두 살 여자아이와 다섯 살 남자아이였다.

남자는 날이 갈수록 평범해지고 살이 쪄가는 자신을 보았다. 육신은 조만간 희망 없는 부스러기와 재가 되어 매장될 터였다. 인생에는 눈에 뻔히 보이는 진퇴양난의 일들이 있었다. 그가 말했다.

"한 사람이 심연으로 추락하고 있어. 떨어지는 가속도가 귓가에서 윙윙 바람을 일으키지. 옆에 잡을 수 있는 나뭇가지나 덩굴이 없다면 이미 만회할 힘이 없다는 것을 그는 알고 있어."

그녀가 말했다.

"봄에 막 싹이 나기 시작한 여린 가지가 꽃을 피우고 즙이 배어 날 것 같은 푸른 잎을 내어 그 사람이 있는 벼랑과 절벽으로 찾아 들어가요. 그러나 이 추락의 중력을 감당할 수 없다면 함께 침몰할 뿐이에요."

그녀는 어린 완벽주의자였다. '다가오지 마세요. 불꽃을 안고 내게 오지 마세요. 당신과 나는 이미 도달했어요. 내면에 숨겨진 석탄으로 목숨을 걸고 있는 힘을 다해 연소함으로써 자아를 완성해주세요.' 그녀는 그를 향해 빠르고 맹렬하게 돌진했다. 자신의 사랑을 위해 돌진했다. 그녀의 사랑은 자기 확신과 사랑을 추구하는 거울 속 여자를 포옹하는 것에 불과했다. 거울 속 자신을 손에 쥐고 즐겼다. 획득한 첫번째 장난감을 손에 쥐고 즐겼다. 제지할 수 없는 독약과 마취, 거대한 환각 속의 번화한 태평성세, 결함 없는 원만함.

그는 거울 앞에 선 어린 여자에게 매료되었다. '네이허, 네이허.' 그가 조용히 그녀의 이름을 불렀다. 그녀가 그의 젊은 뺨을 올려다 보았다. 마치 향기가 진한 치자꽃처럼 하룻밤 사이에 시들 것만 같은 강렬한 조바심이다. 일체의 머뭇거림도 없다. 두려움이 없다. 그를 응시하는 그녀의 눈빛이 작열한다. 칠흑같이 반짝거리는 눈이 그를 사랑하고자 바짝 좇으며 놓치지 않는다. 그녀의 기대는 이미 가동되었다. 어린 야수처럼 조용히 뒤를 따르고 주시했다. '너도 알겠지만 애정에 대한 욕망은 접근해서는 안 돼. 다가가서도 안 돼. 불꽃을 안고 내게 오면 안 돼. 하지만 우리는 이미 도달했어.'

그녀는 이 남자를 사랑하게 되었다. 그들은 몰래 도망치기로 결심했다. 그 도시를 떠났다. 종적이 묘연했다.

"무서운 일이었습니다. 사람의 운명은 때때로 자신의 순간적인 결정에 의해 바뀌곤 하지요. 내가 어려서 획득한 모든 교훈과 경험은 그녀로부터 비롯되었어요. 어쩌면 그녀는 항상 전쟁터로 보내지는 병사의 운명을 타고났는지도 모릅니다. 그녀는 멈출 수가 없습니다. 그녀에게는 위험한 사명이 있습니다. 그녀는 천성적으로 전쟁의 잔학성에서 벗어날 수가 없습니다. 때로는 바깥세상을 향한 전쟁이었고, 때로는 그녀 자신의 내면을 향한 전쟁이었습니다."

"그 남자는 어떻게 자기보다 스무 살이나 어린 여자와의 동행을 결정할 수 있었죠?"

"실패한 사람은 환각의 유혹을 받기 쉽습니다. 빨리 죽기를 갈망하던 사람도 사막에서 신기루를 만나면 필시 그것을 향해 달려가는 것과 비슷하지요. 그 사람은 결코 어떤 선택도 하지 않았습니다. 아마도 비슷하게 위험한 사람들만이 서로를 매혹시킬 수 있을

겁니다. 어쩌면 그 사람이나 그녀나 모두 불꽃을 기다리는 사람이
었을지도 모릅니다."

11

　　　　　　　모친은 신문에서 오려낸 기사를
그에게 부쳤다. 이 일을 사고로 간주한 상급 기관은 엄중히 처리하
라는 공문을 내려 보냈다. 하지만 아무도 그들을 찾지 못했다. 그는
신문에 실린 그녀의 학생증 사진을 보았다. 하얀색 셔츠에 길게 땋
은 머리. 색과 광택이 흐릿했지만 얼굴을 알아보기에는 충분했다.

　모친은 다른 말은 한마디도 쓰지 않았다. 신문 기사가 이미 충
분한 설득력을 지닌다고 믿었다. 일찍이 둘 사이의 우정을 가로막
은 것이 분명 옳은 일이었으며, 그가 소년 시절에 사귄 인물이 부
정한 여자였다는 사실을 증명한다고 믿었던 것이다.

　거의 모든 사람들이 풍문을 듣고 쑥덕거렸다. 그가 재학한 중점
고등학교의 소위 우등생들도 쉬는 시간이면 슬그머니 모여앉아 시
시비비를 따졌다. 모두들 경악한 얼굴이었다. 식당이나 계단식 교
실에서 누군가 그녀의 이름을 거론하기만 해도 그는 온몸의 피가
얼굴로 치솟고 심장이 파닥거리며 쥐구멍에라도 들어가고 싶을 만

큼 수치스러웠다. 마치 자신이 현장에서 잡힌 흉악범이 된 것 같았다. 심한 스트레스를 받았다. 가슴이 답답해 한밤중에 뛰어나가 운동장을 돌고, 또 돌았다. 혼자 샤워를 하다가도 흐르는 눈물을 참을 수가 없었다. 원망스런 마음이 일었다. 어떤 해명이나 설명도 없이, 그녀는 결국 그를 팽개친 것이다.

상급 기관에서 학교로 사람을 파견해 그를 탐문했다. 그와 그녀가 친하고 줄곧 편지를 주고받았다는 것을 아는 중학교 동창이 있었기 때문이다. 그는 교장실로 불려갔다. 딱딱하게 굳은 표정을 짓고 있는 두어 명의 남자 앞에서 그는 침묵했다. 그들이 아무리 구슬려도 그는 모른다고만 했다. 둘 사이의 편지 왕래를 부인했고, 편지도 내놓지 않았다.

엄청난 추문이었다. 욕정, 추잡함, 수치와 죄업이 뒤섞인 그 사건은 보수적이고 전통적인 소도시에서 거의 상상의 한계를 타파하기에 이르렀다. 전전긍긍했다. 온갖 상상이 난무했다. 모든 사람들이 숨을 죽이고 결과를 기다렸다. 사랑의 도피 행각을 벌인 남녀가 제 발로 나타나기를 기다렸다. 두 사람에게 최후의 심판이 내려질 시간을 기다렸다.

석 달 후, 남자가 학교로 돌아왔다.

남자는 학교에 잘못을 시인하며 복직되기를 원했다. 그리고 집으로 돌아가 아내에게 용서를 구했다. 거의 실성한 상태였던 그의 아내는 두 아이와 함께 그를 끌어안고 슬프게 통곡했다. 옆에서 바라보던 학교 인사는 짐짓 감동한 표정을 지었다. 남자는 예전보다 활기가 없어 보였다. 얼굴은 의기소침했고 눈동자에서 빛이 사라졌다. 그는 확실히 늙어버렸다. 석 달 동안의 스캔들로 그의 노화는 빨라졌다. 마치 누군가의 등을 떠밀려 깊은 곳에 빠졌다가 구사일생으로 살아 다시 평지로 끌려나온 사람처럼 공포와 두려움이 그의 얼굴에 남아 있었다.

그녀는 모든 사람들이 보는 앞에서 분노한 그의 아내에게 따귀를 맞았다. 사람들은 모두 냉정하게 방관했다. 아무도 말리지 않았다. 모든 것의 방향이 분명해졌다. 그는 규율을 잘 지키는 평범한 남자 교사였고, 그녀는 포악하고 불순하며 악행을 저지른 적이 있는 여학생이었다. 그녀가 그를 유혹한 것이다. 모친은 전화에 대고 이렇게 말했다.

"그 아이는 그런 수모를 당했다. 조금 지나친 감이 있지만 자신이 저지른 일이니 책임을 져야지. 학교에서 퇴학 처분을 받았단다. 돌아오기는 했지만 정상적인 길로 돌아갈 수는 없겠지. 샨성, 다시는 그 아이와 만나지 말거라."

그녀가 그를 찾아왔다. 비가 억세게 퍼붓는 저녁 무렵이었다. 남학생 기숙사 길목에서 추위로 몸을 움츠리고 서 있었다. 운동화는 비에 흠뻑 젖어 있었다. 가지런히 땋은 머리에 얼굴이 창백했다. 곁을 지나치는 학생들이 여기저기서 흘깃거렸다. 누군가 그녀를 알아보고 이상한 소리를 질렀다.

"쑤네이허잖아, 그 남자 선생."

곧바로 키득거리는 웃음소리가 들려왔다. 비록 오갈 데 없는 불쌍한 처지였지만 그녀의 표정은 여전히 도도했다. 전혀 개의치 않는 얼굴로 모른 척 그저 그곳에 서 있었다. 방송실의 짧은 방송이 이미 울려 퍼진 뒤였다.

"507호 지샨셩, 쑤네이허가 찾고 있습니다. 507호 지샨셩, 쑤네이허가 찾고 있습니다."

그는 낭패감과 난처함을 안고 기숙사에서 걸어 나왔다. 의혹과 추측의 시선들을 무릅쓰며 건물을 내려와 추문으로 얼룩진 여학생에게 다가갔다. 그리고는 그녀에게 말 한마디 건네지 않고 몸을 돌려 도서관 쪽으로 걸어갔다.

그는 쏟아지는 비를 맞으며 빠르게 걸었다. 얼음처럼 차가운 빗물이 그의 얼굴을 세차게 때렸다. 옷은 이미 완전히 젖어버렸다. 그녀는 시종일관 그를 따라 걸으며 일정한 거리를 유지했다. 두 사람은 텅 빈 운동장을 가로질러 아무도 없는 도서관 후문의 통로까지 걸어갔다. 그가 고개를 돌리고 그녀를 쳐다보았다. 말은 하지 않았다. 그녀가 먼저 입을 열었다.

"샨셩, 삼촌이 그가 날 꾀어내 간통했다고 학교에 해명하래. 나랑 상관도 없는 사람들에게 그와의 일을 말하긴 싫어. 해명하거나 설명하고 싶지 않아. 사람들이 호의적으로 이해해주지 않을 걸 알고 있어."

"넌 무슨 일을 할 때 남들이 어떻게 느낄지 생각해본 적이 없잖아? 자신이 즐거우면 바로 해버리잖아. 이 세상은 네가 하고 싶은 일만 할 수 있는 곳이 아니야. 규칙을 준수해야만 해."

"알아. 난 그저 내가 원하는 걸 찾고 있을 뿐이야. 어느 누구도 다치게 하고 싶지 않아. 게다가 그 사람들은 나와 아무런 관계도 없잖아."

그녀의 눈빛은 차분했다. 아무런 표정의 변화도 없었다. 그녀는 거대한 압력 속에서도 바위처럼 단단했다. 애당초 괴로움과 공포가 무엇인지 모르는 것만 같았다. 그녀는 그렇게 자신을 보호할 수밖에 없었다.

"샨셩, 네 도움이 필요해. 넌 내 유일한 친구잖아."

"이제 어떻게 할 건데? 이제 학교에 갈 수도 없어. 소문이 다 퍼졌어."

그녀가 조용히 말했다.

"그런 건 중요하지 않아. 난 그런 것들에 신경쓰지 않아. 샨셩, 나 임신했어. 다른 사람들이 알면 안 돼. 네 도움이 필요해. 항저우의 병원까지 같이 가줘."

그해 여름은 머지않아 끝날 예정
이었다. 병원에서 나온 후 그녀는 삼촌에 의해 집에 연금되었다. 집
에 사람이 없을 경우에는 문과 창문까지 모두 잠갔다. 그녀는 정신
이 이상해지고 행동거지가 경직되었다. 불결한 용모에 세수하고
빗질하는 것조차 잊었다. 눈은 초점을 잃고 집중력이 떨어졌다. 옷
을 뒤집어 입은 것도 알지 못했고, 피부와 머리카락에선 불결한 냄
새가 났다. 그녀는 고집스럽게 미술 선생을 찾았다. 불꽃처럼 타버
리길 원하지는 않았지만 진압할 방법이 없었다. 그와 함께 끝까지
가기를 원했다.

그날 저녁은 후텁지근하고 흐렸다. 일기예보에서는 한바탕 뇌
우가 내릴지도 모른다고 했다. 그는 기숙사에서 모친의 전화를 받
았다. 그녀의 삼촌이 찾아왔다고 했다. 그녀가 또 집을 탈출해 미술
선생을 찾아가 대문 앞에서 난리를 부린다고. 그런데 다른 사람들
만류는 듣지 않으니 그보고 와서 말려달라는 것이었다. 모친은 이
렇게 말했다.

"사정이 어떤지는 모르겠지만 얼른 가서 보고 불상사는 막아
라."

그는 전화를 끊자마자 바로 교문을 향해 달렸다. 거리에는 우왕
좌왕 바삐 걸어가는 사람들이 보였다. 하늘의 천둥과 번개가 낮게

울리며 지나갔다. 빗방울이 계속 떨어졌다.

미술 선생의 집 앞은 인파로 어수선했다. 머리를 풀어헤치고 얼굴에 때가 덕지덕지한 그녀가 집 앞에 꿇어앉아 있는 힘을 다해 식칼로 철 대문을 내리치고 있었다. 집 안에서는 어떤 반응도 없었다. 온 가족이 집 안으로 피해 있었다. 어린 사내아이만이 놀라 큰 소리로 울었다. 강철과 강철이 부딪히는 둔중한 소리가 귀를 파고들며 심장을 놀라게 했다.

별안간 문이 열렸다. 남자가 대문을 사이에 두고 그녀와 마주 섰다. 남자는 그녀와 헤어진 후 줄곧 그녀를 피하며 모습을 보이지 않았다. 그녀는 처음으로 남자를 보았다.

이 남자. 그녀는 평생에 걸쳐 그의 얼굴을 잊어버려야 한다. 일찍이 서로 사랑하고 서로를 파멸시킨 환각을. 한밤중에 놀라서 깨어나, 얼굴이 온통 눈물로 젖고도 그칠 줄 모르던 그녀를 껴안아주던 그를. 한순간의 좋은 시절을 잊고 막다른 골목에 이른 자신들을, 하늘 높이 솟구치다가 사라진 그녀 인생 최후의 불꽃을, 집요하게 서로를 막다른 골목으로 몰며 온갖 추태를 드러내는 이런 푸대접과 냉대를, 이성은 이와 같은 고문과 추궁을 용납하지 않는다. 어린 시절의 팔팔했던 성격과 내면 깊은 곳의 불꽃은 잊어버려야 한다. 이 모두는 결국 소멸하고 썩고 말 것이다. 사랑에 대한 탐색과 질문, 의심은 버려야 한다. 사랑, 이것이 네가 원한 사랑이야. 그건 원래 이런 것일 뿐이야.

그녀가 동작을 멈추고 남자를 멍하게 바라보았다. 순간 그가 누군지 생각나지 않았다. 그는 다른 사람의 남편이자 아버지였다. 그는 평범한 중년 남자에 불과했다. 허약하고 불우하며, 겨우 자신 하나만을 지킬 수 있는. 남자가 그녀를 보며 혼잣말하듯 조용히 말했다.

"도대체 어떻게 해야 끝나겠니? 난 겨우 한 번 실수했을 뿐이야. 넌 끈질기게 내 인생을 끝장내려 하는구나."

"선생님, 제게 한 번만 더 기회를 주세요. 우리는 다시 시작할 수 있어요."

"그만 닥쳐."

그의 눈에서 짙은 혐오와 공포가 내비쳤다.

바로 그 순간이었다. 남자는 문을 열더니 재빨리 그녀가 들고 있던 칼을 빼앗아 바닥에 던졌다. 그리고 그녀의 머리를 붙들고 집 안으로 밀어 넣어 때리기 시작했다. 주먹에 사무치는 증오를 실어 그녀의 이마, 눈, 뺨을 내리쳤다. 너무 오랫동안 참았기에 이제 완전히 무너지는 것만 남았다. 그녀가 땅에 뒹굴었다. 그는 있는 힘을 다해 물불을 안 가리고 그녀의 배를 걷어찼다. 그녀의 얼굴이 온통 선혈로 얼룩졌다. 그녀가 날카롭게 소리쳤다. 한쪽에 있던 남자의 아이가 놀라서 연신 울어댔다. 이웃들이 몰려와 뜯어말렸다.

세차게 쏟아지는 비. 피비린내와 추문에 흥분한 인파는 소동을 지켜보며 자리를 뜰 생각을 하지 않았다. 누군가가 경찰에 신고했다. 이웃 사람에 의해 집에서 끌려나온 그녀는 진흙땅에서 나뒹굴었다. 머리가 헝클어지고 얼굴에 피와 얼룩이 가득했다. 옷이 찢어지고 온몸이 비에 흠뻑 젖었다. 그녀는 억수로 쏟아지는 빗속에서 한 마리 야수처럼 발악하며 숨을 헐떡거렸다. 쉰 목에서는 마치 일부러 우는 것 같은 소리가 흘러나왔다. 또 다시 대문을 향해 돌진을 시도했다. 그녀처럼 광분한 남자도 사람들의 제지를 받으며 발버둥치는 한편 신경질적으로 그녀를 저주했다.

모친이 때맞춰 그를 붙잡았다. 그의 머릿속은 혼돈 그 자체였다. 유일하게 모친의 목소리만 들렸다. 모친이 엄하게 명령했다.
"샨셩, 네가 할 일은 없어졌다. 즉시 학교로 돌아가거라."
모친은 강제로 그를 택시로 떠밀며 목소리를 낮추어 말했다.
"이후 재와 왕래하는 건 더 이상 허용하지 않을 거다. 더 이상 재일에 관여하지 말거라. 저 계집애는 구제불능이다. 이미 정신이 나갔다."

의지가 무너지기 시작하는 순간부터 존엄은 진흙땅에 밟혀 수습할 사람조차 없어. 그건 추락이고 몰락이야. 네이허, 어른이 되면 너는 부끄러움을 알게 될까. 자기도 모르는 사이에 어떤 상황에서도 태연할 수 있을 거야. 왜냐하면 그것은 네가 반드시 통과해야 할 길고 긴 터널이기 때문이야. 그렇지 않으면 저 멀리서 빛나는 희미한 빛을 잡을 수가 없어. 넌 반드시 이 모든 것을 믿어야 해. 빛의 진실성을. 그것의 생성을.

그때 그라는 등불이 내 머리 위에서 비추고 있었고, 너는 그의 빛을 빌려 어둠 속을 걸어갔어. 이것이 우리의 죄야. 네이허, 우리의 죄는 반드시 지나간 어둠 속에서 사라질 거야.

기차의 불빛과 기적이 획획 스쳐갔다. 그는 더러운 싸구려 여관에서 함께 포옹하고 있는 자신들을 보았다. 그녀는 싸움에서 졌고, 그는 그녀와 함께 그녀의 고통을 분담해야 했다. 그는 그녀의 하체와 맞닥뜨렸다. 따뜻한 피로 그의 뱃살이 끈끈해졌다. 상처로 아파하는 그녀의 몸 안으로 진입할 방법이 없었다. 그들의 대치는 효과가 없었다. 그녀의 상처는 그의 신체의 일부분이었다. 그의 혈액이요 동맥이며, 부드럽지만 부끄러운 점막이었다. 분열되어 나왔지만 그 경계를 제때 청소하고 잘라내지 못했다. 피와 살이 구분되지 않았다. 그들은 성교할 수 없었다. 접근도, 연결도 할 수 없었다. 피차 단절되고 고립되었다.

그의 몸을 그녀의 피바다 속에 담그자 그것은 물에 완전히 젖은 얇은 종이처럼 허약하고 무력해졌다. 그녀의 허리 밑에서 손을 빼냈을 때 손바닥은 온통 피였다. 끈적끈적한 갈색 핏덩이가 줄줄 떨어졌다. 그는 자신을 제어할 수 없었다. 손으로 머리를 감싸고 몸을 웅크려 소리 죽여 울었다.

그는 잠을 자다가 악몽에 놀라 깼다. 눈이 충혈되고 심장이 격렬하게 뛰며 계속 질식할 것 같은 기억 속에 휩싸였다. 불안정한 호흡을 애써 가다듬으며 이마의 땀을 닦았다. 밤비는 여전히 똑똑 소리를 냈다. 방 안의 불은 이미 꺼져 있었다. 그는 이불 속에서 손전등을 켜고 조용히 낡은 책을 뒤적였다. 편지 몇 장이 끼어 있었다. 그녀가 보낸 편지 일부를 그는 늘 가지고 다녔다. 간혹 다 읽지 않고 책 속에 끼워 둘 때도 있었다.

그 편지는 인쇄가 조악한 학생용 연습장에 쓰였다. 봉투의 소인은 보미였다. 모퉈에 우편 왕래가 되지 않았기 때문에 그녀는 보미로 가는 인편을 통해 상하이로 편지를 부쳤다. 4B 연필로 쓴 글씨는 이미 알아볼 수 없을 정도로 흐릿해졌다. 소인의 날짜는 4년 전 봄이었다.

샨셩,

......

산언덕 정상에 자리한 이 마을은 기름진 땅과 넓은 면적에 비해 살고 있는 사람이 적어. 근처에 복숭아꽃 숲이 드넓게 펼쳐져 있어. 봄이 와 개화가 절정에 이르면 한 그루 나무는 거대한 꽃의 바다로 변해 눈 덮인 산과 파란 하늘을 서로 비춰. 이렇게 아름다운 풍경은 하느님의 걸작이라고밖에 할 수 없을 거야.
복숭아가 익어도 따는 사람이 없어. 복숭아는 조용히 익다가 땅
위로 떨어지고, 어느새 한 척이나 쌓이면 몇십 리 밖까지 향기
가 퍼져. 그 많은 복숭아는 이곳에서 가축의 사료로만 사용돼.

여태까지 난 지금처럼 정신이 맑고 자각적인 생활을 해본 적
이 없었던 것 같아. 텔레비전도 신문도 보지 않아. 오락거리는
아무것도 없어. 들판의 보리처럼 평온하게 생활하고 있어. 여기
선 결코 늙지 않을 것 같아. 아마도 아이들과 함께 살기 때문일
거야. 아이들은 항상 맨발로 먼 산길을 걸어 다니거든. 벌채를
금지하지 않을 때는 아이들과 함께 부근의 더싱, 야랑, 베이벙
등지로 가서 식물표본을 수집하거나 놀러 다녀. 또 아이들과 함
께 하교해 가정방문을 하기도 해. 아이들은 부근의 먼바족 마을
에서 오는데 총명하고 활발해. 땅 위에서 자유롭게 나고 자라는
무성한 야생의 풀이나 꽃 같아. 아이들이 협곡 밖으로 나갈 기
회는 적어. 어른이 된다 해도 여전히 짐꾼이나 농부가 될 운명
을 타고났어. 비록 맨발의 소년들이지만 그들 역시 배울 권리는
있어야 해.

네가 보미로 보낸 편지는 벌써 마을 사람이 나를 대신해 가
지고 왔어. 이곳 생활은 간소해. 모든 걸 등에 지고 운반해야 하
기 때문에 물건이 부족해. 1년의 시간은 아주 빠르게 지나갈 거

야. 이곳에 얼마나 머무를지는 나도 잘 모르겠어. 1년, 2년, 3년, 아니면 그보다 더 오래. 이 고원 위의 고도孤島는 세상과 떨어져 있기 때문에 들어오든 나가든 항상 여정이 힘들어. 여기에는 오로지 고도와 좋은 시절만 존재해. 마치 인간과는 깊이 관계하지도, 의지하지도 않는 것 같아. 이곳은 모든 것이 자체의 온전함을 완성하고 있어.

　……

손전등의 광선 밑에서는 편지 글씨가 보면 볼수록 더욱 흐릿했다. 그는 편지를 내려놓았다. 잠이 다 달아난 것 같았다. 그는 어두움 속에 창가로 걸어가 유리창을 열었다. 아래층 가로등 불빛에 젖은 거리는 인적 없이 고요했다. 저 멀리 능선의 그림자가 옅고 어슴푸레하게 보였다.

그녀는 전혀 잠들지 않았다. 머리를 베개에 파묻고 얼굴을 돌려서 한참동안 야경 속에 서 있는 남자를 바라보았다. 그의 뒤척이는 소리와 편지지 넘기는 소리를 모두 들었다. 하지만 그녀는 알고 있었다. 그들은 피차 위로할 수 없다는 사실을. 곧 날이 밝고 그들의 여정도 시작될 것이다.

3장 · 진홍빛 길

1

파이 향으로 가는 소형 버스는 낡고 붐볐다. 현지인 티베트족이 넘쳐나는 차 안에서 그들 두 사람만이 여행객이었다. 젊은 아낙들은 면으로 된 자잘한 꽃무늬 상의에 티베트족 특유의 바지를 입고 있었다. 헝클어진 푸석푸석한 머리를 견사로 땋았고, 손목에 값싸고 색깔이 선명한 플라스틱 팔찌를 차고 있었다. 오랫동안 빗지도 씻지도 않은 듯 보였지만 얼굴은 단정하고 수려했다. 버스 안은 유제품과 지방산이 뒤섞인 진한 체취로 가득했다. 담배를 피거나 곤히 잠든 인파가 버스에 실려 흔들흔들 앞으로 나아갔다.

차는 강가嘎嘎대교를 지나 얄룽창포 강 남쪽에서 북쪽으로 이동했다. 풍광이 점점 푸르고 촉촉해졌다. 넘실거리는 강물, 하늘가의 짙은 구름, 감도는 안개가 차창 밖으로 보였다. 라싸와는 확연히 다른 경치였다. 개축한 적이 없는 차도는 진흙과 돌로 뒤섞여 있었다. 가면 갈수록 길은 좁아졌고 차는 요동쳤다. 마지막에는 사람들의 발길로 평평해진 진흙길 하나가 점점 산맥 뒤에 숨은 작은 마을로 이어졌다. 파이 향, 모퉈로 통하는 물자物資의 중간 기착지. 짐꾼들은 모두 이곳에서 잠시 쉬거나 정비를 했다. 그곳에서 남쪽 편에 위치한 둬슝라를 넘어야 했다. 지형이 복잡한 둬슝라는 히말라야 동쪽 산자락에 속했다. 그곳은 모퉈로 진입하는 전통적인 노선의 출발점이었다.

파이 향에서 가장 좋은 조그마한 여관은 쓰촨 사람이 경영했다. 말로는 가장 좋다고 했지만 목조 다락방에 불과했다. 나무판자를 몇 장 맞붙여 깐 낮은 작은 침대 위에는 퀴퀴한 냄새가 나는 이불이 개켜 있었다. 화장실은 멀리 허허벌판에 있었다. 씻는 것은 불가능했다. 아래층 홀은 사람들 소리로 시끌시끌했다. 현지 조사차 베이징에서 온 텔레비전 방송국의 제작팀이 촌장의 초대로 술상을 벌이고 있었다. 익숙한 대도시의 표준어를 듣자 새삼스럽다는 느낌이 들었다. 그들 두 사람은 한쪽에 앉아 자리가 비기를 기다렸다. 대화에는 가담하지 않았다.

마침내 들판을 횡단해온 지프차가 한 무리의 사람들을 싣고 떠났다. 홀은 텅 비었다. 하늘은 칠흑 같이 컴컴했다. 두 사람은 각자 얼얼할 정도로 뜨거운 면에 찻물을 부어 다 먹었다. 그녀가 나지막이 말했다.

"현지 조사를 얼마나 하겠어요? 공금으로 먹고 마시고, 피상적인 풍경이나 찍어가 보고를 하겠죠."

여관은 어느새 정전이었다. 주인이 하얀 초에 불을 붙였다. 커다란 누렁이 한 마리가 들어와 먹을 것을 찾았다. 그녀가 손을 뻗어 개의 정수리를 쓰다듬었다. 그녀는 애완동물을 좋아해서 지금껏 한 번도 무서워해본 적이 없었다. 하지만 사람에 대해서는 지나칠

정도로 경계했다.

　이런 사소한 부분에서 그는 그녀 스스로 견지하는 사회적 약자
와의 강한 연대감을 쉽게 발견했다. 그녀는 집단, 기구, 단체, 그룹
등 일체의 집단적 신분과 거리감을 유지했다. 세상 물정과 사회의
일반 규칙에 냉담했고 그것들을 경시했다. 그것은 때로 그녀를 고
립되어 보이게 했다.

　두 사람은 손전등을 켜고 여관 밖으로 산책을 나갔다. 땅거미가
내려앉았고 능선은 적막했다. 쇠락한 작은 마을 이곳저곳에서 개
들이 짖어댔다. 둥근 달이 빈 들판에 빛을 뿌리고 있었다. 일어났다
앉았다 연이은 산골짝은 짙은 남색의 밤하늘을 넓은 캔버스로 삼
아 매혹적인 검은 그림자를 드러냈다. 그 사이에 험준한 설산이 우
뚝 서 있었다. 눈 덮인 간결한 윤곽이 별이 총총한 하늘 아래 깎아
지른 듯 높이 솟아 있었다. 그들은 발걸음을 멈추고 한참동안 그것
을 응시했다. 설산의 정상에는 달빛에 드러난 청량한 빛이 반짝이
고 있었다.

　"저곳이 둬슴라예요. 사시사철 눈이 쌓여 있죠. 폭설 때문에 입
산이 봉쇄되면 길을 구분할 수 없고, 눈이 얼마나 쌓였는지도 알기
어렵죠. 설상가상으로 날씨마저 변덕을 부릴 때 저곳에 있다면 필
경 저세상으로 갈 거예요. 내일은 일찍 일어나야 돼요. 이곳 사람들
의 말에 따르면, 오전 열한시 전에 산을 넘는 것이 가장 좋다고 하

네요. 이때를 지나면 날씨를 예측하기 힘들대요.

입산하려면 반드시 지나가야 하는 입구가 매년 11월 하순에서 다음해 6월까지는 눈에 뒤덮여 있고, 길도 쌓인 눈과 얼음 덩어리에 가려지곤 하죠. 세찬 눈바람이 돌연 불어닥치면 모든 통로가 봉쇄돼요. 아무도 들어갈 수가 없죠. 봄과 여름의 우기에는 토사나 산사태로 길이 험준하고요. 매년 6월부터 9월까지만 겨우 눈이 녹기 때문에 통행할 수 있는 거죠. 따라서 그곳과 외부 세상이 교통하는 것은 실제로 이 짧은 몇 달뿐이에요."

저 멀리 얄룽창포 강의 들끓는 파도 소리가 희미하게 들렸다. 낮이라면 소용돌이치다가 다시 고꾸라지는 하얀 물보라를 보았을 것이다. 파도는 우르릉우르릉 먼 곳을 향해 길게 소리치며 겹겹이 쌓인 히말라야 산맥 사이에서 북쪽으로 솟구쳐 북단의 하류^{河流}에 이르고, 말굽 모양의 큰 모퉁이를 돌아 급하게 회전하며 내려간다. 그 모퉁이는 아마도 지구상의 협곡 하류 중에서 하나의 기적일 것이다. 남쪽으로 세차게 흘러가 모퉈 현에 이르러 다시 국경을 벗어나고, 인도와 방글라데시를 가로질러 최후에는 인도양에 귀착한다. 대하^{大河}의 여정이다. 광활하고 기이하며 편안하고 자유롭다. 이 속에 강물의 생명이 존재한다. 그것은 고산의 눈 녹은 물로부터 발원한다.

그가 말했다.

"열세 살 때 섬으로 여행을 갔습니다. 그녀는 한밤중에 나를 이 끌고 길을 알 수 없는 숲속을 지나갔어요. 하얀 번개가 마치 상처 자국처럼 칠흑 같은 하늘에서 갈라졌죠. 들어온 길을 찾을 수가 없 었습니다. 나는 그녀 뒤에서 허리까지 오는 관목들 사이를 무수히 지나갔어요. 긴장한 데다 흥분되어 있었죠. 나무 위에서 흘러내리 는 빗방울이 이마와 입술을 강하게 때렸어요."

"샨셩, 무서워?"

그녀가 앞에서 나를 조용히 불렀어요.

"우린 길을 잃었어. 비를 피해 쉴 만한 곳을 찾고 날이 밝으면 다 시 가야겠어."

암석 옆에 움푹 들어간 평지가 있었다. 사방은 거대한 녹나무· 잣나무·밤나무로 둘러싸여 있었다. 무성한 가지와 잎들이 밀폐된 궁전을 만들었다. 그녀는 나무뿌리 옆에 누웠고 맨발과 종아리에 진흙이 잔뜩 묻었다.

"샨셩, 와서 누워. 등 뒤에서 나를 꼭 안아. 그러면 감기에 걸리 지 않을 거야."

그녀는 이슬과 꽃가루를 먹고 사는 작은 요괴였다. 그는 그녀의 최면에 걸린 먹잇감, 붉은 새틴으로 눈이 가려진 어린 꽃사슴이었다. 그녀는 그와 함께 장난치기를 원했다.

그가 눈을 감고 말했다.

"아침에 빽빽한 나무 그늘 사이로 쏟아지는 햇살을 받으며 깨어났을 때, 숲속 한쪽에서 물소리가 낭랑하게 들렸어요. 이상한 소리가 섞여 있었는데, 윙윙 공기가 움직이는 소리랄까. 그 소리는 마치 여름 들판을 습격한 천둥 번개처럼 낮은 여음을 남기다가 구름 밑에서 마지막 메아리를 울리며 사라졌어요. 그녀가 '한 번 가보자'라고 했죠. 그래서 우리는 일어났습니다. 그녀는 내 앞으로 걸어와 내 손을 잡고, 다시 깊은 숲속으로 걸어 들어갔습니다."

3

열여덟 살. 그는 어머니가 펄 듯이 기뻐하며 꾸려준 가방을 들고, 가슴 안주머니에 입학 통지서를 간직한 채 저 멀리 북쪽으로 가는 장거리 열차에 앉았다. 열차는 남쪽에서 북쪽으로 3일 밤낮을 질주했다. 그는 대학 입학시험에서 성省 전체에서 2등이라는 성적으로 베이징으로 진입하는 자격을 얻었다. 야심만만한 사람들이 강을 건넌 붕어처럼 그 도시로 모여들었다. 그곳은 장차 그의 영지요 전장이며, 포위망 속에 사수한 강물을 건너는 다리이며, 마음속 광활한 땅으로 가는 피안의 대로 였다.

마침내 떠났다. 넌더리가 나도록 싫증난 집과 고향에서는 한시도 지체할 필요가 없었다. 자질구레하고 평범한 일상생활, 협소하고 변덕 심한 인간사, 남방의 장마와 무더위, 18년 동안의 억압적인 생활에서 떠났다. 어떤 대가를 치러야 한대도 아깝지가 않았다.

"전 제 자신이 이미 성숙했을 뿐 아니라 늙어가고 있는 남자라고 생각했습니다."

그는 모친의 압박에 의해 성인 남자의 표준으로 현실과 대면해 사춘기를 직접 상실하고 상상 속에서 부성을 지닌 남자가 되었다. 유년과 소년시절에는 방치되어 그 시기만의 즐거움을 누리지 못했다. 그는 언덕에 앉아 인생이라는 도하渡河를 관망했다. 그것은 밝은 이쪽 언덕에서 어두운 저쪽 언덕으로 옮겨갔다. 이때 육친의 해석과 설명은 부족했다. 그에게 요구된 합리성은 세월 속에 이어지고 합쳐졌다. 이것이 그 자신만의 장구한 성장 과정이었다.

집으로부터 천 리 밖의 북쪽 도시에서는 모든 역사를 단절시키는 것이 가능했다. 누구에게도 자신의 과거를 알릴 필요도, 알릴 수도 없었다. 과거를 삭제하고 완전히 새로운 남자가 되는 것, 이것이 그의 기대였다. 성격은 더욱 분명해졌다. 짧은 머리를 하고 평소에는 흰색이나 짙은 남색 셔츠, 빨아서 너덜너덜해진 운동화만을 걸쳤다. 체형이 북방 남자들만큼 크지는 않았지만 윤곽은 선명하고 차가웠다. 짙은 속눈썹을 내리깔면 천만 가지 말을 하는 것 같았다. 강남의 작은 도시에서 온 지산성은 캠퍼스에서 눈에 띄는 남학생이었다. 말수는 적지만 평범하지 않은 남자였다.

그는 한밤중에는 혼자 나가 운동장을 네다섯 바퀴씩 뛰었다. 그의 관심은 자기 자신이었다. 그는 줄곧 자신만을 사랑했다. 타인에게는 쌀쌀맞게 대했고 그 어떤 관심과 존경도 보이지 않았다. 여전히 책읽기는 좋아해서 대부분의 시간을 도서관에서 보냈다. 봄이 되면 도서관 창밖의 고색창연한 포동나무에서 자주색의 큰 꽃이 피어나 한 송이 한 송이씩 공중으로 둔중하게 떨어졌다. 은은한 맑은 향이 감돌며 떠나지 않았다. 시간은 잠시 정지한 듯하다가 다시 아주 빠르게 흘러갔다. 어느새 날이 저물었다.

대학 4년 동안 연애 경험은 전무했다. 친구들은 이에 대해 다양한 추측과 의혹을 품었지만, 그가 심리적이거나 생리적으로, 혹은 성향상 말하기 어려운 비밀을 가졌으리라고는 생각지 않았다. 그러나 최후에는 초라한 옷차림 때문이라는 결론에서 벗어나지 못했다. 그의 가치관은 스스로 하나의 체계를 이루고 이 세상과의 거리를 뛰어넘어 주변 누구의 생각도 염두에 두지 않는 자신을 만족해했다. 그들이 관망하다가 어떻게 가까워졌다 멀어지는지 전혀 개의치 않았다.

같은 과나 다른 과 여학생들의 연애편지가 더욱 잦아졌다. 한 통, 그리고 또 한 통. 교재에 끼어 있거나 책상 위에 올려져 있었다. 심지어 체육 시간에 벗어 둔 옷 주머니에까지 편지가 꽂혀 있었다. 그는 듣지도 묻지도 않았다. 완전히 관심 밖에 두었다. 어느 담대한 여학생은 편지의 답장을 받지 못했다며 직접 기숙사 앞에서 그를 가로막기도 했다. 그리고 종종 이것은 지켜보던 동급생들의 비웃음과 가십거리가 되었다.

가령 노래 잘하고 춤 잘 추던 과의 퀸카는 지금껏 받은 남학생들의 총애를 등에 업고 기숙사 문 앞에 서서 단도직입적으로 물었다.

"샨셩, 금요일에 영화보지 않을래?"

"시간이 없어."

샨셩이 부드럽게 대답했지만 여학생은 끈질겼다.

"그럼 일요일은?"

"시간 없어."

"월요일은?"

"시간 없어."

"그럼 언제 시간이 있는데?"

"항상 시간이 없어."

등 뒤의 남학생들은 이미 야단법석이었다. 하지만 그의 표정은 상당히 무고해 보였다. 이런 대화가 일종의 핑계라고는 전혀 느끼지 못하는 것 같았다. 이렇게 하면 예쁜 여자아이의 마음을 다치게 할 수 있다는 사실은 개의치 않았다.

"많은 여자들이 내게 연연했죠. 그들은 마치 순결한 동백처럼 내 앞에서 활짝 피었습니다. 정성들여 고른 가지각색의 치마를 입고 굽 높은 구두를 신고 걷는 모습은 더욱 하늘거렸어요. 비단 같은 피부, 머리카락에서 풍기는 향기, 얼굴, 손, 목, 어깨, 쇄골, 가슴, 엉덩이, 허리, 종아리, 발가락…… 이 모두가 광택으로 밝게 빛나죠. 하지만 전 그들의 몸과 마음에 대한 호기심이나 동경이 없었습니다. 누구도 다가오도록 하고 싶지 않았습니다. 정신적으로나 감정적으로 이어지지 않았죠. 나 스스로에게 그들을 의지하거나 믿지 않도록 했습니다."

소년 시절, 그는 내면의 애욕을 억제했다. 꽃망울을 단단히 조인 한 그루의 나무처럼 소리 죽여 위로 뻗어 나가며 힘을 축적했다. 답답함은 느꼈지만 그것을 쉽게 풀어버리고 싶지 않았다. 그것은 누구에게도 말한 적 없는 비밀이었다. 그 누구에게도. 그는 심지어 연애하는 여자아이의 부드러운 두 손을 잡으려는 시도도 없이, 정욕의 참모습인 유산한 여자의 자궁과 강제로 대면했다. 피와 살의 뒤엉킴, 피가 내뿜는 비린 냄새, 자궁에서 잘려나간 조직, 생존할 기회를 얻지 못한 수정란, 발가벗은 파손된 신체.

그는 순식간에 한 사람의 성숙한 남자가 되기를 강요받았다. 한 여성의 몸에서 나온 추악함을 보았다. 어린 시절의 만남은 일체의 저항력을 없애고 그의 동정을 난폭하게 박탈했다. 스물네 살이 되어서야 겨우 처음으로 성관계를 가졌다. 허넨荷年은 그의 아내이자, 또한 그의 첫번째 여자였다. 이렇게 보수적이었다. 애욕과 즐거움의 표상을 식별하지 못한 채 도리어 그것의 어둡고 침통한 내면으로 진입하도록 강요당했다. 그는 그것의 참모습을 알고 있는 듯 보였으므로 미혹되거나 유혹당할 리가 없었다. 그는 결코 여자들을 소중하게 여기지 않았다. 그들에 대한 연민이 없었다.

4

연민의 부재, 그랬다. 그의 연민은 비틀리고 짓눌려진 작은 불씨가 감춰진 암흑 덩어리였다. 그는 그것을 느끼지도, 붙잡지도 못했다. 그것을 다 써버리고 나면 가져와 구원할 수 없다는 사실을 알았다. 연민은 어떤 상처도 메우지 못했다. 그가 말했다.

"어떤 사람들의 인생은 발생한 어떤 일로 인해 바로 하나의 문이 영구히 닫혀버립니다. 이것이 바로 상처입니다."

그는 헐렁한 환자복을 입은 그녀를 보았다. 그녀는 위축되어 고개를 숙이고 맨발로 걸어갔다.

"샨성! 샨성!"

면회실 유리창을 사이에 두고 그녀가 그를 보았다. 눈에 기뻐하는 빛이 잠시 반짝이다 사라졌다. 그녀의 목소리는 오랫동안의 폐쇄 생활로 억제되어 가늘고 미약했다. 곁에는 멍한 시선과 경직된 표정을 한 환자들이 일렬로 앉아 있었다. 정신 질환을 앓는 환자들은 앞으로 한참동안 각자의 검은 동굴 속에서 머무를 터였다.

그해 그녀는 칭강青岡 병원에 있었다. 개학했을 때 동급생들은 칭강 병원에 대해 두려워하면서도 우스갯소리로 즐겨 말했다. 정신 질환자는 늘 공포의 대상이었다. 그것은 돌연 정신이 나가 제지하지 못하면 사람을 공격할 수 있다는 것을 의미하기 때문이었다. 그녀는 분명 자신의 열여덟 살을 기억한 적이 없을 것이다. 그해, 그녀는 그곳에 있었다.

사건 이후 그녀는 바로 나락으로 떨어졌다. 늘 혼자 방 안에 우두커니 앉아 있었고, 세수도 빗질도 하지 않았다. 아무것도 하려고 하지 않았다. 침묵하거나 혹은 이유 없이 통곡했다. 온몸을 벌벌 떨며 의식을 잃을 때까지 울었다. 잠을 이루지 못했다. 행동과 동작은 굼뜨고 시선이 초점을 잃고 집중하지 못했다. 병원에 보내져 강제로 치료를 받을 수밖에 없었다. 약을 복용하며 심리 보조 치료를 했다.

그녀와 같은 나이의 또래들은 이미 여기저기 대학에 붙어 뒤질세라 앞을 다투며 달려가고 있었다. 태양을 볼 수 없는 봉쇄된 곳에서 그녀는 독서로 나날을 보냈다. 그가 변함없이 책을 부쳐주었다. 한 권을 읽고 나면 다시 새 책을 집었다. 꽤 순조롭다고 할 만큼 회복되었다.

그는 떠나기 전 마지막으로 그녀를 보러 갔다. 병원의 작은 꽃밭에 앉았다. 여름의 끝, 꽃밭은 장미와 월계꽃이 져 진흙 위에는 시들어 누렇게 변한 분홍 꽃잎들로 가득했다. 그녀가 병원 시간표를 보여주었다. 아침 6시 기상, 6시 30분 검사, 7시 30분 아침 식사, 11시 30분 점심 식사, 오후 1시 30분 낮잠, 5시 30분 저녁 식사, 7시 간식, 9시 취침. 간호사가 보낸 한 줌의 알약을 삼키고, 주사를 맞고, 화학 검사를 해야 했다.

"난 요새 농부처럼 일찍 자고 일찍 일어나. 태양이 뜨면 일하고 태양이 지면 쉬어. 이곳의 생활은 규칙적이야. 때로 한밤중에 깨어나 우연히 다른 방에서 전해오는 히스테릭한 절규나 통곡을 듣곤 해. 그 여음餘音은 감돌며 머물다가 잠깐 사이에 멈춰. 어떻게 대처해야 내가 철저한 나락으로 떨어지는 것을 막을 수 있을지 모르겠어. 이곳 사람들은 모두 무력하고 스스로를 포기했어. 나는 참고 견뎌야 해. 요즈음은 생명이 바짝 쪼그라드는 것 같아, 샨셩."

그는 그녀의 손등에서 링거 자국으로 푸른 정맥이 굳어져 굵게 튀어나온 것을 보았다. 손목에는 면도날로 자해한 흔적이 남아 있었다. 스며 나온 피가 가제에 응고되어 검게 자국이 남은 것은 최근 상처였다. 호르몬제의 복용 때문인지 부작용이 뚜렷이 나타났다. 이전의 마르고 청초한 얼굴에 살이 오르고 몸도 비대해졌다. 왕성하게 자란 검은 머리는 기름때로 불결했다. 창백한 얼굴에는 여드름이 나 있었다. 그녀는 마치 돌연 뜨거운 소독물이 가득 담긴 커다란 나무통에 내던져져 모든 총기와 활력이 거칠게 씻겨나간 것 같았다. 멍청하고 무력함 그 자체였다.

"도망쳤다가 막 돌아왔을 때는 항상 꿈속에서 세들어 살던 집을 보았어. 문밖으로 나가면 바로 복숭아나무와 출렁이는 강물이 있는 교외였어. 밤중에 놀라 깨어나면 창밖 가로등 불빛이 벽에 어슴푸레 어렸어. 마치 집밖에 복숭아꽃이 만발하게 피어난 것 같고, 여전히 쑤저우의 소도시에 있는 느낌이 들었어. 하지만 그건 문과 마주한 잡동사니의 윤곽에 지나지 않았어.

'나를 데리고 가요, 나를 데려가요. 우리는 저 멀리, 높이 날아가야 해요.' 나는 그 사람에게 이렇게 말했어. 그리고 떠났어. 속박하는 일체의 사람과 사물을 떠났어. 그의 가정, 아내, 아이들을 떠났어. 그는 그들을 결코 사랑하지 않았어. 그는 누구도 사랑하지 않았어. 자신만을 사랑했지. 나는 그가 스스로를 더욱 사랑하게끔 했어. 나와 그는 규율에서 벗어나 부자유로부터 떠나야만 했어.

그는 다른 일자리를 찾지 못했어. 서서히 가져온 돈을 다 써버렸지. 함께 살지만 고독한 섬에 격리되어 있었어. 친구도 없고, 바깥소식도 없었어. 매일 두 사람은 꼼짝 않고 섹스를 하거나 아니면 다투며 서로를 괴롭혔어. 마지막쯤에 그 사람은 덫에 걸려 궁지에 몰린 한 마리 짐승으로 변해 잠을 잘 때도 늘 신음소리를 냈어.

한 달 후, 그 사람이 나를 때리기 시작했어. 때리고 나면 땅에 무릎을 꿇고 내 치마를 부여잡고 참회했어. 항상 한밤중에 놀라 깨어나 눈물범벅이 되어 어쩔 줄 모르는 나를 껴안아줬어. 그 사람은 내가 자기 내면의 불꽃에 불을 붙였기 때문에 나를 사랑했지만, 지금은 나를 미워할 뿐이라고 했어. 왜냐면 화상을 입은 그 불꽃은 이미 현실의 실망에 의해 불이 꺼지고 재차 그 사람의 생활을 파괴할 뿐이기 때문이라고. 이것은 그가 원하던 생활이 아니라고 했어. 그런 후 어느 날 아침, 말도 없어 가버렸어.

그 사람을 찾을 수가 없었어. 그는 나를 피하며 만나지 않았어. 집 근처에 가면 그의 아내와 이웃 사람들이 벽돌로 나를 내리쳤어. 난 그저 한 번 물어보고 싶었을 뿐이야. 그가 왜 돌연 결별을 선언한 건지를. 난 집요하게 그를 찾았어. 꼭 만나서 그에게 직접 듣고 싶었어. 이전에는 나 자신을 현실과 대면하게 한 적이 없었어. 우리가 피차 추락한 원형原型이라는 현실을 말이야. 사람과 사람간의 애정은 봄이 깊어지면 반드시 시들어 떨어지는 꽃잎과 같아. 위태롭기 그지없고, 아무리 애써도 소용이 없어. 결국 막다른 골목에 이르지. 살아 돌아올 기회는 더 이상 없어. 드디어 네게 그 일에 대해 말할 수 있을 것 같아. 누구에게도 말을 꺼낼 수가 없었어. 난 그들을 믿지 않았고, 그들에게 알리고 싶은 생각도 없었어. 그들이 나를 오해하거나 잔인하게 비판하는 것을 원치 않았어. 병원에 보내진 뒤 어느 날 나는 깨달았어. 그 사람 이름을 잊었다는 걸 알게 됐어. 지금까지도 전혀 생각이 안 나. 그때의 일은 아직도 기억에 생생한데 그 사람은 생각이 나지 않아. 어쩌면 내 기억은 지금도 한 사람에 대한 추억을 자동 삭제하고 있는지도 몰라. 그 사람은 이미 내 인생에서 철저하게 사라졌어.

지금 난 망각을 느껴. 내 인생의 전반부는 이미 끝이 난 것 같아. 후반부는 아직 시작되지 않았고, 지금은 단지 허구적인 시간일 뿐이야. 나는 정체되었어. 그 시간들은 건너뛸 방법이 없어. 다만 그 시간들을 끝까지 보내는 수밖에 없어."

그녀가 그를 향해 엷게 미소를 지었다.

"샨셩, 넌 내가 밉지?"

그의 눈에 천천히 눈물이 고였다.

"서두르지 마. 우리가 경험한 일 중에 가장 운이 나쁘고, 가장 어렵고, 가장 위험한 것은 이미 모두 지나갔어. 모든 것은 이제 서서히 좋아질 거야. 네게 줄 책을 한 상자 가져왔어. 1970년대 유럽 소설, 철학·심리학·예술 방면의 책, 필기 소설과 화본 소설 등. 꽤 한참동안 볼 수 있을 거야."

"나도 알아. 요즈음 시를 쓰고 그림을 그려. 머리를 맑고 깨끗하게 유지하려면 이렇게라도 해야 해……."

그녀는 고개를 들어 조금 멍한 표정으로 그를 바라보았다. 그리고 그를 향해 미소지었다. 강박증과도 같은 고강도의 독서를 지속하기 때문에 그녀의 눈빛은 성년이 안 된 아이처럼 여전히 밝고 투명했다.

"너는 곧 가겠구나. 결국 이곳을 떠나는구나. 병이 좋아지면 나도 떠날 수 있을 거야. 너를 보러 갈 수 있을 거야."

그는 그녀를 바라보며 머뭇거렸다. 그 일을 겪은 이후로 두 번 다시 그녀의 피부에 손을 대지 않았다. 그녀와 늘 공간적인 거리를 유지했다. 그녀를 보는 것은 바로 자신을 보는 것이었다. 그들은 서로 고립되어 있었다. 무수한 금기와 마음속 연민들. 하지만 그녀는 변함없이 그의 유일한 친구였다. 도망치고 상처 입은 소년 시절을 공유하는 친구, 상호 확인자였다.

그는 그녀를 안지 않았다. 몸을 일으켜 작별 인사를 했다.

5

해발 4,220미터의 뒤슝라.

송림松林 입구의 산길은 구불구불 위로 이어지며 도중에 솔송나무·녹나무·가시밤나무·두견교목 등 검푸른 고목들을 볼 수 있었다. 해발 고도가 변함에 따라 식물의 생태에도 변화가 있었다. 왜소한 관목에서 허약한 지의류^{地衣類}까지, 그리고 올라갈수록 더욱 황폐해져 풀 하나 자라지 않는 흰 눈과 얼음 층까지. 새하얀 눈에 덮인 산정상이 바로 눈앞에 펼쳐졌다. 손을 뻗으면 닿을 수 있을 것 같은데 높아서 올라갈 수가 없었다. 하늘은 흐리고 먹장구름이 살을 에듯 추웠다. 는개 자욱한 가파른 절벽은 우레가 쩌렁쩌렁 울리는 하늘가까지 뻗어 있었다. 산을 오르는 길은 자잘한 돌들이 깔린 황량한 개펄에 가까웠다. 간혹 거대한 돌덩이가 겹겹이 쌓여 있기 때문에 조심스럽게 길을 선택하지 않으면 안 되었다. 굽이굽이 위를 향해 걸어야 했다. 쉴 수가 없었다.

그들은 산을 오르기 전에 미리 각반을 단단히 맸다. 2위안에 구입한 길고 가는 면 테이프로 종아리를 따라가며 단단하게 감았다. 이렇게 하면 장시간의 도보로 종아리 정맥이 부푸는 것을 예방할 수 있고, 말거머리가 많은 곳을 지날 때도 예방 효과가 있었다. 소규모 마방^{馬幇}이 그들과 함께 출발했다. 말 등에는 육중한 짐이 실려 있었고, 짐꾼의 등에도 최소 50킬로그램 이상의 짐이 높이 쌓여 있었다. 그런데도 짐꾼들의 걸음걸이는 아주 침착하고 능수능란했다.

이곳은 현지인들이 수없이 지나다니는 길이었다. 그들에게도 식품과 기타 생필품이 필요했다. 그들은 협곡에서의 생활에 태연자약했다. 일체를 완전히 받아들였다. 그들은 어쩌면 협곡을 벗어나면 생존할 수 없을지도 몰랐다.

보기에도 야위고 조용한 칭자오는 짐꾼과 거의 같은 속도로 그들 뒤에 바짝 붙어 앞으로 나아갔다. 걸음걸이는 질서정연하고 자세는 침착했다. 그녀의 태도는 비록 상상 속의 견고함이라 할지라도 역시 그의 예상을 뛰어넘었다. 한 시간 뒤에 그는 완전히 맨 뒤로 처졌다. 거센 바람이 목구멍을 가로막았다. 흉강의 호흡이 극렬하게 가빠져 격막을 깨부술 것만 같았다. 숨을 참으며 눈을 부릅뜨고 더욱 분발해 앞서 가는 사람들을 향해 걸었다. 머릿속이 새하얘졌다. 귓가를 스치는 거센 바람 소리와 춥고 축축하며 피곤한 느낌뿐이었다. 그 외의 모든 생각이 거의 사라질 만큼 단순해졌다.

산의 고도가 높아질수록 차가운 바람이 살을 에고, 눈비가 뒤섞인 광풍이 간간히 얼굴을 때렸다. 머리와 얼굴은 이미 완전히 젖었다. 방수 외투가 빗물은 막아주었지만 발산할 길 없는 몸의 열은 땀으로 줄줄 흘러 속옷, 셔츠, 바지 할 것 없이 전부 젖어 안팎으로 축축했다. 사람들은 이렇게 흠뻑 젖은 상태로 힘을 다해 위로 기어 올라갔다. 그는 심장이 고통 속에서 분명하고도 힘 있게 뛰는 소리를 들었다. 길 위에 있다는 걸 알고 있었다. 얼음 같이 차가운 빗물, 혀를 내밀어 그것을 조금씩 핥았다. 빗물이 눈을 세게 때렸다.

앞쪽 높은 곳의 산간 평지에는 경번經幡이 가득 걸려 있었다. 비와 눈에 씻겨 퇴색한 작은 깃발들이 거센 바람을 맞으며 격렬하게 휘날렸다. 산정상은 도저히 녹일 수 없는 단단한 얼음과 눈으로 덮여 기온이 낮았다. 비바람이 더욱 맹렬해졌다. 마치 소용돌이의 중심처럼 조금만 더 있다간 바람에 날려갈 것 같았다. 칭자오가 혹한을 애써 참으며 큰 바위 옆에 서 있는 것이 보였다. 그녀는 그와의 거리가 가까워지기를 기다렸다.

"마방들은 서둘러 가야 하기 때문에 길을 가르쳐주고 먼저 갔어요. 내려가는 길에는 갈림길이 많다고 해요. 일부는 망망한 협곡으로 이어지기 때문에 길을 잃을지도 모른다고 했어요. 정확하게 내려갈 수 있는 길은 오솔길 하나밖에 없다고 해요."

그녀는 머리와 얼굴이 완전히 젖었고, 격렬한 운동 뒤의 혈기처럼 광대뼈 양쪽이 붉게 물들어 있었다. 산간 평지 아래쪽으로 푸르고 드넓은 골짜기가 보였다. 아득한 비안개가 자욱했지만 바람은 산들거리고 부슬비까지 내려 완전히 다른 풍경이었다.

눈과 얼음이 녹아 불어난 물살은 폭포와 급류가 되었다. 물이 깊은 곳은 바닥을 받치는 돌이 없어 물속을 걸어서 건널 수밖에 없었다. 다시 낮고 억센 관목이 출현하기 시작했다. 푸르른 산골짜기 여기저기 걸린 하얀 폭포가 육중한 진동 소리를 일으켰다. 가늘고 촉촉한 작은 물방울들이 바람에 흔들거리며 날리고, 엷은 햇살 속으로 무지개가 보일 듯 말 듯 나타났다. 그들은 완만한 산길에서 잠시 쉬기로 했다.

"저렇게 많은 폭포를 보는 건 처음이에요. 영국의 식물학자 워드 F. K. Ward가 1920년에 출판한 책을 보면 협곡에서 발견한 거대한 무지개 폭포가 소개돼 있어요. 하지만 1950년 8월 5일에 진도 8.5 의 대지진으로 산사태가 크게 발생했기 때문에 폭포는 무너졌을지도 몰라요. 이후에 온 사람들도 두 번 다시 보지 못했고요."

그녀는 담배를 꺼내 가는 안개비를 맞으며 불을 붙였다. 비옷을 벗고 축축하게 젖은 긴 머리를 드러냈다. 두 사람은 심산유곡의 폭포를 바라보았다. 아득히 멀리서 폭포와 마주했다.

6

대학교 3학년 겨울, 그녀가 베이징으로 그를 찾아왔다. 그해 그와 그녀는 스물한 살이었다. 그녀는 혼자 왔다. 아무런 통보도 없이 그가 수업을 받고 있던 강의실 창밖에 나타났다. 폴짝거리며 두리번거리더니 별안간 두 팔을 뻗어 흰 종이 한 장을 높이 들었다. 종이에는 '지샨셩' 그의 이름이 볼펜으로 큼직하게 쓰여 있었다. 그는 동급생들의 키득거리는 웃음소리를 들으며 밖으로 나가, 복도에 서 있는 젊은 여자를 보았다. 3년이나 떨어져 지낸 그녀였다.

"아, 샨셩!"

그녀는 들고 있던 군용 배낭을 내려놓고 다가와 약간 어색하게 그를 바라보았다. 붉은색의 가벼워 보이는 운동화를 신고 털모자를 쓰고 있었다. 코는 빨갛게 얼어 있었다. 복용한 약물의 부작용이 완전히 가시지 않았는지 뺨이 약간 창백하고 부어 보였다. 몸은 이미 말라가고 있었다. 그녀는 감히 다가와 포옹하지 못했다. 단지 머리를 옆으로 돌리고 숨을 깊게 들이마셨다.

"샨셩, 다시 너의 냄새를 맡는구나."

손을 내밀어 아주 조심스럽게, 그의 팔뚝을 가볍게 쓰다듬었다. 그제야 비로소 그녀는 엷게 미소를 지었다.

그는 그녀를 자전거에 태우고 운동장을 가로질렀다. 밥을 먹으러 학교 식당으로 가며 캠퍼스를 구경시켜주었다. 날씨는 음침하고 차가웠다. 일기예보에서는 조만간 베이징에 대설이 내릴 거라고 했다. 붐비는 좁은 식당은 학생들로 만원이었다. 그녀는 자리에 앉자마자 되는대로 백주白酒를 주문하고 켄트 담배에 불을 붙여 연기를 뿜었다. 입술에 립스틱이 진했다. 대충 칠해 도드라져 보이는 상처 같았다.

주위의 놀라고 호기심 어린 시선들이 여기저기서 그들을 에워싸며 다가왔다. 대범한 행동을 하는 낯선 여자와 그의 관계를 추측하는 듯했다. 둘의 관계에 대한 외부의 질문과 의혹에는 다년간에 걸쳐 이미 적응했다. 그렇다 해도 매번 마음은 안절부절 못했다. 결코 편안하지 않았다. 그녀가 그의 난감함을 보았다. 두번째 담배를 꺼내려다 말고 다시 집어넣었다.

"학교가 맘에 들어. 오래되고 고상한 건물, 노란 은행잎이 가득한 길, 하늘 높이 가로걸린 백양나무 가지들……. 명문대 입학은 정말로 어려운 일이야. 샨셩, 네가 정말 자랑스러워."

"방학하고 집으로 갔을 때 널 보러 삼촌 집에 갔었어. 상하이로 갔고, 소식이 끊어졌다고 하셨어. 편지도 전화도 없고. 자취를 감춘 이유가 뭐니? 모두 널 많이 걱정했어."

"상하이에서는 잘 지내지 못했어. 내 인생을 정돈할 시간이 필요했기 때문에 숨어서 사람들을 안 보는 수밖에 없었어. 하지만 줄곧 너는 만나고 싶었어. 내면의 실망을 수습하며 시간을 보내는 것은 쉬운 일이 아니었어. 직업을 바꿔가면서 계속 일했어. 카피라이터, 홈페이지 편집, 아동 영어책 번역, 남성 잡지기자 등등. 매일 아침 아홉시부터 저녁 다섯시까지 회의가 끊이질 않았어. 새벽까지 야근을 하는 경우도 있었어. 때로 사장이나 동료들과 다투거나 싸우며 누가 더 옹졸한지를 보기도 했어. 자질구레한 일들은 마치 힘센 채찍으로 팽이를 때리듯이 멈추려 해도 멈출 수가 없었어. 직접 바깥세상에 뛰어들어 대항하고 투쟁하는 일이 겉으로는 아주 즐거운 듯 보였어. 하지만 그 모든 것도 마음속 의문을 잠재우지는 못했어. 도대체 내가 뭘 하고 있는지, 왜 하고 있는지를 알 수 없었어. 결코 채워지지 않았어. 그것들은 단지 내 머리가 자질구레한 명령에 따라 잠시 움직이게끔 했어. 사고를 정지시켜버렸어."

"대도시에서 생활하려면 그건 반드시 치러야 하는 대가야. 너는 살 길을 찾아야 해."

"백화점은 사치품으로 넘쳐나고, 전철 안의 화이트칼라들은 열을 올리며 집·아이·교육·월급·가사 등에 대해 말해. 소시민의 허구적 욕망에 빠져 울적해 하면서도 자기 자신들은 몰라. 생활 방식이 주변 사람들과 하나같이 똑같아. 매년 정해진 유럽 브랜드 옷을 사고 명품을 쫓아다녀. 음식은 농약이나 화학비료 혹은 유전자 조작 성분이 있어서는 안 돼. 정신적 생활은 인기 배우의 텔레비전 연속극이나 상업적인 장편 애니메이션으로 채우지. 물질은 더 좋은 것을 구하려 애쓰고, 정신은 창백하고 빈곤해. 힘들게 일하고 월급과 대출로 큰 집과 좋은 차를 구입하지. 형식과 허영을 신봉하는 가치관과 쳇바퀴 도는 분주하고 피곤한 일상이 끊임없이 지속돼. 사람들은 마음으로 진정 좋아하는 것이 없는 것 같아. 다른 일은 생각도 안 해. 사람과 사람 사이는 항상 격리되어 있고, 사랑은 경계심으로 가득해. 일반적인 규정과 규칙에서 이탈한 사람·사건은 도시에 없어. 그것 때문에 때론 숨을 쉬기가 힘들어."

그녀는 백주 한 병을 다 마셨다. 식당에서 가격이 제일 저렴한 홍싱紅星 이과두주二鍋頭酒였다. 그녀의 이마에 가는 땀방울이 맺히고 눈가가 조금 붉어졌다. 운동화를 벗어던지고 두 다리를 걸상에 올렸다. 무릎을 껴안고 걸상 위에 완전히 쪼그리고 앉았다. 어린 시절 두 사람이 잡담을 나눌 때 늘 취하던 자세였다. 느슨하고 편안한 느낌 때문인지 어린 시절의 천진했던 감정이 서서히 되살아났다.

그녀는 재차 담배를 만지작거리다 하나를 꺼내 불을 붙였다. 그리고는 흥분해서 끊임없이 말을 했다. 담배를 거칠게 빨았다.

"다시 연애를 했어. 역시 기혼자였고, 나보다 열다섯 살 많은 상사였어. 연애는 항상 그런 사람들이 좋아하는 게임이야. 외모가 출중하고 일에서 성공을 거둔, 우아하고 낭만적인 중년 남자들은 일반적으로 일찍 결혼해 자녀 양육도 빨라. 우연히 들판의 나비를 만나 함께 즐기며 지내기를 원하지. 그러다 피곤해지면 가정으로 돌아가. ······ 난 늘 넘어졌던 곳에서 또 넘어져."

"왜냐면 넌, 지금까지 한 번도 출현한 적이 없는 아버지를 대체할 연애 대상을 찾으려는 환상을 품고 있기 때문이야. 하지만 그건 불가능해, 네이허. 관계가 깨진 일부의 관계는 최초의 불완전한 윤곽을 유지하는 것 외에 다른 방법이 없어. 어떤 태도로 다가가든 늘 동일한 태도를 요구할 뿐이야. 거기엔 어떠한 복원도, 보완을 위한 시도도 없어.

그 남자들은 네게 어떤 것도 주지 못해. 그들이 떠나가면 넌 또 괴로워하고 무너질 뿐이야. 멈춰야만 해. 모든 것이 결국 방기와 상처만을 초래한다면 시작하지 말아야 해. 욕망과 결함은 네가 스스로 다스려야만 해. 배고프다고 먹고, 피곤하다고 눕는 게 아니야. 이 모든 것은 의지로 극복해야 해.

남자에게 애정을 요구하는 것으로 네 마음의 빈자리를 채우려 해서는 안 돼. 빈자리는 너의 블랙홀이고, 그것은 진입하는 모든 것들을 흡수해버려. 네이허, 네 뜻대로만 할 수는 없어. 네 몸속에는 불로 뛰어드는 불나방과도 같은 화학원소가 있고, 그것은 빛과 에너지를 필요로 해. 그것은 본능에 따라 행동할 뿐이야. 너는 재차 대가를 지불할 수밖에 없어."

"모두들 나를 부끄럽게 생각해. 그래서 싸다고, 화를 자초한다고 생각해. 네가 떠난 후 병원으로 찾아오는 사람은 없었어. 삼촌과 숙모가 보낸 옷가지는 간호사실로 왔어. 두 분은 나를 보려 하지 않으셨지. 내가 범죄를 저질렀니? 내가 두 분을 치욕스럽게 했니? 그렇게 많은 사람들이 마치 너무나 당연한 듯이 법정처럼 굴며 나를 손가락질하고 비판했어. 내가 저지른 일을 네가 혐오한다는 건 알아. 하지만 그 일들은 건너편 언덕으로 가기 위해 반드시 건너야만 하는 강물 같은 거야. 어떻게 몸이 젖는 게 두려워 강을 건너지 않을 수 있겠니?"

"남자는 결코 네가 밟고 강을 건너게 해주는 디딤돌이 아니야. 너 또한 다른 사람에게 상처를 입혔어. 작년 설에 집으로 갔을 때 그 사람이 이미 사표를 냈다는 얘기를 친구한테 전해 들었어. 이혼을 했고 두 아이는 부인이 데리고 갔다고. 집에서 가스를 틀어 놓고 자살을 시도했다가 이웃에 발견돼 병원으로 옮겨졌고, 다행히 목숨은 구했다고 했어. 결국 너는 그 사람을 막다른 골목에 이르게 했어. 너는 결코 네가 주장하는 것처럼 무고하지 않아. 왜냐하면 사실상, 네가 설득하려는 대상도 단지 너 스스로일 뿐이기 때문이니까. 넌 다른 사람의 고통과 곤란을 염두에 두지 않아."

그는 말을 다 마친 뒤 자신의 손이 떨리고 있음을 발견했다.

그해 그는 혼자 교사 사택으로 갔다. 그 사람을 있는 힘을 다해 때려줄 생각이었다. 죽든지 살든지 결과는 상관없었다. 아침저녁으로 골몰히 생각한 그 일을 완수해야만 했다. 빗속의 진흙 바닥에서 얼굴 가득 선혈을 흘리며 발길질을 당하던 그녀의 모습은 그의 치욕이기도 했다. 그의 원한이었기에 오명을 벗기 위해서는 자신이 직접 가야 했다. 하지만 남자의 집은 문과 창문이 굳게 닫힌 채 인적이 없었다. 시간이 최후의 심판을 내린 것이다. 그렇다 해도 그녀 내면에 남은 상처는 치유할 방법이 없었다. 그녀의 사랑을 향한 거의 편집증적인 갈구와 실망은 여전히 불꽃처럼 타오르며 그녀 자신에게 화상을 입혔다. 뿐만 아니라 항상 다른 사람들을 불꽃 속으로 끌어들이려 시도하고 있었다.

그가 그녀를 제지했다. 하지만 그녀는 전혀 멈출 생각이 없었다. 그녀는 많을 말을 했다. 연이어 술을 마시며 계속 이야기했다. 완전히 취해 탁자 위의 빈 술병과 술잔을 손으로 쳤다. 엎어진 병과 술잔이 와르르 한데 부딪혔다. 몸은 거의 탁자 위로 쓰러질 지경이었다.

"난 그 사람 때문에 정신병원에 1년 넘게 입원했었어. 부끄러워

쥐구멍에라도 들어가고 싶었고 고향을 떠날 수밖에 없었어. 그 사람은 나를 헤진 짚신짝처럼 버렸어. 단지 자신의 욕망과 외로움에 불과했던 것을, 사랑이라는 미명 아래 나를 찾았어. 그 사람을 증오해. 이 모든 것을 증오해. 밤중에 잠을 못 이룰 때면 지난 일들이 마치 눈앞에 있는 듯 분명하게 생각나. 그럴 때는 증오로 온몸이 부들부들 떨려. 난 사랑하려고 시도했어. 하지만 사랑은 허약하고 무력했어. 그것은 항상 우리가 가장 먼저 방기하는 희생양이었어. 결국 사랑이 내게 준 것은 가시 면류관이었어. 누군가를 향한 나의 사랑은 왕국이 아니라 치욕이라는 사실을 깨닫게 했어."

"입 다물어, 네이허. 제발 입 다물라고."

놀라고 의아해 하는 주위의 시선을 받으며 그는 거칠게 일어났다. 그리고 다시 크게 소리를 지르며 그녀를 난폭하게 때렸다.

"그 사람은 자신의 절망 때문에 너를 허무에 대항할 도구로 삼았던 거야. 너도 마찬가지야. 너희 두 사람은 상대를 이해할 능력이 없었어. 상대에게 요구하는 것으로는 자신들의 문제를 해결할 수 없었고 결국엔 포기해버린 거야. 결과를 책임지지 못하고 시종일관 그림자 속에서 살았어. 너희들은 같은 부류의 사람이야. 너희는 결코 서로를 사랑하지 않아. 단지 자신만을 사랑하고 있을 뿐이야."

이 날의 목적지 라거拉格에는 산기슭 끝의 진흙탕길 옆에 세워진 몇 채의 바라크가 있었다. 부서진 굵은 나무를 얼기설기 이어 만든 간이 바라크가 숙소였다. 때가 반들반들한 좁은 나무 침상 두 개에 더럽고 축축한 이불이 팽개쳐져 있었다. 천정은 비닐로 싸여 있었다. 쓰촨 출신 부부가 운영하는 이 작고 허름한 여관이 지나가는 짐꾼들의 쉼터였다. 오후 세시가 넘은 시간이었다. 두 사람은 쏟아지는 폭우 속에 이미 여섯 시간을 걸은 뒤였다.

깨끗한 옷으로 갈아입었다. 헛간에서 땔감에 불을 지피자 불이 타오르기 시작했다. 젖은 운동화, 외투, 셔츠, 배낭 등 전부를 말려야 했다. 그렇게 하지 않으면 다음 날 출발할 때 짐의 무게가 배로 불어났다. 젖은 머리를 풀어 가슴 앞으로 늘어뜨린 그녀가 헐렁한 흰색 면티 차림으로 몸을 숙여 불길을 돋웠다. 그녀는 자신의 피부가 다 드러나는지 몰랐다. 브래지어를 하고 있지 않았다. 가슴의 아름다운 형상이 꾸밈없는 자연스러움을 드러냈다. 그것은 결코 그녀 자신이 무시하고 걸러낼 육체의 일부분이 아닌 것 같았다. 하지만 그녀는 침묵할 뿐이었다.

그녀는 불꽃에 대고 담뱃불을 붙였다. 담배를 피우면서 땔감 뭉치 위에 젖은 옷을 늘어놓았다. 덜 마른 땔감이 숨 막힐 정도로 짙은 검은 연기를 내뿜었다. 한참을 앉아 있자 눈이 따끔거리고 연신 눈물이 흘렀다.

"가서 쉬세요, 샨성. 여긴 내가 살필게요. 자기 전에는 다 마를 거예요."

그녀는 불더미 옆 흙벽돌 위에 맨발을 올리며 셔츠로 코를 막았다. 벽돌에 전해진 뜨거운 열이 발바닥에 닿자 그녀는 즐거운 신음 소리를 내며 나직이 말했다.

"정말 편안해요. 이제 이 발은 마치 제 것이 아닌 양 천천히 가버릴 것 같은데요."

그녀는 정말로 고통 속에서 즐거움을 찾고, 또한 타인을 보살필 줄 알았다. 보기 드물게 진기한 성품은 여행을 하면 할수록 더욱 분명하게 드러났다. 그가 일어나며 말했다.

"그럼 저는 가서 쉬겠습니다. 고맙습니다."

좁은 방의 나무 침상에는 푸른색 털 침낭이 깔려 있었다. 침낭에서는 신상품 냄새가 났다. 그는 고개를 돌려 창밖의 하늘을 응시했다. 흐리고 비가 내렸다. 아득히 먼 검푸른 협곡을 층층이 에워싼 운무가 신비한 지도를 전개하고 있었다. 백색 폭포가 능선에 한 줄기, 또 한 줄기 걸려 있었다. 이 아름다운 풍경 때문에 두 사람이 처한 궁지와 낭패는 더욱 부각되었다. 진흙탕 길이 끝을 알 수 없는 곳까지 멀리 뻗어 있고 관목 숲이 빽빽했다. 목조로 된 숙소는 음울하고 차가운 공기에 싸여 있었다. 온종일 뒤숭라의 거센 비바람과 싸운 몸은 너무나 피곤했다. 뜨거운 물로 기분 좋게 씻을 수 없다. 편안하고 따스한 침대도 없다. 피곤과 불편을 애써 참으며 침대에서 잠시 눈을 붙일 수밖에 없었다.

그는 얼마나 잤는지 알 수 없었다. 깨어났을 때는 그녀가 촛불을 받쳐 들고 그를 조용히 부르고 있었다.

"샨셩, 일어나 저녁 드세요."

그녀는 일렁거리는 촛불을 들고 어둠속에서 그를 바라보고 있었다. 밤의 목조 바라크에 빗소리가 울려 퍼졌다. 그는 돌연 멍해져서 시간과 장소를 알 수 없었다. 그녀가 나지막이 말했다.

"저녁 먹고 다시 주무세요."

그녀가 다 마른 옷가지들을 가지런히 개켜 그의 침대 발치에 두었다. 바깥은 이미 칠흑 같이 어두웠다.

주방 식탁에는 흰색 촛불이 켜져 있었다. 양배추, 매운 말린 고기볶음, 계란탕과 큰 사발에 담긴 밥이 따뜻했다.

"다 먹어야 해요. 음식 값이 너무 비싸요."

쓰촨 출신의 피부가 까무잡잡한 여주인이 두 사람을 바라보며 말했다.

"현장 답사 팀이시유?"

"아뇨. 그냥 보러 온 거예요."

"그냥 보러 왔다고요? 이곳이 얼마나 위험한 곳인데."

주인 여자가 그들을 이해 못하는 것은 당연했다. 협곡을 드나드는 현지인들은 등짐을 생업으로 하는 사람이었다. 그런데 도시 출신의 남녀 한 쌍이 어떤 공리적 목적도 없이 협곡에 들어왔다. 그녀 자신도 주인 여자에게 정확하게 설명하기 어려웠다. 단지 한 번 웃고는 벽 모퉁이에서 낡은 플라스틱 대야를 집어 들었다. 그것은 분명히 이곳을 거쳐 간 무수한 짐꾼들이 사용했을 것이다. 그런 세세한 일들은 그녀의 관심 밖이었다. 뜨거운 물을 붓고 발을 담갔다. 만족스럽고 편안해졌다. 그녀는 이미 일어난 일도, 아직 일어나지 않은 일도 전부 머리 밖으로 내팽개칠 줄 알았다.

막 자려고 할 즈음 그녀가 배낭에서 갈라진 법랑 대야를 꺼내 뜨거운 물을 가득 붓는 것이 보였다. 그녀는 약간 주저하는 표정을 짓더니 말했다.

"잠깐 문밖에 나가 있으세요. 처리해야 할 일이 있어서요. 잠깐이면 돼요."

그는 문밖에 섰다. 물을 휘젓는 소리가 안에서 들렸다. 문이 열린 후 그는 진흙 바닥이 약간 젖어 있는 것을 보았다. 그녀는 폐휴지를 담은 비닐 주머니를 집어 단단히 묶은 후 문가에 두었다.

"몸을 씻었어요. 생리 중이거든요."

그는 잠시 아연실색하다 말했다.

"그렇다면 오래 걷거나 산을 오르는 것은 몸에 좋지 않을 겁니다."

"줄곧 라싸에서 끝나기를 바랐는데 공교롭게도 늦게 시작됐어요. 게다가 이것 때문에 그곳에 머물러 있을 수는 없었어요. 혹시라도 지체되면 노면 상태가 더 빨리 변할 수 있으니까요. 비가 이렇게 많이 내리면 토사 붕괴가 더욱 심해질 수 있거든요."

"만약 몸이 불편하다면 출발해서는 안 됩니다."

"그럴 필요 없어요. 제 몸은 인내심이 강해서 다른 사람이라면 참기 어려워할 일도 끝까지 버틴답니다. 문제없어요, 샨성."

그녀가 그를 안심시켰다.

"예정대로 모퉈에 도착할 수 있을 거예요. 다행히 대야와 소독 티슈를 가져왔어요. 뜨거운 물로 깨끗하게 씻으면 괜찮아요."

"내일 라거에서 한미까지의 여정은 오늘보다 훨씬 더 걸릴 겁니다. 날이 밝자마자 서둘러 떠납시다."

그녀는 침대 머리맡에 앉아 촛불을 마주하고 까맣게 빛나는 긴 머리를 천천히 빗질했다.

"예전에 즐겨 하던 일인데요, 매년 메모지 한 장을 펴 놓고 죽기 전에 해야 할 일들을 쓰는 거예요. 하나씩, 하나씩 써내려가는 거예요. 늘 발견하게 되는 게, 하려고 생각했던 일들 중에 여전히 하지 못한 게 항상 많다는 점이었어요."

"중복되는 경우도 있습니까?"

"있어요. 가령 오랫동안 연락이 끊어진 어릴 적 친구에게 편지를 쓰거나, 아이를 가지는 일 따위죠. 최종적으로 해결되기를 간

절히 원하는 것은 모두 기초적인 문제라는 사실을 발견했어요. 그
것들은 소박하고 수수해서 오히려 늘 등한시되죠. 어쩌면 인생도
겹겹이 쌓인 가상과 환각을 벗겨내고 나면 그렇게 간단한 것일 테
죠."

"……."

"네이허는 당신이 자신을 보러가는 것을 알고 있나요?"

"당연히 알고 있습니다."

"전 지금까지 누군가와 그렇게 길게 관계를 지속해보려고 한
적이 없어요. 애인이든, 친구든, 직장 동료든 간에요. 누군가와 그
렇게 길게 관계를 지속할 수 있다는 것을 믿을 수가 없었어요. 지
금의 관계들은 모두 허겁지겁 허기만 채우는 것과 같아요. 사람들
은 기껏해야 패스트푸드를 먹을 수 있을 뿐이에요. 요리가 한 접시
씩 차려지는 성찬을 기다릴 인내심이 없거든요. 서로의 마음을 어
떻게 탐지하죠? 그리고 그 사람이 줄곧 이곳에서 기다리고 있었다
고 어떻게 확정하죠? 이것을 검증하려면 너무나 긴 시간이 필요해
요."

"촛불을 끌게요."

그녀는 몸을 앞으로 내밀어 바람 속에서 흔들리는 불꽃을 조용
히 껐다. 공기에서 심지 타는 냄새가 났다. 칠흑 같은 한밤중이었
다. 산 절벽의 폭포는 거대한 굉음 소리를 멈추지 않았다. 마치 바
로 뒤통수에서 울리는 것 같았다. 밖에는 다시 폭우가 내리기 시작

3장 \ 진홍빛 길

했다. 빗물은 비닐로 감싼 지붕을 세게 때렸다. 수많은 구슬이 연신 쏟아지며 부딪히는 것 같았다. 콩을 볶는 듯한 시끄러운 소리가 났다. 비는 멈추지 않을 것이다. 온종일 내릴 터였다. 매일 내릴 것이다.

8

"저는 여섯 살 때 교외의 한 집에 맡겨져 인근의 버려진 사당에 지어진 초등학교를 다녔어요. 저를 맡은 집에는 딸이 둘 있었어요. 그중 한 명은 나보다 세 살이 많았지만 어린애처럼 노는 것밖에 몰랐는데, 탈곡기에 왼쪽 팔꿈치 밑이 잘려나간 애였어요. 밤에 둘이 함께 잘라치면 그 아이는 내게 곧잘 왼쪽 다친 팔의 피부가 아문 곳을 만지게 했어요.

팔목도, 손도 없었어요. 어깨에서 늘어진 남은 팔은 커다란 꽃부리가 잘려나간 해바라기의 뭉툭한 줄기처럼 고립무원 했어요. 전 아문 그곳을 둥글게 손가락으로 가볍게 감싸며 문질러주었어요. 아이는 얼굴을 돌려 표정을 감춘 채 신음 같은 숨소리를 냈어요. 마치 일찍이 두 팔이 완전했던 기억을 그 마찰을 통해 철저하게 제거하는 것 같았어요. 그러고 나면, 갑자기 아이는 화가 폭발해 나와 격렬하게 다투기 시작했어요. 서로 맞붙어 싸우기도 했고요.

한번은 계단 입구로 쫓아가다가 몸에 균형을 잃고 계단 위에서 곧장 넘어져 아래 나무 바닥으로 떨어졌어요. 상한 왼쪽 팔은 부드럽게 축 늘어져 전혀 다치지 않았지만, 힘을 다해 버티다 긁혀 피가 나는 오른쪽 팔과는 선명한 대조를 이뤘어요. 아이의 팔을 보니 무서웠어요. 그래서 아이의 몸을 뛰어넘어 문을 열고 급히 달려 나갔어요. 있는 힘껏 두 팔을 휘둘러 내가 얼마나 꿋꿋하고 힘 있게 달리는지 느꼈어요. 마치 한 마리 새처럼 곧장 날아오르는 것 같았어요."

"나중에 알게 되었죠. 인생이 운명으로 정해준, 부족하거나 원하는 대로 되기 어려운 부분이라면 받아들여야 한다는 사실을요. 빛을 볼 수 없는, 그 금기된 것들을 받아들여만 한다는 걸요."

그가 말했다.

"열두 살 때 학교를 파하고 집으로 돌아오다가 골목길에서 버려진 고양이 한 마리와 마주친 적이 있습니다. 호피 무늬에 녹색 눈을 지닌 작은 고양이였죠. 나를 본 이후로 줄곧 작은 소리로 울며 뒤를 쫓아왔어요. 그래서 집으로 데려가기로 결정했죠. 방에 숨겨놓고 죽과 생선 살을 먹였어요. 고양이 옆에 쪼그리고 앉아 먹고 자는 모습을 지켜봤죠. 혀로 손바닥을 살살 핥아주면 가렵기도 하고 부드러워 심지어 숙제하는 것도 까먹곤 했어요. 밤에 그 녀석을 안고 잠이 들면 따뜻한 몸이 꿈틀거리며 쿨쿨 코고는 소리를 냈어요. 그렇게 뭔가에 빠져 귀신에 홀린 듯한 감정은 그동안 한 번도 느껴보지 못한 부드러운 기쁨이었습니다. 줄곧 스스로 닫아 두었던 세계의 틈이 그 녀석 때문에 드러난 거죠.

3일이 지나 낮잠을 많이 자는 바람에 서둘러 학교로 가다가 고양이를 담아 두는 종이 상자를 침대 밑에 넣는다는 걸 깜박했어요. 방문을 잠그지도 않았죠. 도중에 문득 생각이 났지만 되돌아갈 시간이 없었어요. 안절부절 한 시간을 겨우 보내고 끝나는 종이 울리자마자 쏜살같이 집으로 달려갔어요. 얼마나 빨리 뛰었던지 심장이 목구멍 밖으로 튀어나올 것처럼 아팠어요. 문을 열자 어머니가 책상에 앉아 수업 준비를 하시는 것이 보였어요. 어머니는 고개를 들고 평온하게 물었어요. '무슨 일로 그렇게 잔뜩 땀을 흘리며 뛰어왔니?'라고요. 방문이 닫힌 것을 보고 저는 어머니가 분명히 그 녀석을 내보냈을 거라는 사실을 알았어요. 죽을 만큼 마음이 아팠습니다. 그곳에 서서 흐느껴 울었습니다.

어머닌 제가 우는 걸 좋아하지 않으셨어요. 갑자기 일어나시더니 손에 들고 있던 책을 벽 모퉁이로 내던지셨어요. 책은 책장에 부딪혀 커다란 소리를 냈어요. 어머니는 큰소리로 나를 꾸짖으셨어요. '네가 그런 것에 빠져 정신을 못 차리다니 엄마는 실망스럽다. 이번 일은 잊을 테니 그만 학교로 가거라.' 전 몸을 돌려 문을 나섰어요. 여름날 오후였죠. 작열하는 태양 아래 울면서 학교로 돌아갔어요. 얼굴은 눈물로 범벅이 되고 눈을 들 수가 없었죠. 이루 말할 수 없이 부끄러울 뿐이었어요. 그렇게 연약한 것을……. 그 후로 다시는 애완동물을 키운 적이 없어요. 더 이상 좋아하지 않는다는 걸 인정합니다. 그들에게는 이제 어떤 느낌도 없습니다."

"이 세상에는 도달할 수 없는 곳들이 있습니다. 가까이 할 수 없는 사람. 완성할 수 없는 일. 점유할 수 없는 감정. 복원할 수 없는 결함……."

그녀는 피곤했던지 침대에서 고른 숨소리를 내며 잠이 들었다. 마치 예전의 달콤했던 잠 같다. 어린아이 같은 잠이다. 빠르고 깊은, 그리고 달콤한. 낮의 긴 여정으로 체력 소모가 컸던지 그녀는 잠자기 전에는 책을 읽는 습관마저 잊었다. 그녀는 스스로 어떻게 할 수 없는 일에는 마음을 쓰거나 하지 않았다. 그에 비하면 훨씬 편안한 성격의 소유자였다. 그는 다음 날 여정에 대한 희미한 걱정으로 머릿속이 여전히 맑았다. 시큰거리고 땡땡한 다리 근육의 피로가 느껴졌다. 적응하려면 시간이 필요했다. 아마도 인내력은 앞으로의 길고 긴 여정에서 천천히 발휘될 것이다.

기세 좋게 우르릉대는 폭포 소리가 귀에서 떠나질 않았다. 그 위풍당당한 기세에 놀라 침대가 미세하게 진동하는 것 같았다. 칠흑 같이 어두운 한밤중, 폭우가 억수같이 쏟아졌다. 다음 날 하늘이 맑을 가능성은 제로에 가까웠다. 우기는 예상대로 아직 끝나지 않았다. 쉬지 않고 이어지는 비는 두 사람의 여정에 예측불허의 위험

을 더욱 배가시킬 뿐이었다. 그러나 모든 일은 자연의 순리를 따르
는 수밖에 없다.

　이곳은 이미 바깥세상과 단절된 세계에 속했다. 아무것도 없다.
고층 빌딩, 자동차, 행인, 커피 가게, 백화점, 좋은 음식과 좋은 옷,
신문, 방송국, 코미디, 뉴스……. 생활의 모든 부가적인 산물은 사
라져 자취가 없다. 남은 것이라곤 머물 수 있는 숙소, 음식, 장작불,
그리고 동행하는 길동무뿐이다. 현지의 짐꾼을 제외하면 협곡에서
외지인을 만나기는 어렵다. 지탱하는 힘은 단순한 목표일뿐이다.
전진, 계속 전진할 뿐이다.

9

　　　　　　　그녀는 취하면 두 가지 행동을 했
다. 쾌활한 듯 미소 짓거나, 아니면 흐느꼈다. 그것은 진정 침중한
통곡이었다. 눈과 뺨이 전부 빨갛게 부어오르기 시작했다. 마치 그
녀 일생에서 진정 가질 수 없었던 것들이 이렇게 발산되는 것 같
다. 그는 그녀의 그런 행동을 좋아하지 않았다. 지금껏 그녀를 아름
다운 여자라고 생각해본 적도 없었다.

　"네이허, 인간의 삶은 왜 스스로 제어할 수 없는 거니?"

　그의 질문은 마치 자신의 질문과 의심, 수치심을 묻는 것 같았다.

그녀가 베이징에서 머무른 최초이자 최후의 밤, 두 사람은 술을 마시고 논쟁했다. 서로 침묵하다가 때로는 격렬하게 충돌하며 이야기를 주고받았다. 그녀의 취한 꼴은 말이 아니었다. 여관으로 돌아와 그는 그녀를 도와 뜨거운 수건을 짜가며 얼굴과 손을 닦고 옷과 신발을 벗긴 후 이불로 몸을 감싸주었다. 그녀가 약간 정신을 차렸다. 얼굴을 들고 그를 바라보았다. 눈에 눈물이 가득했다. 뜨거운 눈물이 눈가와 관자놀이를 따라 연방 머리카락으로 젖어들었다. 하지만 얼굴은 전혀 슬픈 표정이 아니었다. 여전히 미소를 짓고 있었다.

"샨셩, 어디로 갈 거야?"

"기숙사로 가야지. 내일 일찍 와서 배웅해줄게."

"여기 있어. 우리 계속 이야기하자. 옛날처럼 말이야. 그때는 우리 사이가 전혀 어색하지 않았잖아."

그는 옷을 벗고 그녀와 함께 여관의 1인용 침대에 비집고 누웠다. 얇은 매트리스가 두 사람의 무게를 견디느라 삐거덕거렸다. 흩날리는 눈송이의 그림자가 유리창 밖에서 드문드문 비쳐들었다. 건조한 눈송이는 쏴쏴 소리를 냈다. 그해 겨울에 처음으로 내리는 대설이었다. 두 사람은 등과 등을 맞대고 각자 몸을 옆으로 돌리고 잤다. 그녀의 길게 땋은 머리가 그의 얼굴 아래로 떨어졌다. 익숙한 맑은 향기가 났다.

"네이허, 날 용서해. 내가 나빴어."

그녀가 나직이 말했다.

"오는 동안 기차 침대칸에서 밤새 한숨도 못 잤어. 너를 만나서 마음속에 이야기들을 전할 수 없을까 봐 걱정했어. 하지만 만나는 순간 겨우 사나흘 못 본 것 같았어. 난 줄곧 이날을 상상했어. 너와 술을 마시고 웃고 떠들 수 있는 날을. 마음속의 모든 걱정을 잠시 내려놓고 얼마간 휴식할 수 있는 오늘을 말이야."

"미안해."

"우리는 지금까지 늘 각자의 입장이 있었고, 지금은 그게 더욱 분명해졌을 뿐이야. 너는 네 의지에 따라 나를 반박하고 제지했어. 맞고 틀리고는 없어. 칭강 의원에서 보낸 1년 동안 매일 시를 쓰고 그때마다 머리를 감았어. 하도 감아 머리숱이 적어졌어. 아침에 머리를 빗을 때면 머리카락이 엄청 빠졌어. 정신을 온전히 지켜야 했기 때문에 많은 시를 썼어. 낮에 환자들은 면장갑을 뜨는 일에 보내졌어. 이런 노동은 병원에 이익이 되기도 했고, 이를 통해 초조한 분열증 환자들은 진정되기도 했어. 나는 늘 장갑을 뜨는 한편 마음속으로 시를 썼어. 저녁에 기록할 수 있도록 말야. 우리는 함께 있는 것이 서로에게 좋아. 하지만 나는 홀로 나만의 어둠 속에서 살지. 너도 마찬가지야. 그 속에 깊이 빠져 있어. 다가갈 수가 없어."

"……."

그녀가 몸을 돌렸을 때 손목의 은팔찌가 소리를 냈다. 그녀는 그와 등을 맞대고 편안히 잠이 들었다. 곧 깊은 숨소리를 냈다.

그는 지금까지 그녀의 세계에 속한 적이 없었다. 그의 세계는 규칙적이고, 계량적이고, 하자가 없었다. 시간이 나아가는 순서를 준수하며 자신의 눈을 감고 앞을 향해 걸었다. 그는 그녀와 달랐다. 그녀는 넘어지고 부딪혔다. 차라리 머리가 깨져 피를 흘리더라도 결말을 찾고 명확하게 질문하고자 했다. 소원과 소외의 한계를 이해해본 적이 없었다. 몸을 던져 운명적이고 맹목적인 격정으로 열과 빛에 다가가 그녀 몸 안의 모종의 결핍된 원소를 보충하고자 했다. 몸이 부서지고 뼈가 부러지는 것도 마다하지 않았다. 그녀의 행동 원칙은 늘 자기중심적이었다. 자신이 좋아하는 일을 하고, 그것을 위해 일체의 대가를 지불하는 진정한 용기의 소유자였다. 그녀에 비해 그는 자기방어가 많았다. 사물들 사이를 자유로이 출입하며 어떠한 슬픔과 기쁨의 오점에도 물든 적이 없었다.

두 사람은 각자 갈 길을 가도록, 각자의 인생을 향해 달려가도록 운명지어졌다.

이른 아침의 베이징 역에서 그들은 작별했다. 그는 검은 오리털 외투를 입었다. 자신을 둘러싼 세상과의 모든 관계가 깨끗해지고 홀가분해지기를 원하지 않았다. 담배를 피워 물고 있는 칠칠치 못한 여자가 차창 뒤에 서서 손가락으로 유리창의 수증기를 지우고, 그를 향해 힘을 다해 손을 흔들었다. 얼굴에는 예전과 같은 미소가 어려 있었다.

그는 그녀의 뭐라 말할 수 없는, 연약하면서도 굳건한 방랑적 기질에 매혹되었다. 하지만 그녀를 따라갈 준비가 되어 있지 않았다. 그렇다고 그녀를 멸시하지도 않았다. 그는 자기 내면의 망연자실함 속에서 생활하며, 결코 깨어나기를 원치 않았다. 그 순간, 대답할 말이 없다고 생각할 뿐이었다. 그는 몸을 돌려 역을 떠났다.

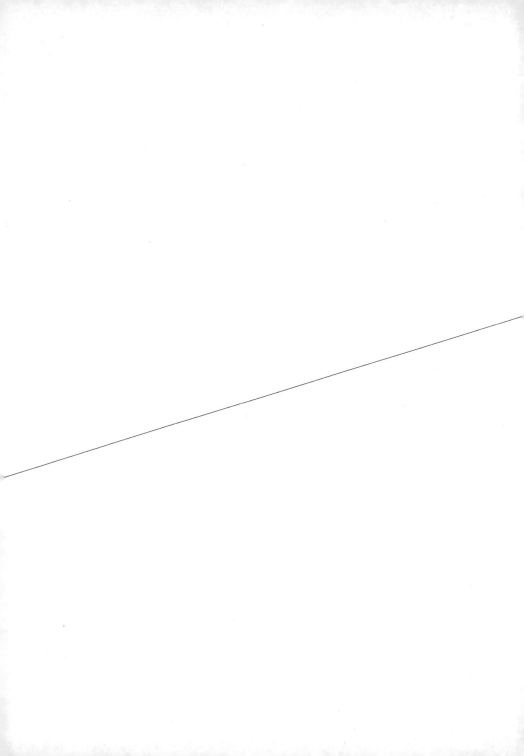

4장 · 가시면류관

1

아침마다 그녀는 정해진 시간에 한약을 달였다. 고정된 생활의 내용은 반복적인 의식이 되었다. 양손을 깨끗이 씻고 한약 봉지를 열어 약재를 전기 약탕기에 넣는다. 물을 부어 약재를 한 시간 정도 담근 후 달이기 시작한다. 약재는 기본적으로 식물의 줄기, 잎, 꽃, 열매이거나 자그만 곤충의 갑각질이었다. 그녀는 이미 약재 특유의 냄새와 색깔, 속성을 구분하고 정확한 이름을 알고 있었다.

자신의 병을 연구하기 위해 그녀는 의학 이론서와 한의학 약재에 관한 소개서 몇 권을 읽었다. 그것은 일종의 실천과 결합된 학습이었다. 더 이상 의사의 신비감을 우러러보지 않았다. 믿고 따를 수 있는 것은 실천으로 증명된 지식뿐이었다.

자라의 등딱지와 석고는 15분 정도 먼저 달여야 한다. 딱딱하고 흰 빛이 도는 작은 딱지와 결정은 열기로 점점 부드러워져 녹을 것이다. 마타리는 부서진 꽃술 무늬가 길게 나 있다. 백술白術은 작고 둥글게 잘라둔다. 황정黃精은 아주 짧은 갈색의 나뭇가지다. 전기 약탕기가 신속하게 수증기 내뿜는 소리를 냈다. 5분간 빨리 달인 다음 15분간 천천히 달인다. 이렇게 달여낸 신선한 갈색 액체는 뜨거운 김을 내뿜으며 주둥이가 큰 유리병에 부어진다. 약탕기에 물을 부어 다시 30분간 달이면 재탕이 된다. 둘을 혼합한 것이 하루 동안 복용해야 할 양이다.

초약^{苷葯}은 약간 매운 냄새를 내뿜는데, 시간이 좀 지나면 바로 공기와 사물의 모든 분자들 틈으로 침투한다. 때로는 피부와 손가락, 머리카락에서도 빠짐없이 파고든 이 냄새를 맡을 수 있다. 옷에서도 난다. 씻어도 말끔히 사라지지 않는다.

그녀가 말했다.

"만약 언젠가『론리 플래닛 티베트판』이 르마 여관에 관한 자료를 갱신한다면 아마도 책에는 이렇게 써 있을 거예요. '병을 앓는 젊은 여자와 그녀의 한약은 이 허름하고 오래된 여관의 풍경을 이룬다'라고요."

날이 좀 지나면 복도에서 울리는 다양한 소리들을 구분할 수 있다. 날이 갈수록 점점 뚱뚱해지는 여관의 여종업원은 늘 군용 운동화를 신고 다닌다. 손님을 새 방까지 데려다주기도 하고, 술에 취해 밤늦게 돌아온 투숙객에게 문을 열어주기도 한다. 허리춤의 커다란 열쇠 꾸러미가 철렁철렁 울린다. 늦게 돌아오는 한 쌍의 외국인과 복도에서 마주치면 큰 소리로 불만의 잔소리를 늘어놓는다. 그리고 몰래 키득거린다. 문을 열어주고 다시 잠근다. 벽을 사이에 둔 화장실에서는 물 내리는 소리가 나고, 텔레비전의 야간 채널은 연속극을 방송한다. 아래층의 민가에서 개 짖는 소리가 들려온다. 개들은 한밤중에 항상 불안하게 소란을 피운다. 여관방에서 지내는 것은 한 줄기 강물의 양쪽에 사는 것과 같았다. 밤낮으로 그 물결의 출렁이는 리듬 소리를 들었다.

그녀의 방은 3층 복도 맨 끝이다. 하얗게 분칠된 벽과 천장에는 수공으로 그린 꽃무늬가 있다. 꽃, 동물, 행운을 상징하는 문양이 서로 교차되어 있다. 창틀과 처마에는 꽃 가지와 넝쿨의 복잡한 선들이 그려져 있다. 늘 황량한 잿빛 산에 둘러싸여 살고 있기 때문인지 티베트 사람들은 원색을 무척 좋아했다. 푸른색 보석, 붉은색 석류, 녹색 앵무새는 시간이 흘러 이미 빛깔이 퇴색했다. 그녀는 이런 꽃무늬에 익숙했다. 눈을 감고도 어둠속에서 만화경의 조각 같은 환상적인 무늬를 본뜰 수 있었다.

침대 맞은편 벽에는 흑백 사진 한 장이 액자에 걸려 있다. 옛날 티베트 귀족 부인이 의자에 앉아 있고 그 뒤로 세 명의 시녀가 서 있다. 조잡한 복제 기술 때문에 그녀의 얼굴은 군데군데 회색 그림자로 변해 있다. 머리를 높이 올리고 몸은 딱딱하게 굳어 있다. 목에 걸린 커다란 송석松石과 산호 구슬이 희미한 빛을 발하는 것이 보인다. 부인은 오만한 입술을 굳게 닫고 전방을 주시한다. 사진 전체에 일종의 숙명적인 분위기가 드리워져 보는 사람에게 두려움을 준다. 그녀는 책상 위로 올라가 침대 맞은편의 흑백 사진을 셔츠로 가려본 적이 있다. 이렇게 해야 비로소 잠이 들었다.

바코르가의 푸른 하늘, 뜨거운 태양, 하얀 뭉게구름. 사람들이 조수처럼 빈번이 오고간다. 낯선 사람들의 피부에서 나는 체취, 그들이 내는 형형색색의 소리는 뜨겁게 데워진 진흙 보따리 같다. 들끓는 생명력. 광장에는 오체투지를 하며 전경轉經하는 사람들이 있다. 세상의 온갖 고생을 겪은 고행자들은 시곗바늘 방향으로 불당을 돌며 앞으로 나아간다. 땅에 무릎을 꿇으며 재빨리 두 손을 앞으로 뻗어 온몸을 땅에 붙이고 팔꿈치를 굽혀 두 손을 이마에 모아 절을 한다. 이 동작을 100번 혹은 200번, 기진맥진할 때까지 계속 반복한다. 이 행위는 내면으로부터의 겸손을 상징한다. 온몸을 길게 뻗어 대지에 전신을 엎드리는 순간, 자아의 환각은 철저하게 종결된다.

"자아의 종결을 완성한 사람은 장차 만사와 만물에 대한 모든 미련을 깨끗이 지워버릴 거예요."

2

그녀는 두 시간에 가까운 수술을 마친 후 병실로 옮겨졌다. 누군가가 그녀를 침대 위로 안아 옮겼다. 마취에서 깨어나 처음으로 본 얼굴은 낯선 남자였다. 의식은 여전히 혼미했고, 배가 고팠고 목도 말랐다. 여섯 시간 뒤에야 물을 마실 수 있었다. 음식을 먹는 것은 불가능했다. 발열로 이마가 펄펄 끓었다. 온몸이 마치 불이 타고 남은 재 속에 누워 있는 것 같았다.

그녀는 잠이 들기만을 간절히 바랐다. 그래야만 이 고통에서 벗어날 수 있었다. 그녀는 다시 잠이 들었다. 깨어났을 때는 날이 어둑했다.

그는 출판사의 주간이었다. 그녀의 명성을 듣고 원고를 청탁하러 왔다. 그에게 자신이 있는 장소를 말한 이유를 그녀는 알 수 없었다. 수화기에서 들려오는 낯선 남자의 목소리가 친절하고 평화로웠는지도 모르겠다. 그가 병실로 들어왔을 때 그녀는 손등에 주삿바늘을 꽂아 움직임이 불편한 가운데 팔을 뻗어 침대 옆 서랍장 위의 찻잔을 집으려고 애쓰던 참이었다.

같은 병실에 있는, 이미 수술이 끝난 두 명의 여자에게는 동료, 친구, 친척들이 끊이지 않고 찾아왔다. 고통스런 시간을 이용한 엄살과 애교는 일종의 특권이었다. 그녀는 이상할 정도로 평온해 보였고, 방문객은 한 사람도 없었다. 『노자』와 『육조담경六祖壇經』을 베개 밑에 두고 장시간 읽을 뿐 표정이 태연했다. 그녀는 도움을 청하고 싶지 않았다. 주위 사람과 말도 나누지 않았다. 부스스한 머리에 화장기 없는 얼굴, 지나치게 헐렁한 환자복을 입고 있었다.

정맥주사를 다 맞은 후 그녀는 그를 데리고 병실을 나와 병원의 작은 꽃밭에 앉았다. 마침 복사나무 두세 그루에 꽃이 예쁘게 피어 있었다. 그녀는 돌로 된 걸상에 앉아 바람을 맞으며 여기저기 떨어지는 아름다운 꽃잎들을 바라보며 말했다.

"전 이제 글을 쓰지 않아요. 언제 다시 쓰게 될지는 모르겠고요.”

다시 혼잣말을 하듯 나지막이 말했다.

“올봄은 복숭아꽃을 제대로 본 적이 없네요.”

“찾아오는 가족이나 친구는 없으십니까?”

“없어요. 베이징에서 혼자 살고 있어요. 보고 싶은 친구도 없어
요.”

“그럼 수술할 때 제가 보러 오겠습니다.”

“만약 시간이 되신다면, 좋아요.”

그녀는 그가 오는 것을 승낙했다. 이리하여 그는 그녀를 도와주
는 유일한 사람이 되었다. 그는 밤새 침대 옆을 지켰다. 침대 맡에
는 항상 작은 등이 켜져 있었다. 매번 눈을 뜰 때마다 자신의 링거
병을 지켜보는 그가 보였다. 링거 주입 속도가 정상인지, 새 걸로
바꿔야 하는지를 살폈다. 그녀는 밤새 진통제를 섞은 포도당과 액
체 소염제를 맞았다. 하체에서 뜨거운 피가 쏟아졌다. 자궁출혈로
허리가 시큰하고 무거워 견디기 힘들었다. 몸의 위치를 바꾸면 상
처가 양쪽으로 찢기듯 벌어졌다. 고통스러웠다.

그녀는 계속 엎치락뒤치락 잠들지 못했다. 마취 때문에 눈을
감기만 하면 환각이 보였다. 반짝거리는 무수한 작은 물체들이 어
둠 속을 빠르게 비행하며 빈번히 왕래했다. 기묘하고도 아름다웠
다. 또 꿈에서 글을 쓰는 자신을 보기도 했다. 한 줄, 한 줄씩 유창
하고 아름다운 문장들이 어둠 속에 출현했다가 다시 흔적 없이 사

라졌다.

그가 그녀의 등허리에 베개를 받쳐주었다. 축축한 머리를 가만히 넘겨주었다. 그녀의 입술에서 신음 소리가 새어 나왔다. 손가락에 약간 촉촉한 체온을 실어 그녀의 눈두덩을 가볍게 눌러주었다.

"칭자오, 자요. 자야 해요."

그녀는 눈을 감았다. 그가 누구인지 생각이 났다.

"그날 밤은 한없이 길었어요."

그녀가 말했다. 마치 캄캄한 밤에 출발하는 배에 그 사람과 함께 올라탄 것 같았다. 칠흑 같은 대해에서 미명微明의 피안으로 출발했다. 그 사람은 밤새 잠을 자지 않았다. 날이 밝을 때까지 그녀의 이런저런 말을 들어주었다. 아침 여섯시 반, 간호사가 와 주삿바늘을 뽑았다. 그는 서둘러 회사에 출근해야 했다. 그녀가 깨어났고 얼굴에 해맑은 기색이 어려 있었다. 피곤에 지친 남자는 병실의 차가운 물로 머리와 얼굴을 씻은 다음 침대 곁에 서서 그녀에게 작별을 고했다. 흰색 셔츠를 입고 있었고, 키는 크지 않았다.

"수술은 잘됐어요. 나쁜 걸 끄집어냈어요. 수술실에서 나온 간호사가 내게 보여주었어요. 좋아질 거예요, 칭자오. 제 이름을 꼭 기억해주세요. 성은 송宋입니다."

다음 날 라거에서 한미까지 아홉 시간을 걷다.

오후 네시쯤, 두 사람은 무거운 우비를 휘감고 길을 걸었다. 하나의 산봉우리를 넘자 다시 원시림으로 이어졌다. 마지막에는 끝 간 데 없는 넓은 숲이 나타났다. 하늘은 어두침침하고 폭우는 쉬지 않고 쏟아졌다. 이 구간은 길이 숲속으로 이리저리 굽어 있어 나뭇잎 사이로 빗방울이 촘촘하게 떨어졌다. 좁은 길은 진흙과 깨진 돌로 뒤덮이고 시냇물이 세차게 모여 흘렀다. 신발은 찬물과 진흙탕에 연신 빠져 완전히 젖어버렸다.

그녀가 손을 뻗었다. 말거머리 하나가 손등에서 풍만하고 유연한 몸을 수직으로 세우고 있는 곳이 보였다. 거머리는 빨판이 달린 꼬리를 흔들며 더 신선하고 향기로운 피를 찾고 있었다. 다른 빨판은 이미 살갗에 찔러 넣은 상태였다. 손목에도 세 마리가 있었다. 그녀는 꼬리들을 차례로 눌러 과감하고 힘 있게 당겼다. 손가락에 끈적끈적하게 달라붙어 꿈틀거리는 지체肢體는 돌 위에 문질렀다. 죽었는지 사라졌는지는 신경 쓸 필요가 없었다. 도처에 거머리 천지였다. 두 사람은 이미 말거머리 지역으로 접어들었다. 배낭, 우비, 각반, 장갑에 온통 다 거머리였다. 이 연체동물은 나뭇잎이나 관목에 서식하다가 사람들이 그것에 닿기만 하면 바로 피부에 달라붙었다. 그런 다음 영민하고 탐욕스러운 빨판을 혈관에 정확하게 꽂을 뿐만 아니라 지속적으로 파고들었다.

거머리의 독소는 혈액 응고 작용을 파괴하기 때문에 상처에서 솟아나는 피가 응고되지 않았다. 거머리들이 그녀의 이마와 피부를 물었다. 부드러운 흡착은 가벼운 가려움증만을 유발하기 때문에 흘러나온 피를 직접 보고 나서야 자각할 때도 있었다. 피가 흐르는 땀처럼 자연스럽게 느껴졌다. 피가 상당히 많이 흘렀다는 것을 그녀는 한참 동안 알지 못했다. 마치 일종의 갱신更新 같았다.

그녀는 그에 비해 걷는 속도가 빨랐다. 어두컴컴한 숲속에 서서 그가 쫓아오기를 기다렸다. 물에 젖은 두 발은 감각이 사라졌다. 비록 몸은 이미 탈진했지만 의지력으로 계속 전진했다. 만약 멈추면, 머리부터 발끝까지 완전히 젖어버린 옷 때문에 엄청난 한기가 파고들지도 몰랐다. 걸음으로써 몸에 열을 제공해야만 했다.

그녀는 고개를 들고 높이 솟아 있는 고색창연한 잣나무와 삼나무를 올려보았다. 오랫동안 빗물에 젖고 해를 보지 않은 나무들은 썩는 듯한 냄새를 풍겼다. 나뭇가지들은 모두 융모 같은 청황색 이끼로 잔뜩 감싸여 있었다. 그 이끼들은 아마도 인류보다 더 오래된 역사를 지녔을 것이다. 생기라고는 조금도 없었다. 1년 내내 빗물에 젖고 햇빛이 침투하지 않았다. 그것 때문에 숲은 어두운 동굴이 되었다. 이곳의 분위기는 사람에게 압박감을 느끼게 했다. 자연과 인간이 서로 대치하는 순간이었다. 강물이 쿵쿵 울리는 소리가 여전히 오른쪽 저 멀리서 메아리쳤다.

비바람이 스쳐 지나가는 소리도 들렸다. 숲이 낮고 힘 있게 숨 쉬는 소리였다. 그녀는 이 숨소리를 정확하게 감지했다. 그 생명력을 믿었다. 이 순간, 그것과 만나며 지나갔다. 그 에너지가 그녀 온몸의 골격과 피부, 혈액으로 침투했다. 호흡은 가슴의 격렬한 통증과 함께 신선하고 순정해졌다. 내면에 있는 겹겹의 장막이 한 층씩 벗겨졌다. 생각은 고요하고 분명했다. 이것은 길을 걸으며, 매일 장시간 길을 걸으며 느낀 변화였다. 세상과 단절된 곳에 도착했다. 숲의 심장 속으로 뛰어들었다. 그 핵은 닫혀 있고 단단했으며, 또한 사람을 기쁘게 하지도 않았다. 아마도 그것은 지구와 함께 걸어온 시간을 상징할 것이다. 그러나 그녀는 뚫고 지나갔다. 마치 이곳에서 저 언덕으로 가는 거미처럼, 일생을 다해도 여기저기서 일어나는 숲들은 막을 수가 없다.

그녀는 살면서 만난 많은 사람들을 모두 잊을 수 있을 것 같았다. 송*이라는 사람의 얼굴을 잊은 것처럼. 그는 곁에서 그녀를 돌봐주었고, 그녀를 많이 연민해준 남자였다. 수술을 받고 병원에서 회복하는 5일 동안, 매일 장시간에 걸쳐 링거를 맞아야 했기 때문에 그녀의 손등은 온통 바늘 자국이었다. 혈관은 딱딱하게 굳어 있었다. 그는 그녀를 보러 와 시큰거리는 혈관을 문질러주고 따뜻한 물로 젖은 몸을 닦아주었다. 병실의 낯선 여자들 앞에서 무릎을 꿇고 발을 씻기고, 물기를 잘 닦아낸 후 다시 깨끗한 양말을 신겨주었다.

그에게 작별을 고해야 할 것 같았다. 이 남자는 너무나 우연히 그녀의 인생에 진입해, 그녀가 일상생활에서 구축해둔 모든 경계심을 피해 그 내부로 들어왔다. 심지어 그녀의 몸 안에서 잘려 나온 병소 즉, 비린내를 풍기는 핏덩이마저 보았다. 숨을 곳이 없었다. 낯선 사람과 이렇게 가까워지는 것에 적응할 수 없었다. 두 사람은 겨우 열흘 동안 함께 있었을 뿐이다. 하지만 10년 동안 함께 산 것 같았다. 결혼한 후 10년이 지난 남편만이 아픈 아내를 위해 기꺼이 무릎을 꿇고 발을 씻어줄 것이다. 그녀의 구차한 처지를 그는 명확히 보았다. 그가 그녀를 침해했다는 생각이 들었다.

퇴원할 때가 되자 그녀는 그가 오는 것을 거절했다.

"우리 다신 만나지 말아요."

이제 그녀는 더 이상 물러날 데가 없었다. 도망쳐야 했다. 누군가에게 고립무원한 사람으로 보이고 싶지 않았다. 잠에서 깨어났을 때는 그가 그녀를 보고 떠난 뒤였다. 그가 가져온 늦봄의 치자꽃이 침대 옆 탁자 위에 놓여 있었다. 짙은 녹색의 잎과 순백의 향기로운 꽃송이가 작은 다발로 묶여 있었다. 그가 남긴 메모에는 이렇게 쓰여 있었다.

만약 당신이 날 더 이상 보길 원하지 않는다면 사라지겠습니다. 이름과 전화번호를 기억했다가 언제든 연락주십시오.

두 사람은 결코 정식으로 작별을 하지 않았다.

그녀는 병실의 물건을 정리한 후 머리를 감았다. 실크 치마와 꽃이 수놓인 신발로 갈아입었다. 검은 머리카락에서 맑은 향기가 났다. 거울을 통해 병색이 호전되어가는 모습을 보았다. 병원 문을 나와 길가에서 택시를 불렀다. 밝고 따스한 햇살이 이마 위로 떨어졌다. 눈을 찌를 듯한 햇빛에 눈을 감으며 인간 세상으로부터 온, 혼탁하지만 풍부한 최초의 공기를 호흡했다. 한 번의 수술로 다시 태어난 것 같았다.

4

그녀는 자신의 출판 담당자와 헤어질 때 앞으로 가게 될 곳에 대해 전혀 말하지 않았다. 그녀는 이렇게 말했다.

"한동안 사라질까 해요. 전화든 메일이든 하지 마세요. 때가 되면 저절로 나타날 거예요."

"새 책을 쓰러 가는 겁니까?"

앞으로 시종일관, 그의 최대 관심사는 바로 이 부분일 것이다. 이 순간, 그의 태도는 전에 없이 진지했다. 그녀는 외모에 신경 쓴 중년 남자를 바라보았다. 그는 일에 대해 편집증적인 중독 경향을 보였다. 두 사람은 오랫동안 함께 일을 했고, 그는 그녀의 성격을 잘 알고 있었다. 그는 지금까지 그녀에게 지나치게 다가간 적이 없었다. 하지만 동시에 피차간의 모든 약속은 성실히 이행했다. 이런 거리감과 각자의 일에 대한 인정은 중요했다. 부인할 수 없이, 그녀 또한 언제나 편집증적인 일 중독자였다. 그녀의 책을 계약하기 위해 그는 그녀와 열두 번이나 만난 적도 있었다. 놀랄 만한 일이었다. 줄기차게 그녀와 약속을 잡았다. 끈기 있게 지속적으로.

그녀는 그의 사무실에서 탁자 맞은편 소파에 앉아 불빛이 저물어가는 베이징의 야경을 보며 말했다.

"모르겠어요. 쓸 수도 있고, 쓰지 않을 수도 있어요. 생활비 때문에 그러는데 원고료를 좀 정산했으면 해요."

그는 현금 수표를 끊어주며 말했다.

"원고료 일부를 선불로 드릴까요?"

그의 만년필이 수표 위에 멈춰 있는 것이 보였다.

"당분간은 필요 없습니다."

그는 어깨를 으쓱하며 채 마르지 않은 글자 위로 숨을 내뿜었다. 어쩌면 그는 사실 전혀 후하게 대해줄 생각이 없을지도 몰랐다.

그가 지불할 수 있는 범위는 명확한 한계가 있었다. 하지만 그는 서로가 성의를 다한다는 분위기를 조성해야 했다. 그리고 그것은 매번 그녀에게 간파되었다. 이런 자잘한 심리적 게임은 그녀의 예민한 스캐닝을 피하지 못했다.

두 사람이 안 지도 벌써 5년이 되었다. 5년 동안 그녀 곁에는 몇 사람이 사라졌고, 몇몇 사람들의 곁에서 그녀가 사라졌다. 사람과 사람 사이는 마치 에너지 공간의 원자처럼 본래 전혀 관련이 없는 것들의 완고한 충돌이다. 비록 가까이 있는 것처럼 보일지라도, 적의와 소외의 본질을 지닌 충돌이다. 이렇게 혼란스러운 것이 세상의 인지상정이다. 하지만 그와 그녀는 아직까지 서로의 곁에서 사라진 적이 없었다. 그들은 언제나 나타나야 할 때, 상대방 앞에 나타났다. 또한 그만이 그녀 생활에 일어난 그 어떤 변화도 진정 인내심 있게, 그리고 오랫동안 지켜보았다. 여기서 얻을 수 있는 추론과 판단은, 이익 관계는 영원히 모든 감정적 관계보다 훨씬 강하다는 것이다.

이익만이 서로에게 가장 안정적이고 견고한 버팀목이다. 하지만 그것 또한 하룻밤 사이에 붕괴할 가능성은 있다. 만일 이런 이익의 결과가 더 이상 성립할 수 없다면 말이다. 이렇게 전제하기 전에는 그 어떤 감상적인 추측도, 재단도, 음미도, 증명도, 논단도 깨뜨릴 수 없는 청동의 철옹성이다. 그것의 객관적이고 특정한 조건은, 그것이 감정적 관계처럼 함부로 질문되거나 전복되지 못하도록 운명지어 놓았다. 그는 앞으로 오랫동안 그녀 곁에서 떠나지 않을 남자였다. 전제는 그녀가 변함없이 그의 가장 안정적이고 확실한 돈줄이라는 것이다.

그는 전에도 그랬듯이 그녀를 앞으로도 주시할 것이다. 그녀 곁에서 떠나지 않을 것이다. 따라서 그는 그녀가 도시를 떠나기 전에 정식으로 이별을 고해야 하는 유일한 사람이었다. 유일한 사람. 그녀는 세상의 경계에 너무나 오랫동안 서 있었다. 시종일관 깊이 들어갈 수 없었기 때문에 시종일관 적막했다. 그녀는 일체의 현상과 사람의 작위를 분석하고 변별하고 분류한 다음, 바로 구조까지 해체했다. 마지막에 이르러 그것들은 단지 기계적이고 생경한 부품들에 지나지 않는다는 사실을 발견했다. 그때, 그녀는 자신에 대해 수치심이 일었다. 자신의 뺨을 세게 때리며, 냉정한 현실주의적 두뇌를 향해 '썩 꺼져'라고 말하지 못하는 것이 한스러웠다.

그는 호텔의 고급 식당에서 그녀에게 저녁을 사주었다. 그는 마치 남편처럼 그녀의 식성을 잘 알았다. 자리에 앉아 내키는 대로 생선 초밥(그녀는 성게, 참치, 북극조개를 좋아했다)과 투명한 매실주를 시켰다. 그날 그녀는 자수가 놓인 흰색 마직 상의를 입고 있었고, 머리는 늘 그렇듯 엉클어지고 건조했다. 전혀 신경을 쓰지 않은 듯이 보였다. 두 사람은 마주 앉아 태연자약했다.

만약 호기심이 있는 웨이터라면 이 한 쌍의 남녀를 추측하는 데 약간의 시간이 필요했을 것이다. 만일 전처라면 그녀는 확실히 너무 젊기 때문에 그의 나이에 어울리지 않는다. 정부라고 하기에는 그리 젊거나 예쁘지 않고, 태도 또한 애교스럽지 않다. 만약 동료라면 두 사람 사이가 너무 자유롭고 묵계가 많다. 딸이라고 하기에도 그녀의 나이가 너무 많아 보인다. 사실상, 두 사람은 무관한 갑과 을이다. 그녀는 희미하게 혼자 웃었다. 그리고 느긋하게 담배에 불을 붙였다.

5

그녀는 자신의 집을 세놓았다. 모든 것은 그대로 집에 두었다. 책, 주철 침대, 천 소파, 판화, 청화 자기, 골동 가구, 옷과 신발 더미……. 새로운 세입자는 이 모두를 사용해도 된다. 산더미만 한 짐을 가지고 갈 수는 없었다. 이 도시를 떠나기 전에 그녀는 자신의 생활에 대한 검증을 할 수 있었고, 그것은 그녀가 소유한 모든 것이 단지 부차적인 것에 불과하다는 사실을 증명했다.

조금이라도 그리워할 만한 곳이나 사람은 이 도시에 전혀 존재하지 않았다. 그녀의 생활에도 그 근원은 존재하지 않았다. 마취되는 순간, 그녀는 자신에게 그리움이 없다는 것을 분명히 알았다. 그녀는 떠나고 싶으면 바로 떠날 수 있었다. 이별을 고하지 않아도 되었다. 그녀의 지난 경험과, 현재의 처지와 상황을 포함한 미래에 대한 모든 청사진은 짐을 다 꾸린 후 여행 가방 하나의 분량에 지나지 않았다. 이렇듯 감당할 수 없는 가벼움. 그녀는 자신을 이끌고 어디든 갈 수 있었다. 그는 이 세계와 관계를 끊을 수 있었다.

자연에 몸을 맡겨라, 허황되고 가식적인 허장성세의 댄스파티는 하지 말라, 일과 관계에 마취되지 말라, 환각하지 말라. 그녀는 가방 하나를 꾸렸다. 늘 읽던 낡은 책 몇 권, 노트 한 권, 면바지 몇 벌과 슬리퍼 한 켤레를 넣었다. 이렇게 그녀는 출발을 결정했다. 라싸로 가서 살기로 했다.

첫번째 환승지. 야간 비행기를 타고 청두成都에 도착했다. 새벽 열두시 쯤, 미리 예약해 둔 여관에 전화를 걸어 예약 취소가 아님을 알렸다. 날씨는 무더웠다. 공항버스 안에서 가방을 든 그녀는 온몸이 땀으로 젖어 있었다. 잠이 들 것처럼 혼곤했다. 택시로 갈아타자 피곤하고 목이 건조해 아팠다. 작은 여관은 우연히 잡지에 실린 여행기에서 보았을 뿐이다. 분명 행복감에 젖어 여행하던 작가는 오래된 목조건물의 복도에 앉아 신선한 호두를 먹고 햇빛을 쬐며 한나절을 보냈다고 했다. 하지만 그녀가 한밤중에 도착한 곳은 낡은 초대소招待所에 지나지 않았다. 원형 대문으로 비쳐드는 짙은 나무 그림자에서 오랜만에 동양 원림의 아름다움을 느낀 것을 제외하면.

　방은 간소하고 누추했다. 하지만 욕실에 씻을 수 있는 뜨거운 물이 있다는 것만으로 만족했다. 1층 숙소는 창문을 닫을 수 없었다. 자는 동안 지갑과 신분증을 베개 밑 침대 시트 속에 조심스럽게 깔았다. 그녀는 축축하게 젖은 머리를 수건으로 싸고 침대에 누웠다. 갈지 않은 게 분명한 베개 커버에서 낯선 사람의 기름진 머리카락 냄새가 났다. 바깥 건물에 위치한 방에서 누군가 마작을 했다. 새벽까지 패를 뒤섞었다. 때때로 여자의 경박한 웃음소리가 퍼져 나왔다. 그녀는 이상야릇한 냄새를 풍기는 싱글 침대에 누워 계속 몸을 뒤척이며 잠들지 못했다.

　청두에서 라싸로 가는 비행기에서 옆자리 남자가 다가와 물었다.
　"티베트에는 처음 가시는 겁니까?"
　그녀는 고개를 끄덕였다. 온화한 사람인 것 같았다. 하지만 말을 많이 하고 싶지는 않았다. 낯선 누구하고도 말하고 싶지 않았다. 두 시간 동안의 침묵이 고요하게 느껴졌다. 신기할 만큼 새파란 하늘과 새하얀 구름층 사이로 눈 덮인 세 개의 산봉우리가 구름층을 뚫고 하늘 끝에 우뚝 서 있는 것이 보였다. 사방이 고요한 곳에서 만물은 과묵했다. 본래 중생을 초월한 정신일수록 더욱 깊이 숨어, 드러나지 않고 다가가기 힘든 법이다. 그것들은 이렇게 고요하게, 잇닿은 모든 산맥을 훌쩍 뛰어넘고 있었다.
　여자 혼자 하는 여행. 그녀는 지금까지 혼자 여행하는 것을 부끄러워해본 적이 없다. 비록 결혼을 하지 않았고, 아이도 없고, 애인도 없고, 오랜 세월 고독했고, 병을 앓고 있으며, 도중에 고생을 할지라도 말이다. 부인해서는 안 된다. 이것이 그녀가 살아가는 방식이었다. 어린 여자애의 잘린 팔, 팔찌가 산 지 열여덟 시간 만에 끊어진 것, 수술해도 결과를 예견할 수 없는 병. 이런 것들은 늘 당연할 뿐만 아니라 의심의 여지가 없었다.

라싸. 해발 3,658미터의 고지대. 비행기가 착륙할 때 그녀는 끝없이 이어지는 푸른 능선을 한참동안 응시했다. 나무라고는 흔적조차 없었다. 새파란 하늘. 새 한 마리 날지 않았다.

6

"샨셩, 너는 상처를 안고 살아가. 너란 사람은 거대한 상처야. 너는 자신을 사랑하지 않아."

그는 소년 시절에 절개된 신체에 검은 석탄 덩어리, 그리고 돌과 금속을 쑤셔 넣었다. 한편으로는 조용히 점화하기를 기다리면서 또 한편으로 냉정하게 일체의 희망도 가지지 않았다. 이 모든 세월, 억지로 쑤셔 넣은 검은 덩어리는 강제로 꿰매도 자국이 완전히 아물지 않았다. 피부가 생장함에 따라 더욱 확대될 뿐이었다.

"사람은 일생동안 말하기 어려운 무수한 비밀을 안고 죽어가지."

그녀는 그에게 상처가 있다는 것을 알았다. 그녀의 원유連遊와 방랑이 그에게 자유를 느끼게 했다. 그는 차라리 혼자 수많은 비밀을 안고 죽는 것이 나았다. 그렇게 하는 것이 나았다. 그는 자신의 고독과 역사에 복종했다.

그에게 다가가려고 시도했던 여자들은 그의 검은 덩어리에 대해 몰랐고, 또한 두려움도 없었다. 그는 어려서부터 여자와 인연이 있었다. 어떤 이성도 그를 보면 자성磁性을 느꼈다. 그라는 사람 전체의 냉정함과 애매함은 순정한 재질의 수정이 어떤 방향으로든 굴절되는 것과 같았다. 여자들은 상상 속에서 그를 형제, 애인, 친구, 남편 등 자신이 바라는 유형의 남자로 만들었다. 이것이 그의 매력이었다. 그가 회사 휴게실에서 커피에 뜨거운 물을 붓고 있을 때 한 여자가 곁을 지나가며 말했다.

"설탕과 크림은 어디 있나요?"

"서랍장에 있습니다."

고개를 들었을 때 평범한 외모의 젊은 여자가 보였다. 낡고 독특한 흰색 셔츠에 굽 낮은 구두를 신고 머리카락은 길지도 짧지도 않았으며, 왼손 중지에는 커다란 다이아몬드 반지가 끼여 있었다. 그녀는 이후 그의 첫번째 부인이 되었다.

허녠荷年은 열두 살 때 미국으로 가서 프린스턴 대학 경영학 석사를 마치고 귀국해 가업에 참여하고 있었다. 그녀는 룬허潤和 기업의 사장이 가장 총애하는 막내딸이었다. 회사의 몇몇 미혼 중역들은 일찌감치 허녠을 호시탐탐 노리고 있었다. 지름길로 가기를 원하는 것은 남자도 마찬가지였다. 그때 그는 대학을 졸업하고 룬허에서 1년 동안 힘들게 일하고 있었다. 능력은 많았고, 성격은 괴팍했다. 해당 부서 사장은 그를 잠재적인 위협으로 간주해 결코 인정하려 들지 않았다. 피차 몇 번의 공을 주고받은 후 그의 직위는 이리저리 옮겨져 마지막에는 기껏해야 자잘한 사무만을 처리했다. 주위의 동료들은 줄줄이 옮겨 다녔다. 끊임없이 누군가가 사직하거나 잘렸다.

이 세계는 전혀 공평하지 않았다. 그는 이미 잘 알고 있었다. 맨몸으로 싸우다 땅에 엎어져 진흙과 모래처럼 밟혔다. 옷깃을 여미니 팔꿈치가 나오고 재주는 있으나 알아주는 사람이 없었다. 사람과의 관계는 겨울에 강을 건너는 영양의 무리와 같았다. 필사적으로 헤엄쳐 건넌 후 뒤질세라 앞을 다투어 언덕으로 기어오른다. 동료의 시체를 밟고 오르지 않는다면 차가운 강물에 빠져 죽을 것이다. 모두들 시간이 그리 많지 않다. 살아남거나 혹은 더 좋게 살아남아야 했다.

그는 자신이 잘리지 않을 것임을 알고 있었다. 하지만 설령 살아남는다 해도 장래 또한 결코 밝지 않았다. 만약 더 높은 권력을 손에 쥘 수 없다면 생각을 실현할 공간이 없었다. 뚜렷한 업적으로 개인의 존재 가치를 표명할 방법 또한 없었다. 그는 자신의 공황과 무력감을 다스려야만 했다. 그리고 가라앉아 잠복하며 기다리는 것은 그의 특기이기도 했다.

그녀는 그를 좋아했다. 만날 약속을 했다. 모든 것은 그녀가 주동했다. 그녀는 집요한 암컷처럼 은근히 그의 주위를 맴돌았다. 그와 함께 회의하고, 일하고, 출장가고, 출국했다. 자신의 아버지와 함께 이 선택된 대상을 주도면밀하고 세심하게 살폈다. 남방 소도시 출신, 물리교사인 어머니, 일찍 죽은 아버지, 단출하고 청빈한 가정. 칭화대학을 훌륭한 성적으로 졸업한 우등생은 잠재력이 많았다. 지금까지 비굴하거나 거만한 적이 없었다. 눈썹 끝이 길게 이어지는 쌍꺼풀 없는 두 눈은 감정을 전혀 드러내지 않았다. 하얀 셔츠를 입은 똑똑한 남자. 그녀는 그의 침묵이 발하는, 사람을 태울 듯한 에너지에 휘감겼다. 그는 아마도 그녀 일생을 통틀어 해답을 알 수 없는 수수께끼였을 것이다. 그들은 근본적으로 서로의 적수가 아니었다.

집안이 좋은 여자는 사실 단순해서 세상에 불가능한 일이 없다고 생각한다. 평범한 가정에서 태어난 여자들은 그녀와 비길 수가 없다. 설사 그런 여자들이 그녀보다 재주와 용모가 출중하고 출세하기 위해 더 많은 노력을 기울인다 할지라도 운명은 그렇게 손쉽게 탄탄대로를 가져다줄 리가 없다. 그녀는 그보다 세 살 연상이었고 명문교 출신의 엘리트였다. 또한 몇 차례 엇비슷한 집안의 자제들과 연애를 했고, 연애가 시들해지자 우아하게 헤어졌다. 때문에 그녀는 자신은 틀림없이 백전백승이라고 생각했다. 이렇게 증폭된 능력은 단지 기생하고 있는 가문의 권력과 물질적 배경에 불과했다.

그녀는 그를 충분히 제어할 수 있다고 생각했다. 두 사람의 관계에서 그녀가 확실히 집요하고 천진했다. 그녀는 이것을 사랑이라고 여겼다. 그도 그녀를 사랑하고 있다고 긍정해야만 했다.

그는 그녀의 구혼을 받아들였다. 결정은 매우 과감했다. 주저하거나 회의하지 않았다. 이런 기회는 일생에 단 한 번뿐일 거라는 사실을 그는 알고 있었다. 이전에 그는 어떤 여자하고도 정식으로 관계를 가진 적이 없었다. 그는 자신을 높이 평가했고, 자신을 상대에게 손쉽게 넘겨주길 원치 않았다. 그는 어떤 여자도 사랑하지 않았다. 그녀는 전혀 그를 매료시키지 못했다. 또한 그와 질료가 달랐다. 하지만 아마도 그가 결혼하기에 적합한 유일한 여자였을 것이다. 이 혼인을 통해 그는 손쉽게 룬허의 고위층으로 진입할 수 있었다. 뿐만 아니라 재벌 기업에서 한자리를 차지할 수 있었다.

그는 줄곧 자신이 빨리 결혼했으면 했다. 그렇게 되면 감정에 대한 부담이나 걱정 없이 사업에만 전념할 수 있었다. 그는 애정을 믿지 않았다. 결혼은 현실이고 반드시 처리해야만 하는 문제였다. 어떤 결혼이든 본질은 거래다. 거래인 이상, 각자 얻기 위해서는 지불해야 하고, 또한 쌍방은 평등해야 한다. 그렇지 않으면 오랫동안 성립되기가 어렵다. 그들 두 사람에게는 피차 더욱 그랬다.

그는 모친에게 편지를 썼다.

'어머니, 조만간 허녠과 결혼합니다. 상하이로 가서 지사를 맡을 겁니다. 상하이에 별장을 새로 구입했어요. 집이 넓으니 우리와 함께 사시지 않으시겠어요?'

어머니는 이렇게 회답했다.

'네가 마음을 정했다니 무척 안심이 되는구나. 그런데 난 고향에서 사는 게 좋아. 미래의 며느리와 충돌하고 싶지도 않단다. 고향으로 와서 친지들에게 피로연을 열어주는 것만으로 충분하단다.'

그해, 그의 나이 스물넷. 남자는 일찍 가정을 꾸리는 것이 사업에 전념하는 데 도움이 된다. 이것은 그가 상상했던 생활 방식이었다. 그는 결혼하기로 결정했다.

7

그녀는 2, 3년 동안 종교적 분위기가 강한 동남아의 가난한 나라들을 떠돌며 작은 여관과 길거리, 골목을 누비고 다녔다. 주로 히말라야 산기슭 주변 나라들인 카슈미르, 네팔, 시킴, 부탄, 라오스 등지였다. 여행 잡지에 칼럼과 기사를 투고하거나 취재를 하면서 먹고 지냈다.

영국에 가서는 자신의 어머니를 한 번 만났다. 모친은 고향을 떠나 1년 내내 이국 생활을 하는, 그녀 인생의 첫번째 나비였다. 모친은 꽤 길게 무희로 지내다가 이후 몇몇 돈 많은 남자와 결혼했다. 두 사람은 얼굴을 마주한 뒤에도 여전히 서먹했다. 하지만 그녀는 핏속에 흐르는 맹목적이고 분방한 기질이 어디에서 연유한 것인지 알게 되었다. 더 이상 어머니의 돈을 쓰고 싶지 않았다. 함께 살고 싶지도 않았다.

그녀의 인생 자체가 장기간의 여행이었다. 도처가 모두 집이 되었다. 값싼 작은 여관에서 몇 달씩 지냈다. 그런 다음 다시 나라를 바꾸거나 도시를 바꾸었다. 발밑의 땅은 그 어떤 한계도 없었다. 진실한 느낌만 있었다. 언제든 길에서 죽을 수 있을 것 같았다. 사는 곳이 일정하지 않았다. 그러나 편지만은 변함없이 보냈다.

샨성, 난 지금 카트만두에 있어. 작은 호텔의 문가에 앉아 있으면 히말라야의 설산들이 보여. 산들은 푸른빛이 감돌 정도로 하얘. 하늘과 맞닿아 있기 때문에 그런 건지는 모르겠어. 저 푸른빛은 근본적으로 인간 세상의 것일 수가 없어. …… 난 지금까지 내가 한 일들을 후회한 적이 없어. 어린 시절, 넌 나를 부끄러워했어. 자신의 숨겨진 수치를 보는 것처럼 말이야. 넌 나를 용서하지 못할 거야. 내가 저지른 일들은 마음에 담아둘 뿐만 아니라 증오하니까. 하지만 한 사람의 인생이 고귀한 속성에서 비롯한 것인지, 아니면 방임이나 자포자기에서 연유한 것인지를 어떻게 구분하겠니? 그리고 어떤 것이 행복의 실제에 더 접근해 있겠니? 인생에는 각자의 길이 있어. 그것이 최종적으로 도달한 목적지가 비천함이든 영광이든 상관없어. 이것은 힘의 제압이 우리에게 가져다준 한계점이야.

나를 용서해줘. 우리를 용서해줘. 아마도 우리 모두 결국엔 오해가 풀릴 거야…….

간부 회의의 틈바구니에서 읽은 구절이었다. 당시 그의 생활은 보고, 회의, 출장, 비행기 1등석, 고급 호텔의 스위트룸으로 구성되어 있었다. 틈이 나면 소파에 누워 스포츠 채널을 보다가 잠이 들었다. 사랑도, 휴가도 없었다. 성공은 더 높은 계층의 생활로 진입할 수 있는 가능성과, 내면의 만족을 가져다주었다. 이 모든 것은 일찍이 그의 가장 강력한 정신적 버팀목 즉, 사회적 가치의 최대화였다.

매일 아침 일어나 샤워하고 면도하고 얼굴에 로션을 바르고 셔츠와 넥타이를 고른다. 이 모두가 잘 정돈되면 서류 가방을 들고 차를 몰아 대문을 나선다. 사무실은 상하이에서 가장 비싼 빌딩에 있었다. 그것은 아마도 아시아에서 가장 높은 마천루일 것이다. 엘리베이터가 위로 올라갈 때는 귀에 미세한 진동이 느껴졌다. 이명으로 현기증이 일었다. 그는 그곳에서 매일 열두 시간 이상 일한다. 때로는 일주일에 네 나라를 돈다. 오전에 남반구에 있다가 다음 날 새벽에 북반구에 출현한다. 이것이 10년 동안의 생활이었다.

그는 맨몸으로 외부 세계와 싸운다는 규칙을 세우려고 시도했다. 아울러 이것을 일종의 기준으로 삼아 인생의 득실을 평가했다. 중요한 경쟁 상대를 차버리고, 승리감을 내면의 피비린내 나는 요구에 응하는 가장 훌륭한 보답으로 여겼다. 혹은 수표에 쓰는 숫자에 있었다. 구체적인 자릿수 뒤에 훨씬 많은 자릿수의 0을 신속하고 숙련되게 썼다. 허위적 성공을 증명할 강렬한 더 많은 정보의 점유, 더 많은 발언권, 더 많은 아드레날린이 필요했다.

이 순간, 그는 끝없는 적막감을 느꼈다. 편지를 쥐고 있는 손가락이 미세하게 차가워졌다. 두 사람의 본질적인 차이는, 어린 시절 처음 만났을 때 이미 확연히 드러난 내면의 방식이었다. 그녀는 늘 행동했다. 때로는 탐닉하고 때로는 고립했다. 반면에 그는 줄곧 그녀보다 더 간절하고 진지한 것처럼 보였을지라도 지금껏 이 세상으로 진입하려는 격정이 없었다. 그는 이 사회의 건설과 개조에 참여했고, 세속적인 성공과 업적에 대해 적극적인 야심을 지니고 있었다. 하지만 그는 이 세상의 방관자였다. 그의 내면세계는 결코 이 세상에 존재하지 않았다.

그는 자신의 능력이 미치는, 충분히 할 수 있는 일들을 했다. 남성의 사회화에 찬동했다. 마치 컴퓨터 게임 속의 고독한 영웅처럼 임무와 목적을 완수했다. 이것은 자신이 살고 있는 세계를 위해 그가 해낸 공헌이었다. 이것은 내면을 향한 설복이었다. 동분서주하는 자신을 차갑게 방관하며 인생의 열성과 감성을 제거했다.

어쩌면 이것은 단지 운명의 복제 순서일지도 모른다. 어쩌면 어느 날 돌연 깨어나 지금까지의 모든 것이 컴퓨터 게임 속 가상 행위에 불과하다는 것을 알게 될지도 모른다. 적에게서 빼앗은 단도를 들고 홀로 싸우며 자신이 세계를 구원할 영웅이라고 생각했던 것이다. 게임이 끝날 때까지, 화면에 Game Over가 뜬 뒤에야 비로소 자신이 누군지 알게 된다.

하지만 이것이 바로 그의 세월이었다. 꿀꺽꿀꺽 삼켜져 어떤 메아리도 남기지 않았다. 그는 자신의 육체와 정신이 늙고 지치기 시작했음을 지켜보며 청년에서 중년으로 진입하고 있었다. 체력적으로 가장 건장하고 활력이 충만했던 10년은 세속적인 영화와 성공에 건네져 야심의 제단 위에 바쳐졌다.

그녀는 낯선 도시의 작은 여관에서 그에게 편지를 써 보냈다. 한 자, 한 줄 시종일관 서투르고 유치했다. 막 글씨를 배우기 시작한 유치원생처럼 짜임새 없이 마치 그림을 그리듯 글씨를 썼다. 예전에 칠판에 이름을 쓸 때와 똑같았다. 때로는 연필로, 때로는 볼펜으로 썼다. 어디에서나 볼 수 있는 값싼 펜과 종이로 썼다. 때로는 뜯은 담뱃갑 위에 썼다. 그녀는 부드럽게 포장된, 향이 적게 나는 일본제 담배를 폈다. 담배에는 검은 색으로 영어가 가늘고 작게 쓰여 있었다. 호주머니 사정이 조금 좋아질 때에만 이 담배를 피웠다. 흰색과 옅은 갈색의 선으로 디자인된 담뱃갑은 만져보면 재질이 부드럽고 강도도 있었다.

예전에도 그녀는 편지와 시를 써서 보냈지만 그는 자세히 읽은 적이 없었다. 매번 말끔히 쓸어 바로 서랍에 넣어버렸다. 하지만 편지 하나하나에 기호를 써두었던 것은 기억했다. 지금까지 잃어버린 적이 없었다. 버리지만 않는다면, 세월이 흘러도 종이 위의 글자는 사라질 리가 없다는 것을 알기 때문이었다. 그는 늘 확신했다. 그녀는 결국 단속적으로 실마리를 남길 것이며, 그는 결국 이 편지들을 다시 보고 이 글자들을 기억할 것이라는 사실을. 어느 날 그가 이 오래된 편지들을 태우고, 그것이 불꽃 속에서 자잘한 재가 되어 허공의 끝으로 돌아가지만 않는다면 말이다. 그러나 이런 가설은 실제로 이루어질 수 없었다. 오랜 세월, 그녀는 편지를 보냈다. 그렇게 많은 편지를. 그리고 시를.

그 편지들은 수십 년 뒤에 돌아보면 실은 결코 서로에게 쓴 것이 아니었다. 그것은 본래 자기 자신에게 쓴 것이다. 보고 듣고 생각했던 모든 자잘한 일들을 편지에 묘사했다. 더딘 성장, 쓸쓸하고 슬픈 소년 시절 경험했던 고통과 시련, 청춘의 편집증과 격렬함을 문자로 증명했다. 자신에게 쓴 편지를 상대방이 보고 보관했다. 서로의 사라짐을 확정할 때까지.

비록 그녀는 작가가 된 적이 없었지만, 예전에 그는 그녀가 어쩌면 작가가 될지도 모른다고 생각했다. 편지들은 아주 우아하고 유창했다. 진지하고 섬세한 표현, 세상에 대한 방관과 소외에 대한 감정의 토로는 글을 쓰는 데 좋은 훈련이었다. 그녀는 예술적 재능과 미적인 안목이 뛰어났다. 글쓰기, 사진 촬영, 디자인, 그림 등 여러 분야에 다재다능했다. 하지만 결코 그것들에 집중하거나 파고들지 않았다. 타고난 소질 중의 작은 기술과 재능만을 이용해 밥벌이를 했다. 편집자, 디자이너, 사진가가 되었지만 모두 중도에 그만두었다. 그녀는 자신의 타고난 재주를 극히 일부만 사용했다. 누군가는 이렇게 말했다. 그녀가 그것들은 간과했기에 그것을 방치했다고. 그녀는 결코 자신을 존중하지 않았다. 하늘 끝까지 제멋대로 떠돌아다니려고만 했다.

간혹 그는 상상해봤다. 그들이 늙어 죽을 때가 되어 다시 함께 있게 된다면 서로를 더 많이 이해할 수 있을지도 모른다고. 하지만 그가 장차 자신의 모든 행위에 대해, 더 이상 어떤 해석도 시도하지 않을 거라는 점에서 한계가 있었다. 그는 세상을 향한 자신의 반항과 무능력을 숨겼기 때문에 안전하다고 느낄 것이다. 그리고 늙어 죽을 때 어쩌면 그녀에게 이 모든 것을 말하려 할지도 모른다. 그의 허공과 곤혹, 실망과 연약함을. 그녀 또한 같을 것이다.

　　　　　　　　　　한미의 숙소는 늘 그렇듯이 목조
바라크였지만 라거에 비해 훨씬 누추했다. 방 안에는 묵은 때로 번
들번들한 침대와 눅눅한 시트가 있었고, 바닥은 앉을 수 없을 정도
로 더러웠다. 도착했을 때 그들은 흠뻑 젖어 있었다. 그런데 비옷을
벗어 말릴 데가 없었다. 하루 종일 너무 힘들게 걸어왔다. 그녀가
비옷과 신발 위에서 굼틀대는 거머리를 발견하고 일일이 담뱃불로
지져 떨어뜨렸다. 진흙이 가득한 각반과 신발을 벗고, 물에 불어 희
게 바랜 복사뼈를 드러내며 슬리퍼를 신었다.

　　방과 마찬가지로 어두침침하고 눅눅한 작은 주방에는 기름때
묻은 사각의 나무 탁자가 있었고, 조리 도구는 모두 형편없었다. 수
도꼭지에서 깨끗하게 씻은 옷과 신발, 각반을 헛간에 들고 가서 말
렸다. 물 위에는 크고 작은 거머리가 여전히 떠다니고 있었다. 장작
을 쌓아 불을 붙이고 옷을 빨랫줄에 걸어 말렸다. 차를 한 주전자
끓였다. 거머리에 물린 목 위의 상처를 만져보았다. 자잘한 검은 자
국이 여기저기 부풀어올라 있었고 딱딱했다. 아마 한동안은 사라
지지 않으리라.

　　이 순간, 홀로 앉아 있자니 마치 지고의 순간을 누리는 것 같다.
깨끗하게 말린 옷으로 갈아입고 맨발로 불을 쬐며 뜨거운 차를 마
신다. 멀리 아득히 푸른 산골짜기가 운무에 싸여 있다. 사방에 총총

히 걸린 하얀색 폭포는 한 줄기 한 줄기 솟구쳐 떨어진다. 그림처럼 아름답고 소리는 웅장하다. 숙소 밖 늪지에는 현지의 검은 돼지들이 이리저리 몰려다닌다. 세상과 격리된 산과 들판, 비가 억수같이 쏟아지는 인적 없는 황혼.

막 도착한 짐꾼 서너 명이 들어왔다. 현지 산간 사람들이 즐겨 입는 군대 위장복을 걸친 그들도 비에 흠뻑 젖어 있었다. 목에는 역시 거머리에 물린 핏자국이 있었다. 반대 방향인 베이벙에서 걸어온 사람들이었다. 그곳에서 한미까지는 34킬로미터였다. 키 크고 건장한 남자들이 좁은 헛간을 가득 메우며 앉았다. 여기저기서 담배를 피워 물며 협곡에 들어온 젊은 여자를 호기심 어린 눈으로 훑어보았다. 그 중의 한 남자가 말을 걸었다.

"모퉈로 가시오?"

"예. 길 상태는 괜찮은가요?"

"한미에서 가는 길은 여러 군데 토사가 크게 붕괴되었소. 한 곳은 여러 차례 붕괴된 데다 그 면적이 커, 아마도 건너기 어려울 게요. 가려거든 최소한 비가 그칠 때까지 기다려야 할 거요. 폭우 때문에 산 전체가 더욱 불안정해졌소. 길이 아주 위험하오. 그저께 이곳 사람이 산에서 떨어진 바위에 깔려 즉사했소."

남자는 거듭 말했다.

"만약 내일도 계속 비가 내린다면 베이벙으로 출발해서는 안 되오. 당신들은 갈 수 없을 거요. 그때는 돌아갈 수밖에 없소."

탁자에 앉아 저녁을 먹었다. 어두운 전등 밑에서 말린 고기, 배추 볶음, 두부탕, 야채를 먹었다. 야채는 적었지만 밥은 충분했다. 체력 소모가 컸기 때문에 고추만으로도 밥을 몇 공기나 먹을 수 있었다. 샨성은 저녁때 눈을 붙이지 않고 근처의 군영으로 가서 군인에게 상황을 물어보았다고 했다.

"그곳의 당번병도 베이벙으로 가는 길에 토사가 크게 붕괴되었다고 했어요. 그 나쁜 소식은 전혀 근거 없는 소문이 아니었습니다."

"어쨌든 출발해야 해요. 이렇게 비가 그치기만을 기다릴 수는 없어요."

"그래요. 저 짐꾼들도 걸어왔잖아요. 이곳에 있어봐야 상황은 더 나빠질 뿐입니다. 돌아가면 올 때처럼 말거머리 숲을 다시 지나 뒤승라를 넘어가야 하는데, 그 길도 쉽지 않아요. 내일 아침 여덟시 정각에 출발합시다. 내일 만약 베이벙에 도착할 수 있다면 모레에는 모뒤에 이를 수 있을 겁니다."

그는 일어나 작은 백주 두 병과 고기 통조림 몇 개를 들어 당번병에게 보낼 준비를 했다.

그가 몸을 일으키자 그녀의 이마에서 피가 흘러내리는 것이 보였다. 손을 뻗어 정수리의 머리카락을 가르자 커다란 거머리 한 마리가 그곳을 기며 빨판을 깊이 꽂고 있었다. 재빨리 손가락으로 거머리를 집어 들고 바닥에 세게 팽개쳤다. 거머리는 이미 피를 잔뜩 먹은 탓에 바닥에 누워 꿈틀거릴 뿐 움직이지 못했다.

"길에서 달고 온 거머리가 이곳에 많습니다. 자기 전에 침대와 시트, 침낭을 잘 살펴봐야겠어요."

"이제야 비로소 두피가 약간 마비된 걸 느끼겠어요."

그녀는 손등으로 이마 위의 피를 닦아냈다. 아무렇지도 않은 표정이었다. 그녀는 이런 연체동물에 이미 익숙해져 있었다.

그녀는 주방에서 더운 물을 가져와 씻었다. 생리가 아직 끝나지 않았다. 하지만 양이 적어 걷는 데는 지장이 없었다. 장시간 고강도로 걸으면 출혈에 영향을 준다는 이야기를 들었다. 피가 환류하게 된다는 것이다. 소변을 볼 때는 핏물이 흘러나왔다. 길을 걸을 때는 마음을 단단히 먹고 오로지 위험한 길을 재빨리 지나가야 한다는 생각만 했다. 그녀는 자신의 몸을 잊었다. 몸이 입는 손상을 몰랐다.

그녀는 침낭 속에 누웠다. 손전등을 껐다. 한 시간이 지났다.

어둠 속에서 벽 건너편의 나무 문이 삐거덕 열리는 소리가 들렸다. 손전등 불빛이 위에서 아래로 흔들렸다. 그가 군영에서 돌아왔다. 그는 캄캄한 가운데 옷을 벗고 누추한 침대에 누워 나직이 물었다.

"왜 아직 자지 않았습니까? 몸이 불편한가요?"

"아니에요."

"당신이 걱정됩니다. 앞으로는 길이 더욱 걷기 힘들 겁니다."

"길을 걸으면서 단순해질 뿐 아니라 강해지는 걸 느꼈어요. 협곡의 고산을 지날 때는 마치 내가 아직 왕관을 쓰지 않은 국왕처럼 여겨졌어요. 만약 우리가 협곡에 도달했다가 다시 산에서 나온다면, 비록 망망한 사람들의 바다로 돌아간다 해도 역시 무인無人의 경지를 지나가듯 살 수 있을 거예요."

"제게 당신의 작품 이야기를 조금 해주실 수 있으세요?"

"작품을 쓰지 않은 지 한참 됐어요. 외국에서는 전업 작가를 인세 수입에만 의지해 생활하는 사람이라고 정의해요. 이것은 아주 영예로운 일이죠. 하지만 중국에는 전업 작가가 없어요. 대부분의 작가들이 다른 직업도 가지고 있어요. 그래서 일부 작가들의 창작 동기는 결코 단순하지 않아요. 그런 사람들은 창작을 승진이나 권력을 획득하는 수단으로 여겨요. 작가들이 관료로 변했어요. 전 전업 작가가 될 수 있기를 희망해요. 매년 한 권씩 책을 써서 인세로 소박한 생활을 유지하고, 진지하고 의미 있는 작품만 쓰는 거예요. 저와 거래하는 출판 담당자가 말했어요. '만약 매년 세 권의 책을 쓰거나 혹은 3년에 한 권의 책을 쓰기로 정한다면, 당신을 다 쓸 수가 없을 겁니다. 하지만 매년 한 권씩 쓴다면 계속 쓸 수 있을 겁니다. 왜냐면 당신의 일은 순서가 있고 전업이기 때문입니다'라고요. 하지만 글을 쓰지 않은 지 이미 2년이나 됐어요. 휴업 중이에요."

"왜 쓰지 않으십니까?"

"인생에 그것 말고도 더 중요한 일이 있어야 할 것 같았어요. 그것이 무엇인지는 아직 모르겠지만요. 하지만 먼저 글 쓰는 것을 내려놓은 후 그것이 서서히 떠오를지, 아니면 자동적으로 나타날지를 관찰하는 중이지요."

"글 쓰는 것을 좋아하세요?

"좋아해요. 자유를 가져다주거든요. 비록 그것이 침통한 힘에 의해 억압된 자유라 할지라도 말이죠. 지금까지 글을 쓰는 것보다 더 고독한 일은 본 적이 없어요. 그건 아마도 제 자신이 고독한 작가이기 때문이겠지만요. 줄곧 이 고독이 본래 오만한 고독이라는 사실을 몰랐어요. 이건 제 사정이죠."

"전 글을 써본 적이 없습니다."

"대부분의 사람들이 글을 쓰지 않아요. 그들은 단지 자신의 내면으로 깊이 침잠할 수 있는 가능성을 방기할 뿐이에요. 아마도 그들은 생활 자체가 바로 가장 좋은 해결 방식이며, 여기에 의문을 가질 필요가 없다고 생각하는 것 같아요. 글을 쓰는 것은 이와 정반대죠. 그것은 항상 의문과 대항 의식을 가지고 진행해야 하거든요."

"누군가를 사랑해본 적이 있으세요?"

"전 어떤 남자든 사랑할 수 있어요. 최종적으로 어떤 연애든 사실은 자신과의 연애라고 생각하기 때문이에요. 그 남자가 누구인지는 전혀 중요하지 않죠. 남자는 도구이고, 매개고, 매체죠. 그들은 하나의 사건이지 신념이 아니에요.

도시에서는 충분히 사랑할 수 있다고 생각하지 않아요. 사람들은 이미 감정을 안전하게 방치하는 데 익숙해 있어요. 제어권을 완전히 장악하고 있어요. 상대방이 자신의 마음을 모르게 하죠. 서로에 대한 필요를 표현하지 않아요. 적극적으로 나서지도, 거절하지도 않죠. 사람들은 억제가 가능한 절대적인 행동만을 믿어요. 돈을 믿고, 시간을 믿죠. 만약 어떤 것이 경솔하게 접근하려 한다면 그들은 거리낌 없이 한 발로 차버릴 거예요."

"우리는 상대방이 예전에 무엇을 경험했는지 알 수 없어요. 제가 만난 송_宋 주간처럼요. 그는 내가 이전에 어떤 남자를 만났는지 알 리 없겠죠. 그리고 어떤 저의 모습과 대면했는지도 말할 수 없을 거예요."

9

결혼식은 7월로 정해졌다. 미국에서 혼인신고를 하고 예식을 치르기로. 명문가의 혼례는 정중했다. 그녀의 웨딩드레스는 뉴욕 유명 디자이너의 솜씨였다. 깔끔한 스타일에 진주와 자잘한 다이아몬드가 빽빽하게 수놓인 드레스는 한눈에도 가격이 적지 않아 보였다. 그는 결혼식 날짜를 기억하지 못했다. 단지 흐린 날이었다는 것만 기억한다. 비가 오락가락했다.

잘 차려입은 아내는 하이힐을 신고 차에서 내리다 부주의로 얕은 웅덩이에 발을 디디는 바람에 치맛자락에 물이 튀었다. 손에는 그가 사준 흰색 프리지어가 들려 있었다.

허녠은 생활 방식과 사고방식이 아주 서구적이었지만, 남편의 고향으로 시어머니를 뵈러 갔을 때는 신중한 언행과 공손한 태도로 알맞게 행동했다. 그는 소도시에 불과한 고향의 최고급 호텔에서 피로연을 열었다. 단지 어머니의 소원을 들어주기 위해서였다. 그의 학업과 출세, 임신한 아내를 동반한 금의환향은 어머니에게 대단한 자부심과 위로가 되었다. 신산했던 과거는 마침내 완전히 지나갔다. 예전에 두 모자를 냉담하게 멸시했던 친척들이 지금은 모두 얼굴에 미소를 지으며 그녀를 에워쌌다. 좋은 술과 음식을 먹으며 진심 어린 축하를 했다.

모친은 아들의 선택을 전적으로 수용했다. 아들의 처에게는 결코 지나친 애정과 관심을 보이지 않았다. 두 모자는 차가운 내면의 소유자였다. 모든 것이 지나치게 이성적이었다. 모친은 아들의 결혼을 존중할 뿐이었다. 고향의 오랜 풍속에 따라 용과 봉황이 새겨진 두꺼운 금팔찌와 집안에 전해오는 비취반지를 허녠에게 주었다. 그것은 모두 귀중한 예물이었다. 허녠은 무릎을 꿇고 시어머니에게 차를 따르고 이마를 땅에 조아리며 절을 했다. 표정에 흔들림이 없었다. 그녀의 대범하면서도 예의 바른 태도를 옆에서 지켜보면서 산성은 마음속으로 감격했다.

떠나기 전날 밤, 모친이 그에게 작별 인사를 했다. 머리가 하얗게 센 모친은 야위고 창백했다.

"샨성아, 넌 어려서부터 지금까지 항상 착한 아이였다. 사람은 자신의 소질을 잘 훈련해야만 해. 그러면 자기의 능력을 정확히 알게 되거든. 자신이 뭘 원하는지, 뭘 하려고 하는지를 분명히 알게 되지. 남자는 일찍 결혼해야 해. 그러면 소속감이 생겨서 자신을 함부로 놀리지 않거든. 생활에도 중심이 생기지. 허녠의 출신은 네 사업에 좋은 배경이 될 거다. 네가 이렇게 착오 없는 인생을 사는 것을 내 눈으로 직접 보니 얼마나 마음이 놓이는지 모르겠다."

"저도 알고 있어요, 어머니."

"생각해보면 어렸을 때 간혹 너 때문에 가슴을 조아린 적이 있었구나. 그 소 씨 계집애와 함께 다니며 개한테 이끌려 눈에 거슬리는 행동을 했지. 다행히 지금은 개와 아무 상관이 없구나. 생모가 있는 영국으로 갔으니. 그렇게 사납고 포악한 계집애는 이곳에 있어봐야 미움만 받을 뿐이야. 역시 외국에서 지내는 게 나아."

그는 침묵했다. 어머니가 줄곧 지난 일을 마음에 품고 있다는 사실을 알게 되었다.

그는 어린 시절을 보낸 낡은 방에서 허녠과 함께 잠자리에 들었다. 모든 것이 전혀 변하지 않았다. 책장과 책상도 그대로였다. 벽 위에 붙인 지도는 색이 바래기 시작했고, 서랍에는 초등학교 때 직접 만든 항공기 모형이 아직도 있었다. 딱딱한 나무판자로 만들어진 침대는 드러눕자 변함없이 삐거덕거렸다. 허녠은 피곤한지 일찍 잠이 들었다. 그는 자는 듯 마는 듯 전혀 안정이 되지 않았다. 뜰의 치자와 장미꽃 향기가 공기 중에 퍼졌다. 한 번, 또 한 번, 짙은 향기가 코를 찔러 혼을 빼놓을 정도였다. 하늘에는 청명한 구름이 밝은 보름달을 반쯤 가리고 있었다. 청량한 밤바람이 바닷가 도시의 축축한 수증기를 안고 스쳐 지나갔다.

갑자기 옆에 누워 있던 여자아이가 일어나 가려고 하는 것 같았다. 길게 땋은 머리가 그의 뺨을 스치고, 치마의 주름이 바스락바스락 소리를 냈다. 피부에서 퍼지는 따스한 향기는 여전히 익숙했다. 그녀는 마침 침댓가에 앉아 손가락으로 머리를 빗으며 자는 동안 풀어진 머리를 다시 땋는 것 같았다.

그는 의심스러워 어두움 너머로 나직이 물었다.

"일어났구나. 집에 가려고?"

다시 멀리 바라보았다. 반쯤 열린 방문 밖에서 이상하리만큼 밝고 흰 달빛이 쏟아졌다. 그를 깨운 건 달빛이었다. 눈에 눈물이 가득 찼다. 그 순간, 그는 여전히 옛날의 망연했던 소년 같았다. 하지만 그 여자아이는 이미 타향으로 멀리 떠나 종적을 알 수가 없었다.

허녠은 결혼 후 임신으로 잠시 일을 쉬었다. 그녀는 매우 만족해 하며 집에서 오로지 출산만을 기다렸다. 미혼이었을 때 그녀는 매년 옷, 구두, 가방, 장신구, 화장품, 피부미용과 마사지 등에 많은 비용을 지출했고, 이미 습관이 되어 있었다. 결혼 후에도 여전히 총

명하고 화려한 젊은 부인이 되어 산성을 동반하고 각종 사업 활동
이나 사교계에 출석했다. 이 모두가 아주 잘 어울렸다.

산성의 변화는 그리 크지 않았다. 양복 셔츠와 넥타이는 그녀가
골라 주었다. 그녀는 그의 사소한 부분까지 챙겼다. 그는 여전히 신
체를 단련하며 그것에만 관심을 쏟았다. 중요한 고객을 모시고 가
는 때를 제외하고는 골프도 즐기지 않았다. 대학교 때 형성된 습관
이 남아 있어 태권도를 하거나 장거리 달리기를 계속했다.

결혼할 때 그녀는 이미 임신 2개월째였다. 그녀의 배는 점점 불
러왔고, 육체는 제어할 수 없을 정도로 처졌다. 그는 때때로 한밤중
에 이유를 알 수 없는 희미한 공포 때문에 잠을 들지 못했다. 체중
증가로 거친 숨소리를 내며 옆에서 깊이 잠든 여자를 바라보았다.
너무나 낯설게 여겨졌다. 어느 순간, 캄캄한 어둠 속에서 그는 그녀
의 이름을 떠올리지 못했다. 그 이름은 그와 아무 관계도 없었다.
지금, 그 이름이 그를 침입했다. 마치 그녀의 육체처럼 강제적인 지
령을 지니고 인생의 여러 상황에서 그를 위협했다. 그는 그녀의 남
편일 뿐만 아니라, 조만간 그녀 아이의 아버지가 될 것이다.

그는 자신에게 말했다. 어쩌면 그녀를 사랑할 수 있을지도 모른
다고. 그에겐 강력한 환각이 필요했다. 강하고도 힘 있는 환각이.
밤에 함께 잘 때면 그녀는 손으로 그의 머리를 안아 자신의 가슴에
품었다. 그녀의 얼굴이 그의 이마와 눈썹에 바짝 붙었다. 그는 그녀
의 팔 위에서 잠들었다. 이것은 그녀의 습관적인 애무 방식이었다.

그의 수호자가 되어 모친이 해온 24년 동안의 구속과 억압을 접수해 관리하려고 했다. 그를 그녀의 아이로 바꿀 뿐만 아니라, 그녀의 몸 안에 다시 생명을 복제하도록 종용했다. 아마도 허녠은 마음으로 분명히 알고 있었을 것이다. 이것이 그들 사이의 감정을 유지하는 강력한 유대라는 사실을.

아이는 봄에 태어났다. 이란성 쌍둥이였다. 아이를 손에 받아 들었을 때 그는 두렵고 당혹스러웠다. 부친이 세상을 떠날 때 그 주검을 만졌던 것이 생각났다. 육신은 이렇듯 윤회하고, 인간은 결코 완전하게 자유로울 수 없었다. 동백꽃처럼 희고 순결한 작은 얼굴과 손발이 그의 내면에 깊고 격렬한 부성을 격발시켰다. 이것은 그가 어려서부터 얻기를 갈망한 감정의 보상이었다. 희고 보드라운 피부에서 향기가 나는 갓난아이를 바라보면서 그는 마음의 원만함을 느꼈다. 최소한 어느 한 시기, 이런 원만함은 그에게 완전한 보상을 주었다.

메일로 그의 소식을 들은 그녀는 축하의 뜻으로 작은 금팔찌 한 쌍을 보냈다. 소인은 그녀가 파리에 있다는 것을 나타냈다. 편지에 그녀는 이렇게 썼다.

샨셩, 난 정말 기뻐. 조만간 아이들을 직접 볼 수 있었으면 좋겠어. 나는 예루살렘으로 가는 여행길에서 프랑스 남자 이브를 알게 되었어. 그는 사진가야. 2주 정도 만난 후 결혼하기로 결정했어. 지금 그와 함께 파리에서 지내.

10

　　　　　　　　　　　이른 아침 베이벙을 향해 출발했다. 멀리에는 운무가 자욱했고, 길은 질퍽거렸다. 비는 여전히 그치지 않고 억수같이 쏟아졌다. 날이 개기 전에 일어나 여장을 꾸리고 멀리 보이는 숲을 향해 출발했다. 현지의 마방과 짐꾼들도 함께 길을 나섰다. 그들은 짐을 가득 실은 말을 몰면서, 자신들도 최소 50킬로그램은 됨직한 물건을 광주리에 담아 지고 갔다. 보기에도 건장하고 과묵한 그들의 얼굴은 항상 차분했다. 어떤 표정도 짓지 않았다.

　그들은 이미 협곡의 우기에 적응이 되어 있었다. 비교적 넓은 협곡 지대는 빗물에 산사태가 일어나 흙과 돌이 흘러 쏟아졌다. 산이 무너지고 땅이 갈라졌다. 크고 작은 돌덩이와 쓰러진 나무들이 절벽 위에서 소리를 내며 쏟아졌다. 그 힘과 기세에 모든 것이 쓸려나갈 것 같았다. 산들은 갑자기 닥친 재난에 진동하며 도처에서 불안하게 요동쳤다. 활발해진 지질 활동은 내키는 대로 움직였고

거리낌이 없었다. 사람들은 생명을 대가로 그것들과 함께 은밀히 숨겨진 곳을 더듬었다.

짙은 안개는 아직 밤의 장막에 섞여 완전히 걷히지 않았다. 새파란 나뭇잎에 물방울이 잔뜩 매달려 있었다. 공기에서 온통 식물이 썩는 냄새가 났다. 새소리가 낭랑했다. 멀리 떨어진 곳에서도 대협곡의 폭포 소리를 들을 수 있었다. 그들은 내내 급히 걸었다. 숙소에서 대략 10킬로미터 떨어진 곳에서 첫번째 토사 붕괴를 만났다. 진흙과 돌이 무너져 형성된 흙 더미를 지나갔다. 아래는 절벽이었고, 옆에는 빗물이 모여 만들어진 폭포가 있었다. 그곳을 지날 때 다시 온몸이 흠뻑 젖었다.

그녀는 이곳이 과연 짐꾼들이 말한 토사 붕괴 지역인지 의심이 들었다. 비록 길은 위험했지만 갈 만하다는 생각이 들었다. 이보다 훨씬 엄청난 토사 붕괴는 상상이 되지 않았다. 그들은 비로소 협곡의 토사 붕괴 지역으로 진입했다. 걸음을 재촉해 다시 3킬로미터를 갔을 때, 앞서 갔던 마방과 짐꾼들이 저 멀리 좁은 산길에 모여 담배를 피며 쉬는 것이 보였다. 그가 조용히 말했다.
"아마도 뭔가 번거로운 일이 있는 것 같습니다."

가까이 가서 보니 전면의 좁은 길은 이미 산의 부분적인 붕괴로 소실되었고, 어지러운 돌무더기와 빗물로 움푹 꺼진 진흙탕이 길을 대신하고 있었다. 산정에서 휩쓸려 떨어지는 격류는 곧장 절벽 아래 얄룽창포 강으로 용솟음쳤다. 지세가 가팔랐다. 토사가 붕괴된 곳의 넓이는 대략 6미터였다. 아직 붕괴되지 않은 산중턱의 좁은 길이 전면에 보였지만 연결된 곳은 벌써 완전히 끊어져 있었다. 지금 있는 곳에서 토사가 붕괴된 곳으로 진입하려면 대략 100미터 높이에 있는 절벽으로 내려가야 했다. 더구나 갈 수 있는 길은 흔적조차 보이지 않았다. 밤사이 폭우와 연이은 토사 붕괴로 지형은 더욱 험준해졌을 것이다.

사람들은 모두 전대미문의 거대한 토사 붕괴를 보면서 한동안 아무 말도 하지 못했다. 그녀는 앞쪽으로 가서 지형을 관찰하고 현지 사람들과 이야기를 한 다음 말했다.

"저 사람들은 지나가기로 결정했대요."

"어떻게 지나간다는 겁니까? 여긴 길이 전혀 없는데요."

"절벽에서 뛰어내려 강을 건넌 후 돌무더기를 지나고, 그런 다음 다시 절벽을 따라 오르는 거예요."

"만약 산꼭대기에서 공교롭게도 돌이 굴러 떨어지면 산사태는 말할 것도 없고, 만에 하나 돌과 부딪히기라도 하면 살아서 돌아갈 기회는 전혀 없을 겁니다."

"그래도 이곳에 멍청히 서 있는 것보다 나아요. 이곳도 불안정해요. 수시로 지질 변화가 일어날 가능성이 있거든요. 재빨리 지나가는 것이 유일하게 안전한 방법이에요. 더 지체해서는 안 돼요."

그때, 몇몇 짐꾼들이 길을 나서기 시작했다. 비록 무거운 짐을 짊어졌지만 몸은 유연하고 침착했다. 그들은 조심스럽게 절벽의 바위와 진흙 더미를 따라 천천히 기어 내려갔다. 그런 다음 하반신을 물속에 담그고 손으로 큰 바위를 단단히 잡아 격류에 휩쓸려 떠내려가지 않도록 했다. 폭포처럼 생긴 강물을 건넌 후 다시 돌무더기 위에서 제비처럼 가벼운 몸으로 길을 선택해 갔다. 맞은편 산중턱의 절벽에 도착해서는, 발로는 진흙 위에 발자국이 겹쳐져 만들어진 구덩이를 밟고 손으로는 조그만 돌을 움켜잡으며 조심스럽게 위로 올라갔다.

"제가 먼저 따라가서 상황을 한번 보겠습니다. 만약 안전하면 곧장 따라 오세요."

그는 몸을 돌려 과감하게 절벽을 기어 내려갔다.

막 강물을 건넜을 때 산정에서 소리가 나기 시작했다. 진흙과 모래가 주르륵 흘러내리다가 돌과 뒤섞여 한 덩어리씩 떨어졌다. 사람의 신경은 이런 민감한 신호를 충분히 감지할 수 있었다. 맞은편 산중턱의 좁은 길에 서 있던 짐꾼들은 이미 얼굴이 하얗게 질려 있었다. 그들이 크게 소리쳤다.

"빨리, 빨리. 빨리 오시오."

하지만 아직 채 내려가지 못한 다른 편의 마방들은 말을 몰며 오던 길을 따라 후퇴했다.

그녀는 위험이 임박했음을 감지했다. 얼굴이 순식간에 종잇장처럼 하얘졌다. 심장이 격렬하게 뛰다가 산산이 부서질 것만 같았다. 큰 소리로 외쳤다.

"어서요, 샤셩! 어서 빨리요. 위쪽이 곧 붕괴할 것 같아요."

그는 돌무더기 위에서 재빨리 앞으로 나아갔다. 그리고 온몸을 던져 구르고 기면서 절벽을 따라 허둥지둥 위로 올라갔다. 현지 남자아이가 긴 대나무 장대를 내밀어 그에게 움켜잡도록 했다. 그리고 최후의 긴박한 순간까지 고집스럽게 그를 잡아당겼다. 이와 거의 동시에 산정은 이미 요동치며 수많은 거대한 돌덩이가 진흙과 모래와 뒤섞여 우르르 떨어졌다. 양쪽 절벽에 있는 사람들은 신속히 뒤로 도망쳤다.

뒤쪽에서 혼비백산할 정도로 거대한 소리가 났다. 갑자기 시작된 격렬한 물사태는 절벽 위로 떨어져 산 아래 파도가 들끓는 얄룽창포 강으로 곧장 돌진했다.

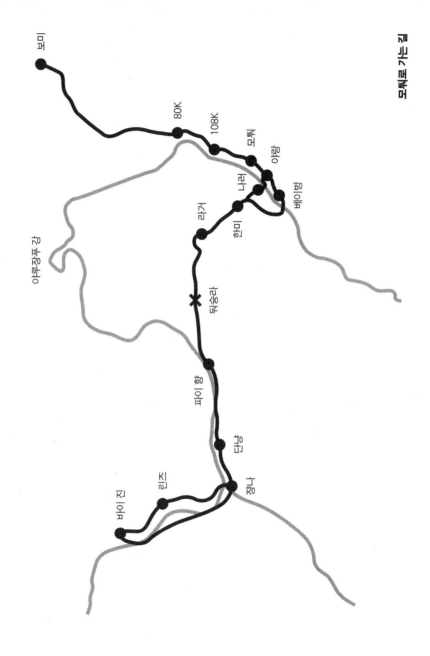

모퉈로 가는 길

보미

80K

108K

모퉈

아룽

나라

베이핑

라거

한미

아루장푸 강

뒤승라 ✕

파이 항

다낭

장나

린즈

바이 진

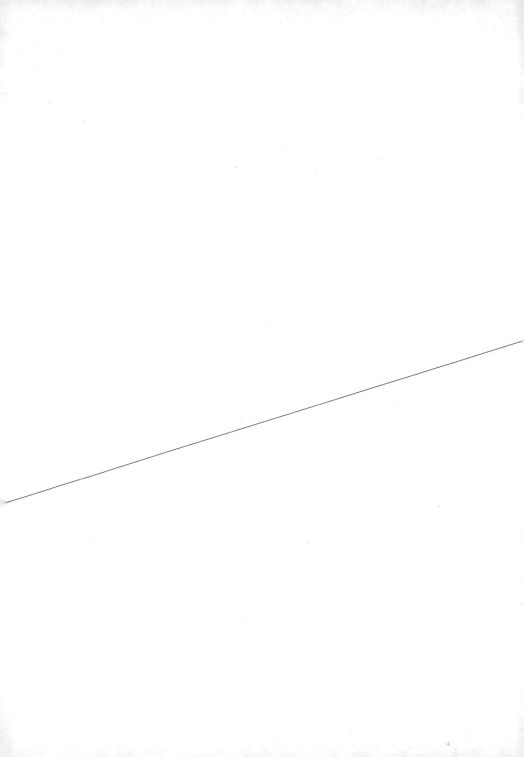

5장 · 강철 로프 위를 걷다

1

스물아홉의 봄, 그는 허녠과 두 아이와 함께 유럽으로 휴가를 떠났다. 사업은 나날이 번창했고, 아내는 집과 차를 바꿨다. 조그만 생명이 가져다준 기쁨은 결혼이 야기하는 곤혹과 불편을 잠시 막아주었다. 그는 좋은 아버지였다. 어린아이들을 세심히 보살피고 온화하게 보호했다. 아내와 자식을 거느리고 공항에서 비행기를 갈아타기 위해 기다리고 있었다. 오후 두시, 봄 햇살은 따스하고 눈부셨다. 의자의 등받이에 기대 가물가물 잠이 들려는 순간이었다. 아이들의 장난과 주변 사람들의 떠드는 목소리가 자유분방한 강물이 되어 그의 몸으로 가볍게 부딪혔다. 의심할 여지 없이 모든 것은 세속적인 안락과 만족이라는 목표를 향해 전진하고 있었다. 이 모든 것은 마치 아이의 몸에서 나는 우유 냄새나 허녠의 향수 냄새처럼 가볍고 무력해서 결코 진실처럼 느껴지지 않았다.

파리를 경유했다. 혹시 그녀를 만날 수 있지 않을까 해서 한 통의 메일을 보냈다. 자신이 도착하는 날짜와 투숙할 호텔을 알려주었다. 이 도시는 그녀가 예전에 편지로 보내준 사진과 같았다. 잿빛과 자줏빛이 도는 아침 안개 속에 출항하는 배, 강물과 오래된 건물이 있었다. 음울하면서도 우아했다. 그는 이곳이 그녀의 귀착점이 아니라 단지 그녀의 서식지일 뿐이라는 사실을 알았다. 철새는 정해진 귀환일에 맞춰 가기 위해 1만 킬로미터를 비행해야 하는 경우도 있다. 높은 산, 빙하, 사막, 바다를 지나간다. 그는 새하얀 새들이 바람을 맞으며 힘껏 날개를 움직여 앞으로 나아가는 모습을 다큐멘터리로 본 적이 있었다. 새들은 용감하게 날아갔다. 생명의 궤적은 일찌감치 설정되어 있었다.

허녠은 파리에 도착하자마자 생 오노레 거리의 부티크로 달려가 싹쓸이 쇼핑을 했다. 그녀는 파리에 친구와 동창이 많았다. 3, 4일 잠깐 있는 동안에도 여기저기로 연락해 만나느라 바빴다. 늘 춤과 술이 끝난 한밤중에야 대리 운전을 시켜 호텔로 돌아왔다. 그는 두 아이들을 데리고 박물관을 드나들었고, 셰익스피어 서점에도 갔다. 아이들은 늘 활발했고, 부자 세 사람은 신나게 놀았다.

태양은 따스하면서도 뜨거웠다. 지중해의 기후가 사람을 편안하게 했다. 그는 양복을 벗고 면바지와 흰색 면티로 바꿔 입었다. 갑자기 소년 시절의 봄으로 되돌아간 것 같았다. 온몸의 모공이 가볍게 열리고 심장이 따뜻한 바람 속에 물결쳤다. 걷다 지치면 노천 카페에서 아이들에게 아이스크림과 샌드위치를 시켜주고 자신은 커피 한 잔을 주문했다. 그리고 앉아서 햇살을 쬐었다.

해가 질 무렵 리츠^{Ritz} 호텔로 돌아와 두 아이를 이끌고 로비를 지나가는데 갑자기 등 뒤에서 유쾌하게 부르는 소리가 들렸다.

"샨셩! 샨셩!"

낭랑한 목소리에 웃음이 시원스럽게 묻어 있었다. 너무나 익숙했다. 그는 몸을 돌리고 로비의 인파 속에서 미소 짓는 여자를 보았다. 인도산 얇은 비단으로 된 골프 바지에 자수를 놓은 상의를 입고 있었다. 긴 머리에 더욱 까무잡잡하고 말라 보였지만, 눈은 여전히 반짝거렸다. 벌써 4년이나 보지 못한 네이허였다.

"여기서 계속 기다리고 있었어. 이리로 지나갈 것 같아서."

그녀는 마치 조각한 듯 예쁜 두 아이를 보자 소리를 지르고, 무릎을 굽혀 아이들을 안고 뽀뽀를 했다. 그녀는 어린 생명이라면 무엇이든 진심으로 좋아했다.

그녀는 소형 포르쉐를 몰고 있었다.

"내가 구입한 중고차야. 편해. 자, 내가 모실 테니 저녁 먹으러 갑시다."

아이들을 뒷자리에 태우고 그는 그녀와 나란히 앉았다. 옛날 베이징에서 만났을 때는 말다툼을 하고 좋지 않게 헤어졌다. 그런데 지금 얼굴을 보자 모든 거리감과 응어리가 눈 녹듯 사라졌다. 그녀는 여전히 그의 내면과 가장 가까운 사람이었다. 마음은 그렇게 기쁜데도 그녀와 무슨 말을 해야 좋을지 알 수가 없었다. 두 사람은 한동안 아무 말도 하지 않았다. 그녀는 인도 리듬의 전자음악을 틀고, 담배를 피우며 차를 몰았다. 파리의 도로는 널찍널찍했다. 높이 솟은 길가의 밤나무는 무성한 잎으로 맑은 향기를 내뿜었다.

그녀는 그를 라틴 지역으로 데려갔다. 석판이 깔린 좁고 구불구불한 골목이 사람들로 붐볐다. 사람들은 마치 베틀에 북나들 듯 빈 번히 오고갔고, 공기 속으로 뜨겁고 향기로운 살갗 냄새가 한가롭게 흘렀다. 작은 가게들이 빽빽이 붙어 있고, 식당과 노천카페의 테이블에는 손님들로 가득했다. 자리를 잡고 앉자 그녀는 해산물과 마늘 바게트, 샴페인을 주문했다. 아이들에게는 샐러드와 피자를 시켜주었다.

자줏빛이 감도는 검은색 껍질의 조개가 담긴 접시가 신속하게 나왔다. 조갯살은 연한 황색이었다. 익숙한 음식이었다.

"이건 우리 고향의 섭조개구나?"

"맞아. 나도 이국 만 리에서 이걸 먹을 수 있으리라고는 생각도 못했어. 고향에서는 펄펄 끓는 물에 데쳐 소금과 생강, 그리고 약간의 황주黃酒를 뿌리지. 그렇게 해서 먹으면 비린내가 안 나. 여기서 하는 방식은 고향보다 맛이 없어."

그녀는 아이에게 껍질을 떼서 주었다. 그런 다음 휴대하는 천 가방에서 작은 디지털 카메라를 꺼내 채 조갯살을 벗기지 않은 껍질의 줄무늬에 대고 셔터를 눌렀다.

그녀가 늘 카메라를 가지고 다니지만 사물은 그다지 찍지 않는다는 사실에 생각이 미쳤다. 그런데 일단 꺼냈다 하면 사람들의 관심을 받지 않는 소소한 것들에 렌즈를 댔다. 그녀는 전반적으로 늘 게으르고 느긋하며 뭔가에 집중하지 않는 사람이었다. 하지만 눈은 마치 표정 없는 레이더처럼 1분 1초마다 촉수를 세우고 경계를 놓치지 않았다.

"요즘은 사진 찍는 걸 좋아하는구나."

"응. 사진집도 한 권 냈어. 광선에 의한 물체의 변화를 주제로 그것의 속성과 색조, 형상을 담았어. 처음부터 출판사는 판매량이 적을 거라고 했지. 물체의 변화라는 세밀한 주제는 좋아하는 사람들이나 좋아하거든. 그런데 뜻밖에도 8만 권이나 팔렸어. 어떤 사람이 신문에서 나를 비평했는데, 내 작업은 상업적이기 때문에 해석할 가치가 없대. 난 단지 재미를 느끼는 일을 했을 뿐인데. 지금은 이따금 잡지 사진을 찍어."

그녀가 가방에 카메라를 넣으며 말했다.

"내가 정말로 돈을 버는 일은 섬유 디자인이야. 갖가지 자잘한 꽃무늬가 들어간 섬유를 디자인하는 거야. 난 보수적이라 새로운 기술이나 재료를 좋아하지 않기 때문에 중국산 명주와 인도산 마만을 사용해. 그걸로 기성복이나 가정의 장식품을 만들어. 다른 디자이너와 동업으로 마레 지구에 가게를 냈어. 작품을 만드는 데 필요한 창의적인 방식이나 예술적 가치 때문에 가격이 비싼 편이야. 사람들이 사갈 수 있는 것도 겨우 작은 소파 쿠션 정도야."

"늘 집에서 일하니?"

"응. 주문은 모두 팩스로 받아. 사실 아주 적막한 직업이지. 그런데 시간이 꽤 지나니까 서서히 습관이 되더라. 주문을 완성하고 나면 꽃과 안료 소재를 수집하러 여행을 떠나. 늘 인도, 네팔, 라오스, 시킴 일대로 가. 미대에서 전문적인 훈련을 받은 적도 없는데 그쪽 사람들이 나더러 꽃에 대해서는 타고났대."

"지금 입고 있는 옷도 네가 디자인한 거니?"

"맞아."

그녀는 옷감을 볼 수 있도록 팔을 뻗어주었다. 피콕그린^{peacock green}색 바탕에 은색으로 테를 두른 사슴 새끼와 사냥꾼이 그려져 있었다. 반복적으로 세밀하게 연결되고 각종 색조가 잘 어울려 아주 화려했지만 한편으로 침울해 보였다. 그것은 확실히 그녀의 천성에서 비롯된 아름다움이었다. 모방도, 설명도 될 수 없는 아름다움이었다.

그는 말없이 소매 밑에 드러난 그녀의 가냘픈 팔을 잠시 만져보았다. 진심에서 우러난 찬사를 보냄과 동시에 어쩔 수 없이, 늘 그랬던 것처럼 훈계가 이어졌다.

"늘 이리 기웃 저리 기웃하며 일을 하더라. 넌 참을성이 없어. 만약 한 곳에 집중했다면 벌써 성공할 기반을 닦았을 거야."

"아니, 그렇지 않아. 난 성공을 원하지 않아. 예전에도 이 문제에 대해 얘기를 나누었지. 네가 이성과 의지로 자신을 채우려 한다면, 나는 사랑과 생명의 진실성을 원해. 내 인생 목표는 단순해. 자유가 보장되고 마음대로 돌아다니기만 하면 돼. 지금까지 줄곧 남의 집에 살면서 남이 잔 침대에서 자지만, 뭐 그러면 어때? 본래 인간은 이렇게 왔다가 갈 뿐이야. 아무것도 가져갈 수 없어."

그는 마침내 다른 질문을 했다.

"이브하고는 잘 지내지?"

"이혼했어. 벌써 두서너 달 전 일이야. 이브와 헤어진 후에 다른 아파트에 세를 들었어. 내가 그를 사랑하지 않는다는 것을 발견했어. 누군가를 사랑하지 않게 되면 그 사람은 마치 거울 같아. 그래서 나 또한 자신을 사랑하고 있지 않다는 것을 발견하게 하지. 시간이 길어지면 마음으로 원하지 않게 돼."

그녀는 다시 담배에 불을 붙이며 말했다.

"이번 결혼은 많이 경솔했어. 그 사람하고는 혼인신고만 하고 결혼식은 안 했어. 반지도 웨딩드레스도 없었어. 심지어 그의 부모님을 보러 가지도 않았어. 우리는 안 지 1주일 만에 동거를 시작했어. 그는 나의 구혼에 응한 첫번째 남자였어. 두 사람 모두 결혼이 아닐지도 모른다고 생각했던 것 같아. 최소한 너처럼 해야 해. 자식을 낳고 기르며, 부지불식간에 세월이 흐르고, 슬하에 자식을 남기지. 죽고 나면 남들에게 기억되기 쉽지 않을 거야."

"난 상대방의 요구로 결혼을 했기 때문에 그리 많은 걸 요구하지 않아. 결혼은 서로 함께 밥을 먹고 잠을 자는 것에 지나지 않아. 너무 많은 환상으로 그걸 채우려 하지 마. 어쩌면 결혼은 한 사람의 생활을 바꿀 수 있을지 몰라. 하지만 결코 우리의 정신을 바꿀 수는 없어. 그것은 단지 또 다른 생활 방식일 뿐이야. 네이허, 넌 언제나 똑같은 실수를 저지르고 있어. 그는 너의 도구가 아니야. 넌 지금까지 한 남자와 사랑하는 방법을 제대로 안 적이 없어. 다른 사람과 함께 지내는 법을 배운 적이 없어."

"샨셩, 허녠을 사랑하니?"

"방금도 말했듯이, 너무 많은 환상을 갖지 마. 결혼은 그걸 필요로 하지 않아."

"내가 상대에게 속마음을 털어놓지 않는다는 것은 나도 알아. 나와 함께 지내는 남자는 최후에 늘 상처를 입곤 해. 그들은 나를 제어하지도, 추측하지도 못 해. 난 항상 그들에게 불안감을 줘. 마치 태울 장작이 한 다발밖에 없는 불꽃을 함께 지키고 있는 것 같아. 너는 불꽃이 점점 꺼지고 식는 것을 눈으로 보려고 해. 그 사람들을 사랑하지 않았다고는 할 수 없어. 한 사람, 한 사람을 모두 열렬히 진심으로 사랑했어. 단지 시간이 길지 않았을 뿐이야. 난 그 어떤 사랑의 지속성도 믿은 적이 없어. 너와 같은 이성과 의지가 내게는 없어. 샨셩, 우리는 같지 않아."

"여길 떠날 생각은 없니?"

"특별한 이유가 없는 한. 모든 역사와 과거를 숨기며 낯선 곳에서 생활하는 게 좋아. 설명할 필요도, 경계할 필요도 없거든. 보이는 모두가 낯선 느낌이랄까."

그녀는 미소를 지으며 담배를 껐다.

"최근에 지리 잡지사 한 곳과 같이 일하기로 했어. 거기서 티베트 특집호를 만들 계획인데 사진가가 필요하대. 내가 적임자라네. 아마도 조만간 얄룽창포 대협곡으로 갈 것 같아."

골목 안의 석양은 이미 야경으로 대체되고 있었다. 주고받던 자질구레한 일상적 이야기들이 조금씩 끊어졌다. 아이들은 피곤해 곯아떨어져 있었다. 아이들을 안고 호텔로 돌아가야 했다. 한 사람씩 아이를 안고 천천히 골목을 걸어 나왔다. 차로 호텔 정문에 도착하자 벨 보이가 와서 아이들을 안아주었다. 그녀는 차 안에서 운전대에 얼굴을 대고 그들을 바라보았다.

그는 문에 서서 1분쯤 그녀를 기다렸다. 두 사람 모두 작별의 제스처를 취하지 않았다. 그녀가 엷게 웃으며 먼저 말했다.

"샨성, 허넨이 돌아왔다면 그녀가 아이들을 돌볼 수 있을 거야. 방에 내려놓은 후 내가 사는 곳으로 와서 잠시 있다 가. 우린 아직 할 말이 남아 있잖아. 나중에 또 언제 만날지도 모르고."

2
_____

　　　　　강가의 낡은 흰색 건물. 그녀의 방은 옥탑의, 아주 자그마한 다락방이었다. 방에는 집주인이 남긴 낡은 프랑스식 주철 나무 침대와 은사를 상감한 티크^teak 소파, 의자가 있었다. 바닥에 앉아 책을 보거나 글을 쓸 수 있도록 낮은 탁자를 발코니 앞에 두었다. 나뭇가지 모양의 소형 수정 스탠드를 켜자 바닥의 깨진 녹색 흙벽돌, 두서없이 쌓아 놓은 촬영 기자재, 화집, 노트북, 책, 실크 바지와 자수 슬리퍼가 어수선했다. 벽지는 이미 색이 바래고 건조했다. 깨끗이 비운 샴페인 병이 창가에 쌓여 있었다. 베란다의 검은색 난간에 서면 강과 먼 곳의 건물을 조망할 수 있었다. 문과 창문을 닫자 방 안이 어둡고 서늘했다. 또 다른 작은 방은 암실이었다.

"좀 쉬고 있어. 주방에 가서 음료를 가져올게."

그녀가 맨발로 계단을 내려갔다. 그는 벽 위에 붙어 있는 사진 몇 장을 보았다. 동일한 초점과 각도로 설정한 사람들의 얼굴은 일종의 고정된 표정을 하고 각자 조금 실의에 빠져 렌즈를 바라보고 있었다. 담배 피는 술집 여자, 공원 벤치의 늙은 부인, 유모차의 아이, 목욕탕의 남자……. 통일되고 강화된 인생철학의 모식 같았다. 사진들은 이로 인해 직접적이고 저지할 수 없는 힘으로 충만했다.

그녀 자신을 찍은 사진도 있었다. 젖은 머리에 남자 셔츠를 입고 벽 모서리의 그늘에 앉아 있다. 손에는 담배가 끼여 있다. 막 연애를 하고 있었을 때가 틀림없다. 그는 그녀에게 변화가 있음이 느껴졌다. 장기간의 여행과 일 때문인지 동작이 민첩하고 골격을 지탱하는 힘이 있었다. 뿌리에 수액이 충분하면 화초의 가지와 잎이 발랄하고 푸르게 보이는 것과 같았다. 그녀는 충만하고 강인해 보였다.

그녀는 뜨거운 다르질링 홍차를 가져왔다. 함께 베란다로 가서 차를 마시며 야경과 등불에 비친 강물을 바라보았다. 그가 말했다.

"인생은 참 길어. 아직도 지나가려면 한참 멀었으니."

그녀가 미소를 지었다.

"그럴까? 반대로 난 내가 이미 중년에서 노년으로 접어든 것 같이 느껴져."

"그건 네가 조숙하기 때문이야. 너는 영원히 주변 사람들보다 훨씬 더 많은 것을 훨씬 빠르게 느낄 거야."

"마음속의 분노와 공허는 여전하니?"

"그래. 난 한계로 가득한 인생을 보았어. 인간은 먼지처럼 살아야 해. 때론 산다는 게 진저리가 나. 산다는 것은 유리 상자 속의 나눠진 작은 공간 안에 있는 것에 불과해. 그 제한된 범위 안에서 사는 거지. 태어나고 늙고 병들고 죽는 거지."

"나의 평범함과 자기만족에 대해선 비웃어도 돼. 내 삶이란 단지 일과 결혼, 양육에 불과해. 다른 사람들과 똑같아. 우린 각양각색의 일을 하고, 각양각색의 생활방식이 있어. 같은 숲 속에 있는 여러 그루의 나무들에게 어떤 표준이 있다고 생각하니? 본질적으로 말하자면, 그 나무들은 사계절을 거치며 죽었다가 다시 태어난 나무에 불과해. 하지만 사실상 다른 점도 있을 수 있지. 그것이 나무들로 하여금 어떤 방식으로 사계절을 거쳐 죽었다가 다시 태어날지를 결정하지. 난, 인간은 환경을 바꾸기 어렵다는 사실만을 알 뿐이야. 권력이야말로 이 모든 것을 바꿀 수 있지."

"그렇지 않아, 샨성. 인간의 야심이야말로 일종의 환각이야. 나는 인간 세상을 지배하는 권력에는 관심이 없어. 나는 강철 로프 위를 걷는 사람이야. 다른 사람과 길이 달라. 저들은 평지를 걸어도 되지만, 난 오히려 위험하고 높은 곳을 좋아해. 강철 로프 위에서 먼 곳을 바라봐. 손에 장대를 쥐고 나아가고 물러서며 균형을 잡지. 공중의 강철 로프 위에서는 떨어져 죽을 수도 있어. 건너가도 허무해. 나는 일생동안 유랑하며 계속 세상의 경계를 배회하는 운명을 타고 났어. 하지만 이것이 나의 버팀목이야."

그는 자신이 언제 잠들었는지 알 수 없었다. 눈을 뜬 후에야 방 안이 완전히 어두워진 것을 알았다. 외투와 바지도 벗지 않았다. 옆의 여자는 어린 시절처럼 그와 함께 침대에 누워 등을 돌리고 잠이 들어 있었다. 얼굴 밑에 닿은 그녀의 숱 많은 머리카락에서 어린 짐승과 비슷한 냄새가 희미하게 풍겼다. 그녀의 몸은 여전히 그가 기억하는 마르고 여윈 윤곽을 지니고 있었다.

그는 고개를 돌리고 잠에 빠져 고른 숨소리를 내는 그녀를 바라보았다. 시간이 멈춘 것 같았다. 마음이 망연했다. 어떤 순간이 다시 반복되고 있었다. 눈앞의 정경은 그대론데, 사람이 달랐다.

그녀가 가져다준 이 순간은 마치 지금까지의 모든 인생에서 한 번도 전개된 적이 없는 것만 같다. 그들은 시간의 시작점에 서 있다. 조용한 두 개의 바둑알이다. 그는 일어나 떠나야만 한다. 그녀는 이제 한밤중에 그의 방에 몰래 숨어 있는 열세 살의 소녀가 아니다. 그는 들끓는 속세의 뜨거운 파도 속에서 뒹굴고 있었다. 누군가의 남편으로, 누군가의 아버지로. 더 이상 그때처럼 마음이 쓸쓸한 괴팍한 소년이 아니었다. 그녀는 그의 거울이었다. 거울을 통해 그는 자신을 보았고, 자신과 이 세계 사이의 관계를 보았다. 그는 이미 아주 오래전에 타협하고 인내했다. 그는 재차 이 숲 속의 소녀를 떠나야만 했다.

그녀가 그의 눈길을 받으며 깨어났다.

"가려고?"

"벌써 새벽 두시야. 아내가 초조하게 기다리고 있을 거야."

그는 웅크리고 앉아 구두끈을 맸다. 일어서서 한쪽에 서 있는 그녀를 보았다. 그녀는 안절부절 못하는 듯하더니 아주 조심스럽게 말했다.

"샨셩, 나 한 번 안아줄 수 있어?"

"그래."

그는 그녀를 안은 적이 없었다. 줄곧 그녀를 수치스럽게 생각했다. 그것은 그가 늘 자기 몸의 상처 때문에 부끄러워하는 것과 같았다. 하지만 그녀는 있는 힘을 다해 허물을 벗고 있었고, 그의 동의를 원했다. 그녀 곁으로 다가갔다. 어둠 속에서 반짝반짝 빛나는 그녀의 눈을 바라보았다. 어디에서 이렇게 맑고 차가운 진주 같은 눈물방울이 떨어졌을까. 그는 곤혹스러워하며 오른손을 천천히 내밀어 손바닥을 폈다. 눈물을 받아줄 생각이었다. 그녀가 조용히 웃으며 그의 손을 잡았다.

"나 우는 거 아니야. 넌 항상 내가 울고 있다고 생각하지. 사실은 내 눈이 남들보다 조금 더 반짝거릴 뿐이야."

그가 고개를 숙였다.

"피로가 몰려와. 꿈속에서 다시 섬으로 돌아와 네 등 뒤에 있는 숲의 검은 그림자를 보았어. 숲은 바람에 요동치며 소리를 내고 있었어. 마치 단잠에 빠진 오래된 성루城樓 같았어. 양치식물 더미를 스쳐 지나가는 꽃사슴의 고귀한 뿔, 엷은 이끼 위에서 반짝거리는 반딧불, 열기 속에 들끓는 호랑이와 여우 냄새, 강물에서 낮은 소리로 노래하는 물고기들, 어둠 속을 배회하는 낯선 사람……. 온 세상에 우리 두 사람만 있는 것 같았어. 나는 두려워 너의 뒤에 바짝 붙어 캄캄한 어둠 속을 걸어갈 뿐이야. 우리는 강가의 관목 숲에 누워 날이 밝기를 기다리고 있었어. 반딧불이 춤추듯 흩날리고, 긴 밤이 천천히 흘러갔어."

"그 다음 날 새벽에 일어났을 때 본 풍경을 아직도 기억하니?"

"기억해."

그는 그녀를 바라보며 나직이 말했다.

"지금에야 알겠어. 우리 두 사람의 마음속에 괴팍한 아이가 있었다는 사실을. 이 어린아이는 그날 새벽에 깨어나는 순간 성장이 멈췄어. 단지 깨어 있는 상태로 늙어가고 있을 뿐이야. 너의 깨달음은 계속 견지되고, 반면에 나의 깨달음은 계속 방기될 뿐이야."

3

　　　　　　　　　　　6년 째 함께 생활하는 여자. 아이
를 낳아 기르고, 같은 침대에서 자는 여자. 시간이 흐르면 흐를수록
그녀가 낯설게 느껴졌다. 간혹 외출에서 돌아온 그녀가 너무 피곤
해 옷도 벗지 않고 침대에 누워 있을 때면 그는 다가가 옷과 신발
을 벗기고 이불을 덮어주었다. 화장이 지워진 얼굴은 살이 찌고 평
범했다. 세련되고 값비싼 외투를 벗자 여자는 마치 그와 일체의 관
계도 없는 육체 같았다. 그는 무정하고 소극적인 사람이었다. 때문
에 도리어 형식적으로는 시종일관 충성스러웠다.

　　그가 허녠과 결혼하기로 결정했을 때는 그녀의 가치를 분명하
게 계산한 뒤였다. 두 사람이 지닌 자원을 서로의 이익을 위해 교
환하고, 결혼으로 그것을 견고히 하면 더 많은 사회적 재부를 거머
쥘 거라고 판단했다. 그녀의 집안 배경과 재력, 학식은 그가 사회계
층의 금자탑으로 진입하는 것을 용이하게 했다. 그는 자신의 사업
범위를 최대한 개척해 생각했던 모든 가능한 것을 실현했다. 더 이
상의 곤란한 일은 있을 수 없었다. 자원과 권력 모두를 손안에 쥐
고 있었다. 그들은 서로를 위해 대가를 지불했다.

　　6년이란 시간은 성인 남자에게 체력과 정신의 쇠진을 느끼게
하기에 충분했다. 자기 제어가 완전히 불가능했다. 마치 양손으로

자신의 몸을 단단히 감고 있는 줄을 가볍게 떨어뜨리는 것과 같았다. 지속적으로 가뿐하게, 한 줄씩 한 줄씩 떨어뜨려나갔다. 그는 아내와 아이를 진심으로 보살폈다. 결코 편파적이거나 과장하는 태도를 보이지 않았다. 하지만 이것은 바로 그의 시간이었다. 그 자신의 세월이었다. 꿀꺽꿀꺽 삼켜져 어떤 메아리도 남기지 않았다. 그는 자신의 육체와 정신이 늙고 지치기 시작했음을 지켜보며 청년에서 중년으로 진입하고 있었다.

그해 겨울 성탄절이었다. 부부는 두 아이를 데리고 고위층의 멋진 성탄 파티에 참여해 사람들과 어울린 후 지쳐서 집으로 돌아가려던 참이었다. 그는 차고에서 벤츠를 꺼내 차문을 열었다. 그리고 한 손에 한 명씩 아이를 거느리고 다가오는 아내를 보았다. 그때 갑자기 그들이 모르는 사람처럼 느껴졌다. 온화하고 화려한 복장의 부인과 활발한 두 아이는 마치 하늘이 자신에게 만들어준 신기루 같았다. 운명이 어느 순간 번영과 성공을 거두어가고 아무것도 남겨주지 않을 것만 같았다. 그는 그 시선을 거두지 못했다. 총기 있고 예민한 허녠은 그의 표정이 멈춘 것을 보자 그의 눈을 똑바로 응시하며 의아해 하면서도 괴로워했다. 내내 아무 말 없이 차를 몰아 집으로 돌아왔다. 아이들은 웃고 떠들다 중간에 잠이 들었다.

늦은 밤, 그는 욕실에서 씻고 나왔다. 평소 같으면 화장을 지우고 일찍 잠자리에 들었을 그녀가 옷을 갖춰 입고 침대에 걸터앉아 있었다. 표정이 침착했다.

"샨셩, 우리 이혼하는 게 낫겠어요."

그녀의 목소리에 힘이 실려 있었다. 그는 그녀를 바라보았다. 이 말, 이 말을 그는 오래전부터 기다려온 것 같았다. 전혀 놀랍지 않았다. 그는 이런 남자였다. 어려서부터 여자에게 포위당하는 것이 습관이 된 남자였다. 유년기에는 어머니의 보호, 학창 시절에는 여자 동급생과 여교사의 관심, 직업을 가진 이후로는 여자 동료의 애모를 받았다. 감정적인 면에서 겉으로는 피동적인 듯했지만 실제로는 오히려 줄곧 그 상황을 제어했다. 그는 여자들이 자신에게 진심으로 감탄하도록 만들었다. 아부가 꼭 필요한 상황일지라도, 그 누구에게도 절대로 영합하지 않았다. 그의 냉담한 마음은 그에게 마음을 쏟는 주변 사람을 불안하게 했다. 그녀는 계속 말을 이었다.

"상하이 회사는 혼자 시작해 순조롭게 발전했을 뿐만 아니라 성공적으로 확장되고 있어요. 아이들은 벌써 여섯 살이고요. 그런데 우리 두 사람은 이미 오래전에 목적을 잃어버린 여행객처럼 내내 가다 서다를 반복하며 질질 끌려가고 있어요. 오로지 인내와 타협으로 일찌감치 가치관을 상실한 유대를 유지해왔어요. 난 당신이 나를 사랑하기를 계속 기다렸어요. 심지어 그것 때문에 일찍 아이도 낳았고요. 그러면 우리 사이가 파괴될 수 없을 만큼 견고해질 거라고 생각했어요. 하지만 이제 알겠어요. 이 모든 것이 아무 쓸모가 없다는 것을."

"……."

"난 당신의 인생 밖에 존재해요. 줄곧 당신과 아무런 관계도 없었어요. 일찌감치 마음을 접었어야 했어요. 좋게 헤어지는 게 좋겠어요. 아이들을 데리고 미국으로 가서 지내겠어요."

그가 조용히 말했다.

"아이들은 내 곁을 떠나려 하지 않을 거요."

"그렇다 해도 서로에 대한 애정이 전혀 없는 부모를 아이들이 계속 받아들일 수 있을까요? 아이들도 나중에 크면 이 비극을 이해할 수 있을 거예요. 가령, 자신의 아버지가 경제적 이익을 얻기 위해 엄마와 결혼했다는 것을요."

그녀는 침통하게 소리쳤다.

"난 우리의 결혼을 존중하오. 당신도 그런 태도를 취해주길 바라오. 결혼으로 당신과 당신 아버지의 재산을 교환하려 한 적은 처음부터, 한 번도 없었소. 난 단지 결혼하고 싶었을 뿐이오. 당신을 만났고, 우리가 서로 잘 맞을 거라고 생각했소. 그것뿐이오."

"하지만 당신은 나를 사랑하지 않아요."

그는 그녀의 눈을 냉정하게 바라보며 말했다.

"허넨, 당신은 일찍 알아야 했소."

"그래요. 내가 소유한 것이 결코 당신의 전부가 아니라는 걸 알고 있었어요. 심지어 10분의 1도 차지할 수 없다는 것을요. 만약 당신의 마음이 드넓은 바다라면, 난 언덕에 서 있으면서도 물이라는 걸 배운 적이 없는 사람이었어요. 나의 실패를 인정해요."

그녀는 숨을 한 번 내쉬고 말을 이었다.

"당신은 단지 나를 도구로 이용했어요. 그것으로 인생에 대한 당신의 허무에 대항했어요. 당신의 현실적인 욕망을 만족시켰어요. 지샨성, 당신은 여러 가지로 모순적인 사람이에요. 우리가 이혼하면 나와 아버지가 기업 주식의 60%를 가져갈 게요. 이건 당신이 지불해야 할 대가에요."

수속은 아주 신속하게 처리되었다. 이것은 두 사람의 직업적 습관이었다. 결정을 내린 후에는 명쾌하게 해결했다. 그녀는 두 아이를 데려가고, 미국에서 새 회사를 차리기로 결정했다. 미국 이민은 그전부터 생각해왔으나 그가 떠나는 것을 원하지 않았기 때문에 차일피일 미루고 있었을 뿐이다. 결국, 역시 일단 떠나면 영원히 멀어지는 법이다.

그녀는 그에게 아이와의 정기적인 만남을 허용했다. 하지만 거리가 멀기 때문에 이후 만날 기회가 많지 않으리라 것은 피차 잘 알고 있었다. 아이들은 아무것도 모른 채 아빠와 잠시 헤어진다고만 생각했다. 그는 공항에서 그들을 배웅했다.

"샨성, 마지막에야 당신을 알겠어요. 만약 계속 흐리멍덩한 상태로 환상을 유지한다면 당신 곁에 머무를 수 있을지도 몰라요. 하지만 난 지쳤어요. 자신을 사랑하지 않는 사람을 사랑한다는 것은 자기 붕괴를 초래해요. 자기애의 지나친 결핍은 자신에 대한 비하를 야기하죠."

그녀는 어떤 감상적인 표현도 자제했다. 눈물 한 방울 흘리지 않았다.

그녀는 예나 다름없이 신분이 높고 훌륭한 교양을 지닌 여자였다. 이전의 모든 열망과 환각이 세월을 따라 지쳐가고 소리를 잃었다. 그녀는 단지 떠나고자 했을 뿐이다. 그를 홀로 남겨 놓고.

그는 자신이 이 결혼을 신속하게 잊을 것임을 알고 있었다. 한때 함께 생활했던 여자는 그의 마음속에 깊은 흔적을 남기지 못했다. 깊은 것은 세월의 흔적이었다. 그것은 자신이 걸어온 울퉁불퉁하고 고생스런 길이 멀리 돌아오는 과정에 불과하다는 것을 보게 했다. 그리고 두 아이는 처음부터 그에게 귀속될 수 없는 것으로 결정되어 있었다. 허녠은 아이들을 두 줄로 삼아 두 사람 사이의 육체와 감정을 연결함으로써 그에 대한 그녀의 제어를 실현했다. 그에 대한 자신의 기대를 철저하게 잃었을 때 그녀는 바로 이 두 줄을 걷어버렸다.

두 줄은 그녀의 신체 내부에서 뻗어 나와, 다시 그녀의 신체 안으로 되돌아갔다. 마치 두 아이는 그의 신체 조직이나 세포에서 전혀 기인하지 않는 것 같았다. 6년 동안 그가 아이들을 보살피고 부양하는 데 쏟은 많은 시간과 정력은 물속에 던져진 쌀알에 불과했다. 기저귀를 갈고, 목욕을 시키고, 분유를 먹였다. 조금 큰 후에는 걷고, 말하고, 글자를 알도록 가르쳤고, 놀이 공원과 식당에 데려가야 했다.

눈 깜짝할 사이에 모든 속박과 책임에서 벗어났다. 아내와 아이들은 사방으로 흩어졌다. 머나먼 곳으로 가버렸다. 그는 오래전에 이미 지쳐 있었기 때문에 어떠한 제지도 하지 않았다. 그는 다시 자신이 되려 했다. 세상에 냉담하고 세상을 무시하는, 내면 깊은 곳의 그 오만하고 쓸쓸한 소년이 되려 했다. 마치 한참 전에 사라진 오래된 궁전으로 들어가 여자의 영혼과 몸을 섞고 아이를 낳고 기른 것 같았다. 깨고 보니 모든 것은 부서진 벽과 허물어진 담, 그리고 산송장에 불과했다. 놀람과 두려움 외에 실망과 미망만이 있을 뿐이다. 도중에 길을 잘못 들어선 것에 불과했다.

그는 끝나기 직전의 바둑판을 정리했다. 남아 있는 주식을 팔아치우고 비즈니스 세계에서 정식으로 물러났다. 영광과 부귀는 잠깐 동안의 덧없는 꿈이었다. 그는 자신의 삶을 되돌아보았다. 마치 재떨이에 떨어진 담뱃재의 일부와 같았다. 그것은 근본적으로 살피거나 만지는 것을 허용하지 않았다. 가볍게 살짝 만져도 곧 가루가 되어 남은 재를 수습할 수가 없었다. 겉으로는 완전해 보이는, 감당할 수 없는 일격이었다. 상하이 집은 그에게 남겨졌다. 수중에 남아 있는 예금은 꽤 오랫동안 의식주 걱정 없이 지내기에 충분했다. 철저하게 쉬고 싶었다. 그래서 고향으로 돌아가기로 결정했다.

4

그녀는 산 전체가 재차 붕괴한 후에 아직 길을 건너지 않은 짐꾼 몇 명과 함께 원래 자리에서 세 시간을 기다렸다. 그들은 결국 그곳을 지나가기로 결정했다. 퇴로도 없었다. 앞으로 나아가는 수밖에 없었다. 그와 만나 모퇴로 달려가는 것, 이것이 유일한 선택이었다. 만약 되돌아간다면 그 길 또한 길고 고생스럽기는 마찬가지였다. 다시 뒤숭라를 기어올라야만 한다. 그랬다. 그것은 의미 없는 일이었다. 그녀는 절벽에서 잠시 멈추어 섰다. 도중에 풀어지지 않도록 각반을 다시 단단히 묶었다. 그런 다음 등으로 조심스럽게 몸을 제어하며 절벽을 미끄러져 내려갔다. 붕괴 지역을 통과하기 시작했다.

방금 전 산사태가 지나가면서 남긴 굉음이 아직도 산골짝에서 희미하게 진동하는 것 같았다. 그 소리에 모골이 송연해지며 주저하는 마음이 일었다. 하지만 걸음걸이에 맥이 풀려서는 안 된다. 험준한 비탈길을 가다보면 미끄러져 떨어질 가능성이 수시로 있었다. 산 정상에서 쏟아지는 차가운 물을 건넌 후 그녀는 커다란 암석 더미를 뛰다시피 지나갔다. 그런 다음 절벽 위에 돌출된 작은 돌들을 손으로 붙잡아가며 위로 기어 올라갔다. 모퇴로 이어지는 길은 바로 위쪽에 있었다.

어려운 상황이 지나자 그들은 내심 기뻤다. 하지만 그렇다고 축하하기에는 너무 일렀다. 그녀는 서둘러 걷다가 팔찌를 잃어버렸다. 뿐만 아니라 정말로 어렵고 힘든 길은 이제 시작되려는 참이었다. 크고 작은 토사 붕괴가 끊임없이 나타났다. 나중에 그녀가 계산한 것에 의하면 하루 동안 지나친 크고 작은 토사 붕괴와 산사태가 60여 곳이나 되었다. 붕괴가 가장 심한 지역은 좌우로 1킬로미터나 이어지고, 밀려 내려온 진흙이 퇴적된 폭만 해도 3백 미터에 이르렀다. 경사면이 가팔라 돌덩어리들은 협곡 아래에서 세차게 포효하는 급류 속으로 곧추 떨어졌다.

길이라고 해봐야 짐꾼들이 밟고 지나간, 알아보기 힘든 발자국에 불과했다. 폭이 겨우 10센티미터 남짓한 진흙 길을 한 사람씩 차례대로 지나갈 수밖에 없었다. 내리막길을 걸을 때 만일 발이 중심을 잃으면 가파른 절벽 위에서 산 밑의 강물로 굴러 떨어져 유골조차 찾기 어려울 지경이었다. 산 전체가 수시로 붕괴하는지 날리는 돌들이 산 정상에서 우르르 굴러 떨어졌다. 일단 제법 걷고 나자 곧 익숙해졌다. 두려움도 없어졌다. 그랬다. 두려움은 아무 쓸모가 없었다. 길은 앞에 놓여 있었다. 걸어가야만 했다. 멈추는 것은 불가능했다. 돌아가는 것도 불가능했다. 두려움은 어떤 문제도 해결할 수가 없다.

빗물과 진흙탕으로 뒤범벅이 된 길은 미끄러워 걷기가 힘들었다. 밀림 속에는 거머리들이 변함없이 왕성하게 번식하고 있었다. 이따금 상대방의 목이나 손등을 뚫고 들어가는 거머리들을 떼어내기 위해 걸음을 멈추어야 했다. 길은 계속 내리막이었다. 지세도 하강하고 있었다. 한 시간 뒤에 그들은 호랑이 절벽에 도달했다. 그곳은 능선에서 벼랑 기슭의 큰 강과 바로 통했다. 좁은 길이 구불구불 이어졌다. 풍경에 새로운 변화가 생겼지만, 보이는 것이라고는 산골짝에 첩첩이 겹쳐 있는 능선과 자욱한 운무뿐이었다. 강물이 우렁차게 절벽 밑에서 산 전체를 에돌며 세차게 흘러갔다. 협곡 전체가 아직 더럽혀지지 않은 선경 같았다. 만물은 각자의 궤적을 따라 생장하고 운행했다. 과묵하고 엄숙했다.

비가 급하게, 갑자기 떨어졌다. 절벽의 작은 길을 따라 암석들 틈 사이로는 경번經幡이 많이 걸려 있었다. 경번에는 평안을 기원하는 경문과 불상이 그려져 있었다. 현지인들이 이곳을 지나가며 남긴 것 같았다. 그녀는 극도의 피로와 추위를 참으며 비를 무릅쓰고 카메라를 꺼내 그 길과 빗물에 젖은 경문을 찍었다. 이런 풍경은 일생에 단 한 번밖에 볼 수 없을 것 같은 예감이 들었다.

정오에 아니교阿尼橋에 도착했다. 다리 주변에 낡아빠진 목조 바라크가 하나 있고, 지나가는 짐꾼들이 쉴 수 있도록 먼바족 여자 두 명이 뜨거운 물과 장작불을 제공했다. 그들은 선 채로 잠시 쉬었다. 진흙투성이 신발은 벗을 수가 없었다. 겨우 서서 물을 한 모금 마실 뿐이었다. 불에 다가가자 크고 작은 거머리들이 옷과 각반, 신발을 뚫고 나와 잘 익은 몸을 꿈틀거리며 황급히 발버둥쳤다. 배낭과 비옷에서도 거머리가 잔뜩 떨어졌다. 피가 흥건한 그녀 목의 상처는 젖은 머플러로 단단히 싸맬 수밖에 없었다. 분처럼 하얀 인도산 면머플러는 그녀가 라싸에서 구입한 것이었다. 그것은 추위를 막고 상처를 감싸며 물건을 싸매는 등 여행 내내 실용적인 기능을 발휘하고 있었다. 유독 미적인 기능만은 필요하지 않은 상황이었다. 그녀는 한참 동안 씻지도, 화장품을 바르지도 않았다. 비에 흠뻑 젖은 머리카락은 이마에 들러붙어 있었다. 군용 운동화에 체크무늬 면셔츠를 입은 그녀는 남자와 아무런 차이가 없었다. 성별은 일찌감치 잃어버렸다.

휴식 시간은 그리 길지 않았다. 다시 단숨에 네다섯 시간을 가야만 베이벙에 도달할 터였다. 그렇게 되면 이튿날 베이벙을 출발해 모퉈에 도착할 수 있었다. 토사가 붕괴된 곳을 재차 지나고 있을 때였다. 두 사람은 갑자기 터져 흘러내리는 진흙탕을 피하지 못했다. 산정에서 별안간 우르릉 요란스러운 소리와 함께 발밑의 모래와 자갈이 미끄러지며 움직였다. 두 사람은 재빨리 앞을 향해 뛰었다. 진흙탕과 뒤섞인 거대한 바위가 이미 천지를 뒤덮을 듯 소리를 내며 뒤에서 다가왔다. 뿌리째 밀려 넘어진 나무와 거대한 바위가 치솟는 강물 속으로 내리꽂혔다. 그 순간, 피하기 위해 달리는 것은 위험했다. 두 사람은 그 자리에 쪼그리고 앉아 막 지나가던 바위 옆에 숨었다. 바위 절벽의 돌출부를 단단히 움켜쥐고 토사 붕괴가 끝나기를 기다릴 수밖에 없었다. 천지를 요동시키는 모든 것이 겨우 수십 미터 뒤에서 일어나고 있었다. 만약 몇 걸음만 늦었더라도 분명 유골조차 찾을 수 없었을 것이다. 몇 분이 지난 후에도 산골짝에는 여전히 경천동지할 굉음이 메아리쳤다. 산 정상은 조금 후에야 평정을 되찾았다.

다시 산길로 돌아왔다. 그는 약간 창백해진 그녀를 보았다.

"칭자오, 다친 데는 없습니까?"

"방금 왼쪽 복사뼈가 떨어져내린 자갈에 부딪혔어요. 조금 아프네요."

"각반을 풀고 좀 봅시다."

"됐어요. 너무 번거로워요. 벌써 신발이고 양말이고 진흙과 엉겨버렸어요. 계속 가요."

그녀의 걸음걸이는 이미 며칠 동안의 힘찬 모습이 아니었다. 얼마 걸은 뒤로는 다리를 절룩거리기 시작했다. 그녀는 길가에서 나뭇가지 두 개를 집어 지팡이로 삼았다. 왼쪽 발이 부풀어오르기 시작했다. 그녀는 숨을 죽이고 계속 그를 따라가며 걸음을 빨리했다.

길 위의 풍경이 또 달라졌다. 해발 고도가 천 미터를 지날 때마다 풍경도 화려하게 변했다. 이곳에는 거대한 파초 숲과 활엽수림 등 아열대 기후에서 자라는 식물들이 출현했다. 조그만 야생화가 무성한 풀숲을 장식했다. 아득히 멀리, 흰색의 작은 집 몇 채가 맞은편 산중턱 위에 있는 것이 보였다. 그것은 드넓은 능선 사이에서

점철하며 세상 밖의 도화원桃花源처럼 그윽하고 아름답게 보였다. 집
들이 밀집해 있는 촌락을 바라보며 그녀가 조용히 말했다.

"멀리 보이는 저곳은 베이벙이 분명해요."

고산 위의 회색빛이 감도는 푸른 하늘에서 때로는 작열하는 태
양이 고개를 내밀고, 때로는 다시 빗방울이 떨어졌다. 바로 그 순
간, 햇빛이 사라지고 콩알 같이 굵은 빗방울이 떨어지기 시작했다.

5

모친이 공항으로 그를 마중 왔다.
그는 하얀 셔츠와 면바지에 운동화를 신고 가방 하나를 든 채 출구
로 나왔다. 모친을 보자 가방을 내려놓고 가볍게 포옹했다. 당시 쉰
살이던 모친은 퇴직 후 집에서 소해小楷로 『능엄경楞嚴經』을 베껴 쓰
고 있었다. 심기가 편안하고 눈도 밝았다. 젊었을 때의 강한 고집은
이미 한풀 꺾여 있었다. 어려서부터 자신의 품 안에서 키운 한 남
자를 본 후 모친은 그가 결국 전혀 바뀌지 않았다는 사실을 발견했
다. 화려한 세계를 떠돌다 돌아온 그는, 마치 늦은 봄에 낙화하는
나무 그늘 사이를 부지런히 오고 간 것만 같았다. 옷깃을 털어낼
뿐 전혀 내색하지 않았다. 그녀도 마음속으로 한숨을 쉴 뿐 아무것
도 묻지 않았다.

그의 마음속에 양심의 가책 같은 것은 전혀 없었다. 단지 너무 피곤했다. 마치 바다에 완전히 빠졌다가 방금 끌어올려진 것처럼, 놀란 가슴이 진정되지 않았고 몸과 마음이 모두 지쳐 있었다. 고향 집으로 돌아와서도 여전히 변함없이 소년 시절을 보낸 좁은 방에서 잠을 잤다. 딱딱한 나무판이 깔린 싱글 침대도 그대로였다. 연이어 며칠간 이불을 머리까지 뒤집어쓰고 잠에 빠졌다. 하루 종일 잠만 자는 경우도 있었다. 문밖으로 나가지도 않았고, 음식도 아주 조금만 먹었다. 사람들과 말을 나누지도 않았다. 모친도 그런 그를 전혀 방해하지 않았다. 소년 시절 좌절을 당하거나 하면 혼자 묵묵히 받아들이고 잠에 빠져 그 스트레스를 벗어내곤 했던 일을 기억할 뿐이었다.

낮도 없이 잠에 빠져 있는 동안 꿈속에서 제일 먼저 만난 사람은 아버지였다. 새벽 네다섯시쯤, 남방 연안 도시의 한 골목에서 앞쪽의 남자를 따라갔다. 건장한 신체의 그림자가 짙은 안개 속에서 서서히 사라지고, 구불구불 이어지는 좁은 돌길 위를 울리는 발자국 소리만이 들렸다. 그는 서둘러 보폭을 늘려 남자를 쫓아가는 한편, 마음속으로 나직이 말했다.

"아빠, 좀 기다려주세요. 저도 갈 거예요."

하지만 아무리 걸어도 다가갈 수가 없었다. 골목 양쪽의 놀란 목련만이 크고 둔중한 하얀 꽃잎을 떨어뜨렸다. 꽃잎은 나무 밑의 진흙바닥으로 돌진했다.

그는 부친의 손에 이끌려 함께 수영이나 낚시를 하러 가거나, 운동을 하거나 영화를 보러 간 적조차도 없었다. 한 남자를 얻지 못함으로써 변화무쌍한 성장의 경험을 가질 수 없었다. 대부분은 성년이 된 후에야 비로소 탐색하며 학습했다. 그의 성장은 다른 한 남자의 인증과 승인이 결핍된 운명이었다. 게다가 그는 이미 오래 전에 그 남자의 모습을 잊었다. 전혀 떠오르지 않았다. 눈물 한 방울 흘리지 않았다. 심지어 꿈속에서도 그 남자를 두 번 다시 본 적이 없었다.

여태껏 그 남자를 그리워하거나 생각해본 적이 없었다. 그 남자는 그의 채워지지 않는, 치유되지 않는, 내면의 움푹 팬 그림자였다. 여전히 거리를 두고, 그는 단지 남자의 두번째 출현을 보았을 뿐이다. 원망하거나 미워한 적은 없었다. 자기 인생의 결함을 일찌감치 인정했다. 그럼에도 꿈속에서의 그 순간, 마음은 실의로 멍했다. 그의 삶을 지도하거나 인정해줄 사람이 없었다. 스스로 억눌러야만 한다는 것을 알고 있었다. 예전처럼 스스로 자신을 이끌어야 한다는 것을.

오래 거주한 고향집은 매우 허름했다. 그는 모친을 설득해 회사 정리 후 남은 예금으로 웨후月湖 근처에 제법 넓은 집을 마련했다. 오랜 시절을 함께한 옛집을 떠났다. 역시 단층집이었지만 작은 화원이 딸려 있어서 모친이 꽃을 심거나 채소와 과수를 재배할 수 있었다. 창문을 열면 숲으로 둘러싸인 호수의 고요한 수면과 가을의 높고 밝은 태양을 볼 수 있었다. 언덕의 계수나무에 촘촘히 맺히기 시작한 작고 여린 꽃봉오리들이 반들반들한 녹색 잎들 사이로 숨어 있었다. 하루 종일 공기 속으로 짙은 향기가 떠다녔다.

열여덟 살, 기어이 떠나고 말겠다는 고집을 품고 베이징으로 갈 때 다시는 고향에 돌아오지 않겠다고 몰래 맹세했었다. 한 번 가면 다시 돌아올 일이 없을 거라는 웅지도 있었다. 그런데 졸업, 결혼, 창업, 이직, 이혼이라는 큰 원을 맴돈 후 다시 돌아와 숨어 지낼 줄은 미처 생각하지 못했다. 예전의 생활은 이런 자그마한 여유와 흥취를 완전히 잊게 했다. 다시 이렇게 생활할 수 있다는 것은 마치 시간이 거꾸로 흐른 것처럼 너무나 귀하고 소중했다.

호숫가의 오래된 집들은 여전히 원래의 모습을 간직하고 있었다. 좁은 골목 안의 작은 점포에서 게 모양의 밀병을 구워 팔았다. 뜨거운 채로 종이에 싸 주고, 한 개에 1위안을 받았다. 뱃속이 편안하고 따스해지며 마음속에 걱정이나 결핍이 완전히 없어지는 것 같았다. 때로는 호숫가에 가서 낚시를 했다. 수요일에는 저우항周巷의 골동품 시장에 가서 이리저리 구경하며 고가구나 자기를 일부 수집했다. 『사기』와 『논어』도 다시 읽기 시작했다. 모친과 같이 시장에 가서 야채를 사기도 하고, 나무 걸상에 앉아 함께 풋콩을 까면서 기울어가는 석양을 바라보기도 했다. 뜰에 심은 장미와 치자도 함께 가꾸었다.

모친은 향기가 진한 흰 꽃들을 좋아했다. 뜰에 심은 목란의 민둥민둥한 가지에서 하룻밤 사이에 크고 흰 꽃이 홀로 활짝 피었다. 햇빛이 비추면 두터운 꽃잎은 비단으로 된 얇은 날개처럼 가늘고 섬세한 줄을 드러냈다. 향기가 코를 찔렀다. 밤에 멀리서 보면 달빛 속에 하얀 종이 초롱이 걸려 있는 것 같았다. 모친은 꽃을 독점하지 않았다. 꽃이 활짝 피면 손에 잡히는 대로 굵은 가지를 꺾어 이웃들에게 나눠주었다. 다만 평상심으로 기다리고자 했을 뿐이다.

그는 그녀가 라싸에서 보낸 편지를 받았다. 그녀는 이미 잡지 제작팀을 따라 대협곡에 진입한 뒤였다.

산성.
……

모퉈로 통하는 길은 가파른 고산에 겹겹이 가로막히고 사방의 협곡과 솟구치는 강물에 둘러싸여 있어. 모퉈에 도달하려면 반드시 숲이 빽빽한 험난한 산길과 이 모든 장애를 통과해야만 해. 그곳은 평균 해발 고도가 겨우 천 여 미터에 불과하고, 얄룽창포 강 하류의 하곡지대에 속해. 그런데 뒤슝라 입구와 가릉라 설산은 4천 미터를 넘고, 또한 북쪽에 난쟈바와봉南迦巴瓦峰이 있어. 이런 지형적 특색이 마치 천연적인 보호망처럼 모퉈의 신비와 고요를 보존하는 거지.

산에서 내려갈수록 고도가 낮아져. 식물들은 산정상의 한온대 흰색 전나무에서 시작해 산간지대의 온대 침엽림 및 아열대 상록수와 낙엽수림을 거쳐 아열대 기후의 열대 원시림으로 바뀌지. 길을 가는 동안 사계절의 풍광을 지나는 거야.

석류나무 줄기로 꼰 줄은 급류를 지나가기에 가장 좋은 도구야. 온몸으로 크고 굵은 밧줄을 따라 미끄러져 가다보면 강물의 거대한 소리와 들끓어 오르는 수증기가 사람을 위협하지. 마치 죽음의 불꽃이 아래서 타오르는 것 같아 도저히 고개를 숙이고 볼 수가 없어. 가파른 절벽을 기어오를 때는 반드시 몸을 굽혀야 유연성과 균형을 유지하기 쉬워. 그런 다음 손과 다리의 관절을 암석의 원래 모양에 잘 맞춰가며 자연스럽게 올라가는 거야. 이 모든 것을 할 때는 마음속의 잡다한 생각들을 지워야만 해. 그 과정에서 아주 조금이라도 두려움이나 망설임이 침입하면 몸의 제어 능력과 균형 감각을 잃을 수 있거든. 그리고 일단 손발의 힘이 풀리고 머릿속이 혼란스러우면 추락하거나 넘어질 수 있어. 이렇게 되면 모든 기회를 잃을 수 있지. 절벽과 강물은 무정하게 인간의 생명을 빼앗아가지.

그래서 움직일 때는 반드시 자신의 몸을 죽음 위에 올려놓고 그것과 몸을 스치며 지나가야 해. 내면의 고요와 전신의 집중을 유지해야 해. 이것은 사람이 모종의 수행에 이르는 본질이야. 시간이 귓가에서 째깍째깍 빠르게 지나가는 소리를 들을 수 있어. 천지가 너를 향해 열리고, 서로 대립적인 힘 사이에 상호 작용과 영향을 일으켜. 설령 네게 죽음을 강요하고 있을지라도, 그것은 너의 생명력과 선과 악의 강렬한 대비를 부각시키지. 인간의 내면은 무한히 자유롭고 열려 있어. 천지와 함께 융합할 수 있기 때문에 유골도 자연의 품으로 던지지. 그리고 나면 인간이 아닌 자연의 일부가 돼.

협곡 지역의 지질구조는 복잡해. 판 운동이 격렬해서 험준한 절벽이 많고 지진과 눈사태가 빈번히 발생해. 길에는 죽음이 아홉이고 생生이 하나야. 숲에서 야영을 하면 항상 멀지 않은 곳에서 울리는 굉음에 놀라 깨어나. 그것은 협곡에서 산이 붕괴되거나 산사태가 발생하는 소리야. 그 메아리가 한참동안 협곡을 떠돌며 사람을 놀라게 하지. 안개가 짙은 날에는 나뭇잎에 맺힌 물방울이 밤새 탁탁 소리를 내며 텐트 지붕을 두들겨. 공기는 축축하고 땅 위에는 사시사철 식물들이 빗물에 젖어 썩고 있어. 길이 힘든 만큼 잠은 달콤해.

도중에 크고 작은 폭포들을 볼 수 있어. 사람을 압도하는 힘센 물기둥이 검은 바위를 내리치며 끝없이 하얀 물안개를 피어올려. 차가운 바람이 강하게 엄습해 와. 멀리서 바라보면 폭포는 녹색 산 능선에 한 줄 한 줄씩 드리운 은백색의 비단 띠 같아. 아름답고 고요해. 위협하는 기색이 전혀 없어. 늘 이런 폭포를 뚫고 지나가야 되는데 그럴 때마다 몸은 완전히 젖어. 속도를 조금이라도 늦추면 수압에 부딪혀 숨이 막힐 것 같아.

새벽 숲에는 수많은 새들이 지저귀고 있어. 햇살이 안개와 나무 그늘을 뚫고 청명하고도 따스하게 쏟아져. 한 다발 한 다발씩 쏟아지는 밝은 광선은 마치 실재하는 것 같지가 않아. 5천 미터가 넘는 설산은 태양 광선으로 매일 상이한 시간마다 미묘한 변화를 일으켜. 때로는 은백색 혹은 자줏빛 남색이었다가, 때로는 황금색 혹은 짙은 홍색으로 변해. 인도양과 벵골 만에서 건너오며 바다의 수증기가 응결한 흰 구름들은 새하얀 눈으로 덮인 산정에서 1년 내내 둥둥 떠돌아. 마치 고독한 고산高山의 유일한 친구 같아. 산 정상의 눈들은 녹아서 다시 평원으로 흘러가. 일종의 윤회지.

협곡 사이에는 꽃을 활짝 피운 진달래 숲이 있어. 진달래는 협곡에서 가장 무성하고, 흔히 볼 수 있는 거대한 식물군이야. 잔뜩 피어난 꽃은 비단처럼 산등성이에 가득 깔리고, 삼나무와 전나무, 솔송나무로 조성된 삼림 전체에 두루 피어 있어. 운무 가득한 숲속을 걸어가다 보면 발밑에 쌓인 눈들이 채 녹지 않았어. 활짝 핀 진달래꽃과 난초는 나무 밑 어디서든 볼 수 있어. 수백 종의 백합이 순백의 커다란 꽃잎을 피우며 강물의 양안을 따라 자라고 있어.

18세기부터 먼바족 사람들은 먼위門㠰 일대에서 동쪽으로 옮겨왔어. 그들은 먼 길을 마다하지 않고 갖은 고난을 겪으며 모둬에 도착했지. 그들은 꿈속의 낙원을 향한 동경을 가슴에 안고, 격정으로 충만해서 세상과 격리된 이곳에 이르렀어. 이곳에 꿈속 낙원은 없어. 단지 비옥한 넓은 땅이 있을 뿐이야. 깊고 외진 곳에서는 또한 착취와 고난이 덜할 수 있지. 인간의 힘이란 자연의 위험과 강대함에는 훨씬 못 미쳐. 그리고 자연은 공정해. 계속 전진해야만 안락한 땅에 도달할 수 있어. 힘들게 밭을 갈고 김을 매야 의식을 풍족히 할 수 있어. 그들은 산의 신령을 경외하고 생식력을 숭배해. 왕성한 생명력으로 번식하는 것. 그렇게 이 협곡에서 대대로 세대를 이어가며 생활해왔어.

한밤중에 먼 곳의 작은 마을을 바라보면 등불이 가물거려. 하늘에는 무수히 많은 별들이 반짝거리며 웅장하고 아름다운 행렬로 서 있어. 설계雪溪, 눈이 여름철에도 녹지 않고 그대로 남아 있는 산골짜기는 달빛 아래 은백색의 빛을 번쩍이며 돌고 도는 별빛과 마주 비추고 있어. 해발 7,756미터의 험준한 난쟈바와 봉은 1년 내내 눈이 쌓이고 운무에 감싸여 그리 쉽게 진면목을 드러내지 않아. 난쟈바와는 티베트어로 '불에 타오르는 듯한 천둥'이라는 뜻이래. 그곳은 아직 인간의 발이 닿지 않은 곳이야. 강렬하면서도 신비한 곳이지. 이곳에서 자연은 무척 존엄한 존재야.

5장 / 강철 로프 위를 걷다

대자연은 내게 일체에 대해 그리 강하게 집착할 필요가 없다는 것을 깨닫게 했어. 세상 만물에는 각기 그만의 윤회 체계가 있기 때문에 인간은 추측할 수도 없는 힘에 의해 제어되는 걸 거야. 그것은 지금도 작용하거나 아니면 지난 시간을 제어해온 규칙일지도 몰라. 우리의 상상을 멀리 뛰어넘어. 엿볼 수도 정복할 수도 없어. 내 생각에 인간의 겸손은 우선 내면의 경외심에서 시작해야 한다고 봐.

......

그녀는 지금 아름답고 장엄한 길 위에서 고생하며 새로운 생활에 다가갈 뿐 아니라 새로운 신앙을 건립하고 있었다. 그리고 그는 자기 인생의 한 단락을 매듭지었다. 한 바퀴 돌았고, 얻은 것은 아무것도 없었다. 상하이의 헤드 헌터 회사들은 연신 전화를 해댔고, 제시되는 자리는 여전히 경영 책임자였다. 그는 업계에서 두문불출했음에도 불구하고 명성과 영향력이 전혀 사라지지 않은 것을 느꼈다. 들끓고 있는 비즈니스 세계는 여전히 그를 위해 자리를 마련해놓았다. 그는 모조리 거절했다. 결코 서둘러 선택하지 않았다.

고향에 은거하며 그저 작은 소도시의 담박하면서도 세속적인 분위기와 새로 대면했다. 문밖으로 나가 옛날 친구들과도 서서히 관계를 회복하고 싶었다. 친구들은 대부분 결혼을 했고 아이도 있었다. 공통의 대화는 거의 남아 있지 않지만 함께 술을 마시며 옛

이야기를 나누거나 마작을 했다. 세월이 조용히, 그리고 아주 빠르게 지나갔다는 사실을 느낄 수 있었다.

　이렇게 거의 1년을 보냈다. 그리고 그해, 그는 막 서른한 살이 되었다.

6

　　　　　피부가 까무잡잡한 맨발의 아이들이 가방을 메고 대교 건너편에 서서 신기하면서도 진지하게 그들을 응시하며 환호성을 질렀다. 다리는 무너진 후 다시 세워진 해방대교였다. 거대한 철삭교鐵索橋가 얄룽창포 강 위를 가로지르고, 강물은 흰 파도로 출렁대며 세차게 흘러갔다. 다리를 건너자 아이들이 몰려들어 온몸이 진흙투성이에 지칠 대로 지친 여행객을 이끌고 함께 마을 입구로 향했다. 아이들은 외지에서 온 사람을 본 적이 거의 없었다. 가는 동안 내내 노래를 부르고 웃고 떠들며 퍼붓는 폭우에도 아랑곳하지 않았다.

　그들은 최근에 쓰촨 사람이 개업한 여관을 찾아내 바로 투숙하기로 결정했다. 춥고 배도 고파 더 이상은 한 걸음도 옮길 수 없었다. 이곳에는 무장경비 변방소대가 주둔하고 있었다. 통행증 발급을 위해 신분증을 등록했다. 그는 그녀를 어둡고 눅눅한 작은 주방으로 데려가 먼저 각반을 풀고 신발을 벗게 했다. 왼쪽 발이 심하게 부어 있었다. 복사뼈는 피부가 넓게 벗겨져 선홍색 근육이 드러났다. 장시간 진창과 더러운 물에 잠긴 상처는 이미 짓물러 진액이 흐르고 빨갛게 변형되어 있었다. 그녀는 이런 발을 질질 끌면서 그와 함께 오후 내내 가파른 산길을 오르락내리락 걸었다.

그녀는 비옷을 벗어 그 위에서 꿈틀거리던 거머리 몇 마리를 재빨리 잡았다. 그리고 등을 돌리며 그에게 말했다.

"셔츠를 걷고 등에도 아직 있는지 봐주세요. 내내 가렵고 아파서 참을 수가 없었어요."

그가 그녀의 셔츠 밑단을 어깨 위로 걷었다. 맨살이 드러난 등에는 검고 단단한 흡혈 자국이 빽빽이 들어차 있었다. 몸이 빵빵해질 만큼 피를 빨고도 여전히 미련을 버리지 못한 흑황색 거머리 하나가 등허리 피부를 파고들고 있었다. 그는 거머리를 집어 불더미로 던지며 말했다.

"따뜻한 물로 몸을 좀 닦고 편히 쉬세요."

그는 벽 모퉁이에서 거무튀튀한 낡은 세숫대야를 가져와 뜨거운 물을 가득 따랐다.

그녀는 말려둔 내의와 셔츠로 갈아입고 면양말을 신고서 절룩거리며 2층으로 올라가 쉬었다. 왼발 전체가 힘을 쓸 수 없어 계단을 오를 때 무척 힘들었다. 2층 방은 햇빛이 잘 들고 이불이 깨끗해라거나 한미, 아니교 일대보다는 상황이 조금 나았다. 어쨌든 노변의 간이식 목조 바라크는 아니었다. 베이벙은 제법 규모를 갖춘 촌락이어서 가옥 외에도 기타 용도의 건물이 있었다.

그녀는 누웠다. 창문 밖으로 폭우가 산과 들을 자욱이 감싸는 것이 보였다. 바람 소리가 쏴쏴 귀에서 끊이질 않았다. 그러나 오는 동안의 힘들고 고생스러운 여정 때문에 이 잠깐의 휴식에서 무한한 위안을 얻었다. 조용하고 아름다운 풍경, 세상과 격리된 작은 마을은, 만약 날씨가 좋았다면 분명 한 폭의 산수화였을 것이다. 그녀는 너무 피곤했다. 스르르 눈을 감고 잠이 들었다.

깨어났을 때는 하늘이 캄캄했다. 그는 그녀에게 줄 저녁밥을 차려놓고 침대 맞은편에 앉아 있었다. 쌀밥, 고추와 양배추 볶음, 말린 고기볶음과 동과탕. 그리고 작은 잔에 따른 백주. 그는 침댓가에서 조용히 『변증법사』를 읽고 있었다. 방 안이 어둡고 서늘했다. 오래 사용한 전구는 빛이 어두웠다.

"방금 꿈속에서 네이허를 봤어요. 얼굴은 정확히 보지 못하고 커다란 진달래꽃 나무 아래 서 있는 모습만 봤어요. 나뭇가지가 굵고 푸른 잎이 무성한데다 꽃은 100송이가 넘을 정도로 풍성했어요. 색깔은 분홍색과 흰색이 섞여 있었고요. 그렇게 큰 진달래꽃 나무는 지금껏 한 번도 본 적이 없어요."

5장 / 강철 로프 위를 걷다

그는 조용히 주변을 정리하며 말을 이었다.

"조금 전에 소대로 가서 군의관에게 약을 좀 달라고 했습니다. 삼칠초三七草 조각과 진통제예요. 이곳에도 홍화유와 소염제가 있더군요. 모두 쓰세요. 발의 상처는 물에 젖으면 잘 아물지 않을지도 모릅니다. 만약 내일 상처가 덧나면 하루 이틀 더 쉬었다 갑시다."

"약은 조금 있다가 먹을게요. 내일도 계속 가는 편이 나아요. 폭우가 멈추지 않으면 토사 붕괴가 많아서 더 지체될지도 몰라요. 두꺼운 양말을 신고 그 위에 각반을 단단히 매죠 뭐. 오래 걷다보면 발의 감각이 마비돼 그렇게 아프지는 않을 거예요. 가능한 빨리 네이허와 만날 수 있었으면 좋겠어요. 당신이 내일 모퉈에 도착할지도 모른다는 사실을 네이허가 안다면 얼마나 기뻐할까요?"

"……."

"샨성, 오는 동안 무섭지 않았어요?"

"무섭지는 않았습니다. 매일 잠들기 전에 오늘도 살아서 잠들 수 있음에 감사하고, 아울러 내일도 역시 살아서 길을 떠날 수 있기를 기도하곤 했어요. 길을 가다가 죽는 꿈을 꾼 적이 있었거든요."

"예전에 자살하는 사람들이 죽을 수 있는 권리를 가져야 하는지에 대해 생각했던 적이 있어요. 정당하면서 고통을 수반하지 않는 죽음의 방식에 대한 것이었어요. 자살은 너무 잔혹해요. 스스로 생명을 끊고자 하는 사람은 반드시 죽기 전에 극도의 공포에 직면하거든요. 동맥을 끊으려는 사람은 혹시 칼이 깊지 않을까 봐 거의 손목을 자를 만큼 온 힘을 다하죠. 건물에서 뛰어내리면 시체가 갈기갈기 찢기고 두개골에 금이 가고, 목을 매달아 죽으면 완만하지만 고통스러운 질식이 있게 되죠. 죽으려 하는 사람들은 모두 자신의 생명을 끊게 되는 순간 자신의 존엄을 지킬 수 없게 되죠. 하지만 진정 죽음이 야기하는 압력에 직면해 죽음의 위협을 느낄 때 인간의 신체는 끓어오르는 생명력으로 충만해져요. 그것이 도리어 사람을 진정시키죠.

죽음은 사실 언제나 살아 있는 모든 인간과 동행하고 있어요. 그 존재를 명확하게 알고 나면 오히려 자신이 더욱 가뿐해짐을 느낄 수 있어요. 왜냐면 자신이 중요하지 않다는 것을 발견하기 때문이죠. 이번 여행은 마치 생사의 두 경계가 합류하는 지점을 가고 있는 것 같아요. 너무 이상해요. 어쩌면 제 몸도 건강해질 것 같아요."

그는 일어나 그녀에게 따뜻한 물을 한 잔 따라주며 약을 먼저 먹였다. 그리고 손을 뻗어 가볍게 그녀의 이마를 짚었다. 곧 모퉈에 도착할 예정인데다 힘든 여정에서 벗어난 때문인지 그녀는 약간 흥분되어 있었다. 열은 없었다. 안심이 되었다.

"그곳에 남아 한동안 그녀와 함께 있으실 거죠?"

"잠깐만 볼 겁니다. 보고 나면 곧 떠날 겁니다."

"샨성, 당신은 자신이 진정 누군가를 좋아했는지 어떻게 판단하나요?"

"만약 그 사람이 헤어진 후에도 여전히 당신을 좋아하고 그리워한다면, 그 사람과 당신은 혈육 같은 관계입니다. 많은 사람들이 우리 곁을 떠나며 말합니다. 소매에 묻은 풀 하나를 털어버리는 일처럼 한 바탕의 허망에 지나지 않았다고요. 이런 관계는 어떤 흔적도 남기지 않습니다. 같이 있을 때 우리는 대부분 본모습을 보지 못합니다."

"당신 두 사람 사이의 감정에 대해 뭐라고 말한 사람은 없었나요? 제 생각에, 그건 이미 단순한 남녀간의 애정으로 정의할 수 없을 것 같아요. 남녀간의 애정은 단지 신체 내부에서 야기된 화학반응일 뿐이에요. 순간적이고 임의적이라 계산할 수 없죠. 당신들의 관계는 뇌에서 분비된 도파민이나 펩티드로 해석할 수 있는 것이 아니에요."

"아닙니다. 전 이런 문제에 대해 생각해본 적이 없습니다. 그것은 나와 그녀에게 전혀 중요하지 않습니다."

"당신들은 숲속 강가에서 도대체 무엇을 보았나요?"

"지금까지 누구에게도 우리가 보았던 풍경을 말한 적이 없습니다. 게다가 열세 살 때 보았던 것은 그 후로 두 번 다시 발생하지 않았습니다. 마치 질병 없는 죽음의 은유 같았습니다. 동일한 기적 앞에서 저는 기억의 보존과 후퇴를 선택했고, 그녀는 그 흔적을 따라 앞으로 나아가는 길을 선택했습니다. 그녀는 이것이 일종의 해후라는 것을 틀림없이 인정하지 않을 겁니다. 그녀는 결말을 찾고자 할 겁니다."

"두 사람이 마지막으로 만난 건 언제였나요?"

"4년 전입니다. 네이허는 모튀로 가기 전에 고향을 한 번 다녀갔어요."

7

그는 공항으로 가서 그녀를 맞이했다. 비행기가 연착해 두 시간여를 기다렸다. 그녀는 흰색 면셔츠를 입고 붉은 산호가 박힌 은 귀걸이를 달고 있었다. 전체적으로 까무잡잡하고 여위었다. 뺨과 코에는 햇볕에 타서 그을린 자국이 불그스름하게 나 있고, 자잘한 검은 주근깨도 보였다. 그녀는 군용 배낭 하나를 들고 출입구로 나왔다. 그를 발견하고 다가와 포옹했다. 뻗은 팔은 단단하고 힘이 있었다.

"샨셩, 정말로 좋아. 다시 너를 보게 돼서."

그는 잠시 말없이 그녀를 안은 채 햇볕을 받아 건조한 머리카락에서 풍기는 냄새를 맡았다. 그녀의 몸에서 특이한 냄새가 났다. 오랫동안 세상 밖에서 산 사람의 냄새였다. 식물과 동물, 진흙 냄새가 뒤섞인 복잡한 향이었다.

"이틀밖에 못 있어. 라싸 쪽 일이 아직 안 끝났거든."

"무슨 일로 온 거야? 전화로는 말 안 했잖아."

"삼촌이 편지를 보내셨는데 미술 선생님이 폐암이래. 말기고 며칠 안 남았는데 나를 한 번 보고 싶어 한대."

"그건 네가 꼭 해야 할 일이 아니야. 굳이 돌아올 필요는 없잖아."

"하지만 그 사람은 곧 죽어. 그 사람이 나를 보고 싶어 해."

그녀는 열아홉 살에 고향을 떠났다. 웨후를 지나갈 때 얼굴에 놀라는 기색이 어렸다.

"이곳이 어쩜 이렇게 훌륭하게 바뀌었니?"

"나도 호숫가에 집을 사서 어머니와 함께 지내고 있어."

도시는 변했다. 거리는 환하면서도 낯설어 보였다. 길은 훨씬 넓어지고 건물은 더욱 높아졌다. 옛날의 마당 깊은 집이나 오래된 골목은 이미 대부분 철거되었다. 계수나무, 오동나무, 목련 등 무성하던 고목들은 베어졌다. 모든 것이 새롭게 바뀌고 있었다. 도시는 더 이상 소년 시절의 눅눅하고 이름 모를 남방의 소도시가 아니었다. 그녀의 표정은 차분했다. 하지만 그는 그녀 내면의 슬픔과 기쁨을 충분히 느낄 수 있었다.

그들은 일찍이 자신의 출생지를 증오했고, 천 리 밖으로 멀리 떠나고 싶어 했다. 하지만 떠난 후 새로 싹트기 시작한 고향에 대한 그리움과 열애는 이전의 어느 시기보다 더욱 강렬하고 선명했다. 그녀는 이곳을 떠난 10여 년 동안 다른 도시들을 떠돌고 심지어 지구의 반대편까지 갔다. 떠날 때는 아직 청춘의 상처로 선혈이 낭자했던 소녀였지만 돌아왔을 때는 강인하고 침착한 여인이었다.

그녀를 데리고 먼저 집으로 갔다. 삼촌과 숙모를 만났다. 그녀는 공손하고 온순한 태도로 그들과 포옹했다. 바깥세상의 냉정한 인정세태를 경험했기에 집안 식구들이 지불했던 대가를 이해할 수 있었다. 거칠고 난폭했던 소년 시절에는 이해하고 터득할 수 없었지만 마음으로 감사하고 있었다. 연로한 집안 식구들과 일상에 관한 이야기를 주고받은 뒤 약간의 돈을 건네주었다. 이것이 그녀가 할 수 있는 유일한 보답이었다. 그것을 제외하면, 감정적으로 그녀는 늘 고립무원한 사람이었다. 누군가를 사랑하고 싶어도 적합한 통로를 찾지 못했다. 자신을 너무 오랫동안 격리시켰다. 홀로 타향을 떠도는 것에 익숙했다. 다시 이곳을 그리워해도 돌아오지는 않을 것이다.

미술 선생이 있는 병원으로 차를 몰았다. 차에서 내리며 그녀는 입을 다물고 아무 말도 하지 않았다. 그들은 함께 복도를 지나 계단을 올라갔다. 그녀의 발걸음이 다소 머뭇거리고 표정이 어색해지기 시작했다. 심한 스트레스를 받는 것 같았다. 벽지 답사와 외국 생활을 통해 그녀는 점차 힘 있는 성숙한 여자로 바뀌었다. 최소한 외형적으로 그랬다. 하지만 지금 이 순간, 기억속의 여자아이가 부득이 그녀를 되돌리고 있었다. 그 나약하고 편집적인 어린 소녀로.

그녀는 이미 처음의 용기백배하던 자신감을 잃었다. 두려워했다.

그가 그녀의 등을 가볍게 두드리며 말했다.

"안부를 묻고 곧장 인사하고 나오면 돼. 그 사람을 위해 특별히 뭔가 할 필요는 없어. 너는 그에게 빚이 없어. 설령 있다 한들 그것은 서로를 위해 지불한 대가고, 각자가 책임져야 할 부분이야."

그들은 암 병동을 향해 걸어갔다. 어둡고 차가운 형광등이 켜진 좁고 긴 복도를 따라 사람들이 끊임없이 오가고 공기는 탁했다. 거기에 놓인 금속제 간이침대 위에 사경을 헤매는 환자가 누워 있었다. 이미 오래전에 실의한 데다 가난과 병마가 겹친 미술 선생은 병실의 정식 병상에 누울 수 없었다. 처와 아이들은 모두 떠나고 몇몇 이웃과 친구만이 그를 보살폈다. 그날 침상을 지키던 사람은 식사를 하러 가고 없었다. 간병인 한 사람만 침대 끝에 앉아 있었다. 간이침대에 누운 남자 곁으로 의료기가 가득했다. 산소 호흡기가 꽂혀 있었다. 임종 직전이었다.

그녀는 천천히 걸어서 그에게 다가갔다. 삭발을 하고 누운 남자의 얼굴빛이 누르스름했다. 혼수상태로 눈을 가늘게 뜨고 있었다. 인중에 붙은 산소호흡기에서 낮고 무거운 숨소리가 들렸다. 예전의 건장하던 몸이 완전히 오그라들었다. 모든 즙액과 의지가 빠져나가고 썩어가는 몸뚱이만 남은 사람 같았다. 곁에 사람이 있다는 것을 느꼈는지 그가 마른 입술을 달싹거리며 신음 소리를 냈다. 그녀는 그것이 '물'이라는 것을 알아들었다. 가제에 물을 적셔 조심스럽게 그의 입술에 댔다. 그가 차가운 물을 핥았다.

"선생님, 저 네이허예요. 지금 여기에 있어요."

그는 풀린 눈으로 그녀의 얼굴을 바라보았다. 그리고 희미한 소리를 내며 낮게 말했다.

"네이허, 돌아온 거니?"

"예, 돌아왔어요."

"다시는 뛰쳐나가지 말고 집에 있어. 내가 케이크를 사 올게. 또 울면 안 된다."

그의 기억은 두 사람이 쑤저우로 도망가 동거하는 시절로 되돌아갔다. 기억은 그 이후의 모든 우여곡절과 고통을 자동으로 걸러 냈다. 당시 그녀는 제멋대로인 소녀였다. 매번 싸워서 울고불고 할 때마다 집을 뛰쳐나갔다가 지칠 때쯤 조용히 돌아왔다. 그리고 달콤한 간식을 먹어야 위로를 받았다. 이 순간, 그의 눈에 비친 그녀는 여전히 동백꽃처럼 새하얀 얼굴을 한 소녀였다. 그의 인생에서 뜻밖에 만난 유일한 불꽃이었다. 그 불꽃은 너무 높게, 너무 빠르게 타올랐다. 그래서 불이 꺼진 후 더욱 깊이 추락했다. 그는 운명으로 여기고 단념했다.

그녀가 베개 밑에 꿇어앉아 그의 굽은 손가락을 잡았다. 이미 쉰 살인 그는 늙고 초췌했다. 마치 곡식을 다 비워내고 모퉁이에 팽개쳐진 마대 같았다. 더 이상 다소 의기소침한 기질의 중년 남자가 아니었다. 그녀를 가볍게 안아 올려 어깨에 거꾸로 매달아 놀란 그녀가 기뻐서 연신 고함을 지르게 했던 그가 아니었다. 그는 이미 늙었다. 곧 죽을 것이다.

그녀는 약 냄새가 풍기는 그의 손을 자신의 얼굴에 대고 가볍게 문지르며 한껏 냄새를 맡았다. 그녀의 기억 깊은 곳에 남아 있는 이 남자만의 냄새를 찾으려 하는 것 같았다. 그녀의 얼굴에서 어린 시절의 부드럽고 환한 광택이 반짝거렸다. 시간은 빠르게 후퇴했다. 모든 애착은 여전히 졸졸 솟아오르고, 욕망은 새로웠다.

"선생님!"

그녀가 그의 얼굴에 바짝 다가가며 말했다.

"우리 다시 시작해요. 제게 한 번 더 기회를 주세요."

그녀는 그의 손가락에 입을 맞추며 혼자 중얼거렸다. 이것은 소년 시절 그녀의 생각이 가장 확고했던 사건이었다. 그 후, 그녀는 이 일로 철저하게 부서졌다. 지금 이 순간, 성장을 위해 치른 대가를 그녀 또한 잊었다. 불우와 방랑 그리고 잠 못 이루던 밤을. 다시 소년 시절로 돌아갔다. 사랑을 향한 요구는 이처럼 비천하고 간절했다. 그것은 상대의 중시와 긍정이 필요할 뿐이었다. 하지만 그는 연약한 중년 남자였다. 타향에서 인생을 새롭게 시작하고 싶어 발버둥을 쳤으나 일격을 견디지 못했다. 나이와 성격 차이는 결국 출로가 없었다. 사랑은 그렇게 순수하고 또한 격렬했지만 가장 쓸모가 없었다. 결국 현실 앞에서 꺾여 부서졌고 만회하기 어려웠다.

이 순간 남자는 그녀의 어떠한 말에도 답할 기운이 없었다. 입술이 가늘게 떨리고 반쯤 뜬 눈이 버티지 못하고 감기기 시작했다. 단지 가슴만이 오르내리며 낮고 무거운 숨소리를 냈다. 그 소리가 마치 밀려왔다 밀려가는 조수처럼 들끓었다. 그는 온몸의 힘을 다해 숨을 쉬고 있었다. 임종 직전, 최후의 호흡이었다. 그런 후 조수는 물러나기 시작했다. 완만하게 약해지더니 서서히 멈추기 시작했다. 팽팽히 조여 있던 몸이 더 이상 긴장하지 않았다. 한순간이었다. 모종의 힘이 날개를 달더니 가까스로 목숨을 부지하던 그의 육체에서 떠나갔다.

그의 얼굴에 긴장이 풀리는 표정이 어렸다. 윤기도, 온기도 없었다. 심장은 이미 멎었다. 그는 죽었다.

간호사가 황급히 다가오고 당직 의사가 그의 눈을 뒤집어 손전등으로 비춰 보았다. 그들은 심전도를 뗀 후 그의 몸을 에워싼 의료기의 전선을 모두 뽑아버리고 환자복을 벗기기 시작했다. 그때, 줄곧 불안하게 옆에 서 있던 그녀가 자신에게 닥친 손실을 알아차리고 미친 듯이 달려들었다. 그의 옷깃을 갈기갈기 찢고 대성통곡하며 고함을 질렀다. 이 소리에 놀란 사람들이 병실 여기저기서 복도로 몰려나와 구경을 했다.

웡 하는 소리와 함께 그의 뇌리에 지난날의 장면이 다시 상연되었다. 있는 힘을 다해 그녀를 안아 끌다시피 밖으로 데리고 나왔다. 네이허의 힘은 놀랄 만큼 셌다. 그녀는 그를 밀어젖히고 고집스럽게 구르고 기면서 시체 옆으로 다가갔다. 시체를 끌어당겨 부여잡고 이미 잠길 대로 잠겨버린 목으로 히스테릭한 비명을 계속 질러 냈다.

"그 순간 문득 알았어요. 그녀 내면에 쌓여 있던 그림자가 여태껏 풀리지 않았다는 사실을요. 그녀는 자신의 인생 방식을 말조개의 껍질로 전환했습니다. 그리고 점액을 분비해 최초의 상처를 피와 살로 감싸고 지워갔어요. 시시각각으로, 그리고 마지막에는 그것을 단단하고 은밀한 알맹이로 응고시켜 조심스럽게 숨겼습니다. 이것은 상처 입은 육체 속에서 밝은 빛을 발하는 진주조개고, 그녀의 몸과 감정의 일부분이었죠. 그녀의 일생은 이 알맹이에게 양분과 생명력을 제공하도록 운명지어졌습니다. 그 순간, 그녀는 심해에서 건져 올려져 굳게 닫힌 껍질을 젖혀 여린 살 속에서 진주를 캐내는 조개였습니다. 그녀는 형체를 유지할 수 없었고, 참을 수 없을 만큼 고통스러워했습니다."

그는 앞으로 걸어가 그녀의 머리를 안아 자신의 가슴속에 거칠게 파묻었다. 그녀가 숨이 막혀 몸을 떨다가 발버둥칠 힘이 사라질 때까지. 마지막에는 그의 팔에 완전히 축 늘어졌다. 그녀는 정신을 잃었다. 그가 그녀의 귀에 대고 조용히 말했다.

"네이허, 넌 서른 살이야. 10여 년이 지났어. 너도 이제 나이를 먹었고 그 사람은 죽었어. 이게 현실이야."

6장 · 꽃은 활짝 피고 달은 둥글다

그는 희미한 어둠 속에 그곳으로 다시 돌아온 자신을 보았다. 1년 내내 축축하게 젖어 있는 숲에는 자욱한 안개 수증기가 피어올랐다. 나뭇가지와 잎으로 뒤덮인 숲속은 빛이 전혀 투과하지 않았다. 빗물이 떨어져도 전혀 소리가 나지 않았다. 모든 소리는 탄생되는 순간 바로 숲의 호흡에 의해 신속하고 무정하게 삼켜졌다.

고색창연한 전나무와 측백나무가 한 그루씩 적막하게 우뚝 솟아 있다. 마치 똑같은 자세로 죽고 사라질 운명을 타고난 것 같다. 줄기와 가지는 양치식물이 바람조차 통하지 않을 정도로 빽빽하게 뒤덮고 있다. 멀리서 보면 털이 더부룩하고 두꺼운 녹색 옷 같다. 가까이 다가가 손가락으로 만져보면 한 떨기씩 뭉쳐 있는 세밀한 작은 잎들이다. 각각 완전한 형체를 갖추고 숨을 쉬고 배를 주리고 갈망한다. 떨어져 차곡차곡 쌓인 무성한 가지와 잎들이 세상과 격리된 소우주를 만든다.

그는 퍼붓는 빗속을 걸어가고 있는 자신을 보았다. 발에 밟히는 진흙과 튀어나온 크고 작은 자갈들이 흐르는 물에 젖어 있었다. 이미 완전히 젖어버린 신발에 얼음처럼 차가운 계곡물이 흘러들어 발가락이 퉁퉁 붓고 창백했다. 빗줄기는 그 강도를 더해 풀숲과 암석 위로 쏟아지며 알록달록한 낙엽과 옅은 자주, 하얀색 들꽃들을 이끌고 갔다. 굽이굽이 에돌아 저지할 수 없는 힘으로 앞을 향해 서둘러 갔다.

걸은 지 일곱 시간이 지난 후부터 근육이 마비되곤 했다. 몸이 마치 속을 비워낸 빈 용기 같았다. 비가 모여 쌓이는 세기만큼 한 움큼씩 힘이 빠져나갔다. 밖은 빗물로, 안은 땀으로 가득했다. 걸을 때 발생하는 열에 의지해 체온의 손실을 대체해야 했다. 일단 걸음을 멈추면 온몸이 추위로 사시사무 떨 듯 떨렸다.

지팡이로 몸을 지탱하며 숨을 깊게 내쉬었다. 시냇물과 바위 중간에 서자 갑자기 숲속 깊은 곳에서 소리가 들렸다. 들릴 듯 말 듯 커졌다가 작아졌다. 쉼 없이 내리는 빗물이 무성한 숲으로 흩어져 떨어지는 소리였다. 그늘진 밀실에 갇힌 몸이 가위에 눌려 내는 숨소리였다. 지나가는 바람에 나뭇잎들이 서로 부딪쳐 내는 공명이었다. 구별할 수가 없었다. 이 순간 들리는 소리는 낮고 완만하게 다가왔다. 한 번, 두 번 위로 솟구쳤다. 여기저기서 들렸다. 몸을 뒤척이며 에돌았다. 빈틈없는 기세로 제압하며 가는 곳마다 진陣을 쳤다. 그곳에 서서 움직일 수가 없었다.

궁지에 몰린 짐승이든 아니면 사냥꾼이든, 숲속을 뚫고 들어가는 심장은 숲의 위엄과 힘을 겨루어야 했다. 그가 도착한 곳은 아마도 지금껏 햇빛이 비친 적이 없는, 1년 내내 빗물에 젖어 있는 나무숲이었을 것이다. 고산의 준령을 넘어가자 고요하면서도 은밀한 두려움이 느껴졌다. 겹겹이 포위하고 있었다. 그곳은 이미 숨을 숙이고 쥐죽은 듯 고요해 어떤 기회도 잡을 수 없는 세계였다. 숲속 옆으로 강물이 소용돌이치는 소리가 절벽 아래를 휘감았다. 숲을 통과하자 파도가 들끓는 강물이 보였다.

그는 그녀의 냄새를 맡은 것 같았다. 갈수록 가까워졌다. 푸른 산맥과 거대한 강물에서 증발된 강력한 구름과 안개였다. 꿈속에서 본 녹색 깃털 모양의 양치식물이 발하는 청담한 냄새이기도 했다. 그는 눈을 감고 어둠 속에서 사라진 그녀의 얼굴을 보았다. 그녀와 헤어지고 나면 언제나 그녀의 정확한 모습이 기억나지 않았다. 그 헤어짐이 하룻밤이든, 한 달이든, 1년이든, 아니면 10년이든. 그녀가 그의 마음에 남긴 윤곽과 기록을 온전히 보존할 방법이 없었다.

하지만 지금 이 순간, 그는 세월 속에 성장이 멈춰버린 그녀의 얼굴을 보았다. 그것은 노란 빛이 감도는 하얀 배꽃의 꽃잎처럼 바람에 날려 산골짝 전체에 흩날렸다. 이미 사라졌어도 여전히 그 깊이를 헤아릴 수 없는 기억을 지니며. 차가운 빗물이 그의 눈을 따라 뺨을 적셨다. 이렇게 춥고 고립무원한 곳에서. 척추 어딘가가 짊어지고 있는, 쪼개져 갈라진 깊은 상처를 기억해냈다. 그는 이 통증이 몇 번째 마디에서 근원하는지 분명히 알았다. 손가락이 돌기된 곳을 쓰다듬자 바로 위로 올라갈 수 있었다. 그는 그것을 기억했다. 뿐만 아니라 그것을 몸에 짊어졌다. 이것이 바로 그가 기억하는 방식이었다.

그는 알고 있었다. 이 순간, 그녀가 분명 다시 나타나리라는 것을.

2

그는 그녀를 안고 병원을 나왔다. 차를 탄 후 그녀는 정신착란에서 깨어났다. 울부짖고 소리치느라 체력을 많이 소모했는지 완전히 늘어지고 무기력했다. 눈자위가 붉게 부어오르고 목이 쉬어 말을 못했다. 그는 자신의 새 집으로 그녀를 데려갔다. 모친은 방에서 책을 보다가 방문을 닫았다. 두 사람은 조용히 거실을 지나 곧장 그의 방으로 들어갔다. 그녀는 그의 모친에게 인사할 엄두를 내지 못했다. 예전부터 자신을 싫어한다는 것을 알기 때문이었다. 얼굴을 마주하면 늘 열등감이 들어 자신도 모르게 도망치려 했다.

그녀는 침댓가에 앉았다. 그리고 목소리를 낮추어 말했다.
"산성, 나 배고파. 불은 켜지 마."
두 사람 모두 저녁을 못 먹었다. 그는 일어나 거실로 나갔다. 테이블 위에 모친이 차려놓은 표고버섯과 닭고기를 넣은 국수 두 그릇이 보였다. 뚜껑을 덮어 놓아 국수는 따뜻했다. 그들이 병원에 갔다는 소식을 들은 모친이 일부러 국수를 만들어놓고 돌아와 먹기를 기다리고 있었던 것이다. 그렇게 많은 세월이 흐르자, 모친은 불행한 운명을 지닌 여자아이에게 연민의 마음이 생겼다. 더 이상 이전처럼 각박하게 굴지 않았다.

그는 그녀에게 국수를 건넸다. 그녀는 컴컴한 어둠 속에서 국수를 게걸스럽게 먹어치웠다. 배가 고팠던 것이 분명했다. 그녀는 고달픈 유랑 생활로 자신을 보호하는 법을 터득한 듯 보였다. 음식은 내면의 고통을 잠재우기에 충분했다. 그녀의 표정은 이미 냉정해지기 시작했다.

"미안해."
그녀가 차분하게 입을 열었다.
"난 항상 너를 난처하게 하는구나. 사실, 그 사람을 사랑하지 않은 지는 한참 됐어. 어떤 원망도 없어. 병원에서, 지난날의 나를 보았던 것뿐이야. 자기 비하와 고통에 빠져 있던 청춘과 아무 일도 할 수 없었던 무능함에 대한 연민이었어. 그때 나와 그 사람은 한 쌍의 무능력한 남녀에 불과했어. 어린 시절의 그 감정들은 이렇게 오랜 세월을 허비한 다음에야 상대방의 입장을 생각하고, 또 그를 이해할 수 있는 용기를 갖게 해주었지. 이렇게 해야 비로소 증오를 없애고, 남은 시간 동안 조금씩 사랑에 대한 신뢰와 신념을 회복하고 세울 수 있어. 설령 그 모든 것이 지극히 어려울지라도 말이야."

"알아. 네 고충은 알아."

그는 뭐라 말하기 어려운 대답이 자신의 입술에서 흘러나오는 것을 들었다. 이 침통하면서도 진실한 고백에 대한 대답이.

"예전에 그 사람은 내게 그토록 많은 말을 했었어. 언젠가 우리에게 날개가 생겨 하늘을 향해 날아갈 수 있다면, 그것은 날개가 어떻게 부서져 재가 되는지를 보기 위해서라고 했어. 그는 말했어. '넌 본래 이 세상 사람이 아니야. 네가 이곳에 온 것은 세상의 규칙에 맞지 않아. 너는 나를 데리고 갔고, 이로써 나는 자신의 중량을 초월해 너를 따라갈 수 있었어. 도중에 넘어졌을 때 나는 늙어가는 나 자신을 보았어. ……내가 기억하는 것은 모두, 남겨진 따스한 재처럼 사소한 것들이야. 온 힘을 다해 기억해야 할 기억들이 있고, 신속히 잊어야 할 기억들이 있어. 우리가 최후에 얻은 전부 또한 세월에게 돌려주었어'."

그녀의 얼굴에 엷은 미소가 떠올랐다.

"나는 지금껏 그가 한 일체의 말을 의심해본 적이 없어. 그가 네게 초래한 일들, 가령 내게 기운 것이든 나를 떠난 것이든, 그 모두는 진실한 감정이었어. 감정이야말로 진실하면서도 나약하고 모순적이기 때문에 죄악을 지니고 있어. 최종적인 심판을 하려면 시간이 필요해.

난 그 사람 때문에 칭강 병원에 1년이 넘도록 입원해 있었어. 대학교 입학시험도 보지 못한 채 떠밀려 고향을 떠났어. 하지만 지금 그 모든 일들을 돌이켜보면 너무 시시하고 평범해 거론할 가치조차 없어. 난 이미 오래전에 그를 잊기로 결심했어. 단지 마음속에 감사하는 마음만이 약간 남았을 뿐이야. 내게 애정을 준 사람들 모두에게 감사해. 오랜 세월 동안 객지를 떠돌며 많은 일들을 경험했어. 그리고 그 사람을 잊을 수 있다는 것을 알게 됐어. 그는 늙었을 뿐 아니라 이미 죽었어. 나도 언젠가는 죽을 테고.

샨셩, 얼마나 허무한 일이니? 우리가 발버둥친 의미는 어디에 있을까?"

그녀는 누워 있다가 곧 잠이 들었다. 너무 많은 말을 하느라 피곤한 것 같았다. 옷을 걸친 채 그의 침대에서 오후 내내 잤다. 그는 침대 옆 의자에 앉아 가만히 있었다. 단지 창가의 석양이 어두워지다가 점점 짙고 서늘한 야경에 싸이는 모습만 보고 있었다. 방 안은 칠흑 같이 어두워졌다. 그는 계속 불을 꺼두었다.

얼마나 지났을까. 그녀가 깨어나 조용히 말했다.

"샨셩, 나 물 마시고 싶어."

그는 어둠 속에서 냉수를 따라 그녀에게 건넸다.

"나 이혼했어. 두 아이는 아내를 따라 갔어. 일도 그만뒀어."

그녀는 고개를 주억거렸다. 전혀 놀라지 않았다.

"결혼을 대하는 태도에서 우리는 어쩌면 비슷할지도 몰라. 독립적이고 강한 정신의 소유자이기 때문에 어떤 일을 결정할 때 주변 사람들의 감정을 거의 고려하지 않지. 실제로는 그들에게 상처를 주고 있어. 난 이후 다시 결혼하기 힘들지도 몰라. 쉽사리 다시 그것을 해보고 싶지도 않아. 하지만 넌 달라. 넌 줄곧 나보다 훨씬 고독했어. 넌 다시 결혼할 수 있을 거야."

그녀는 일어나 앉아 머리를 빗었다. 나무빗으로 머리를 빗어내리고 솜을 넣어 머리를 땋았다.

"다시 루야儒雅로 돌아가는 꿈을 여러 차례 꾸었어. 청명절에 칭투안青團이라는 간식을 먹던 게 생각나. 찹쌀가루로 만든 경단에 식물의 잎으로 녹색 물을 들여. 설날 아침에는 탕위안湯圓을 먹는데 그것도 찹쌀가루로 만들어. 설탕에 깨를 버무린 소를 넣는데 아주 달아. 또한 녠가오年糕라는 떡도 있는데 짠지나 설탕에 싸서 바로 먹을 수 있어. 어려서 이런 것들을 먹으며 자랐어. 아프거나 몸이 안 좋을 때면 콩이나 팥의 소를 넣은 뜨거운 찹쌀 새알심 한 그릇을 먹고 싶어져. 찹쌀가루가 위에 떨어질 때의 편안하고 따뜻한 느낌을 원하는 거야. 하지만 고향을 떠난 후로는 찾을 수가 없었어.

태풍이 불 때면 석판이 깔린 길은 온통 물에 잠기고 함지박, 곡식, 나뭇가지와 옷들이 도처에 둥둥 떠다녀. 드넓은 바다처럼 변해버린 길을 물장구치며 놀면 얼마나 즐거운지 몰라. 어린 시절은 왜 이렇게 빨리 지나가버릴까. 우리네 인생에서 가장 아름다운 것들은 늘 곧장 흘러가버려. 객지에서 떠돌 때 고향의 태풍, 해산물, 장미와 치자꽃, 그리고 바다 내음이 나는 공기까지 얼마나 그리웠는지 몰라. 정말이지 꿈같아. 한순간에 거의 20년이 지나가버렸어."

"가서 한 번 보면 되지. 마을은 아직도 있어."

"아니. 그곳은 분명 많이 변했을 거야. 그리워할 만한 오래된 골목이나 집들은 모두 철거되고 새로 지은 시멘트 집들 천지겠지. 실망할 필요 없잖아. 나도 알아. 고향은 돌아갈 수 없는 곳이라는 걸. 그건 단지 기억 속에 남을 뿐이야."

"티베트에서 지내는 건 너무 위험해. 네 인생을 줄곧 그렇게 조금씩 아래로 내려가게 해서는 안 돼."

"그러면 어떻게 해야 할까? 도시에서 한자리를 꿰차고 앉아 죽을 때까지 돈에 혈안이 되어 힘들게 살아야 할까? 다른 사람들처럼 도시에서 허망하게 생활하며 하루살이가 되어 언제 죽을지도 모르면서 말이야. 그것은 아무것도 지각할 수 없는 육체와 마찬가지야. 샨성, 육신의 윤회와 침륜에는 한계가 없어. 보기에는 단단한 표상 아래에 있는 것 같지만 단지 환상일 뿐이야. 사람들은 각기 자신이 특별히 만든 바람이 투사된 환상 속에서 생활해. 진정으로 우리의 인생을 지도하고 지탱하게 해주는 의지는 대체 뭘까?

여행 중에 싸구려 여관은 싱글 침대가 10위안도 되지 않아. 한 켤레에 2천 위안이나 하는 이태리 신발이면 네다섯 달 방값이야. 신발은 몇 시간 신고 남들의 시선을 받으며 허영을 만족시키기 위한 것에 불과해. 언젠가 너는 5위안짜리 슬리퍼 하나로도 여름 한 철을 보낼 수 있다는 것을 발견하게 될 거야. 난 1년 내내 전혀 화장을 하지 않고 값비싼 옷도 사지 않아. 도시의 소비 현상과 물질적 신념은 내게 아무런 영향도 미치지 않아. 소위 사치품, 명품, 유행 등은 사람들에게 형식과 허영을 신봉하게 만들고, 상류사회로의 진입에 대한 환상을 부추기지. 태평성세를 편안하게 누리고 고급 가방과 승용차를 추구하려면 너는 지칠 때까지 바쁘게 움직여야 해. 도시를 떠나고 나면 도시의 기형과 허상을 발견할 수 있을 거야. 그리고 그것이 사람의 정신에 대한 일종의 모욕이라는 것도.

나는 지금까지 주류 사회와 정치로부터 벗어나 있었어. 신문이나 TV 뉴스를 보지도, 사회 체제에 참여하지도 않았어. 고정적인 일도, 소속된 조직도, 가정도 없었어. 감정적인 관계는 전혀 없었어. 그저 겉으로는 안정돼 보이지만 이익으로만 연결되는 합작 관계만이 있을 뿐이야. 세속에 물들지 않고 홀로 고고한 사람이 되려고 했었어. 하지만 결국 그것은 자기 내면으로만 가능한 것일 뿐이라는 사실을 발견했어. 나는 세상과 반드시 관계해야만 해. 자신을 가두어서는 안 돼. 도시 속에서 자신을 가두려고 해서는 더욱 안 돼.

모퉈의 중학교에서 1년 동안 영어와 국어를 가르치기로 결정했어. 쒸랑메이취素朗梅措, 쒸랑은 티베트에서 복덕(福德)이라는 뜻으로 이름에 흔히 쓰인다.는 다무達木 지역의 영어 교사인데 모퉈의 교육국에서 알게 되었어. 덕분에 나도 그곳에 머무르게 되었고. 이번에 잡지사의 모퉈 특집호를 그가 맡아 번역했는데 여행 내내 우리를 많이 도와주었어. 편집자와 사진 기사들은 벌써 떠났어. 난 그곳이 좋아. 다시 돌아가고 싶어."

"모퉈에 가는 것이 너에게 의미가 있을까? ……그곳은 세상과 단절된 산간벽지에 불과해."

"많은 일들은 반드시 그것을 다양하게 겪고 난 후에야 특별함을 배우게 되지. 나는 단순하면서도 중요한 것을 원해. 주변 사람들을 위해 봉사하고 자신을 낮추며 뭔가를 내어줄 테야. 어쩌면 내가 하는 모든 일들은 하나의 물방울에 불과할지도 몰라. 그래서 세상을 움직이는 힘이 결코 크지 않을지도 몰라. 세상은 앞으로도 변함없이 권력과 욕망에 의해 전복될 거야. 하지만 나는 스스로 체득한 사명을 완성할 거야. 그것은 나 자신만의 작지만 진실한 신념이야. 이해하겠니? 난 돌아올 준비가 되어 있지 않아. 나중에 어떻게 되든지, 미리 계획할 생각도 없어. 행동해야 한다는 사실만을 알고 있을 뿐이야."

"그 많은 세월동안 누적된 그림자들, 가령 한 번도 존재한 적이 없던 가정, 실패한 첫사랑, 정신병원에서의 생활을 생각해보면, 난 언제나 자존심이 약한 여자였어. 타인의 인정을 강하게 원했어. 그들이 나를 사랑해주어야 비로소 나 자신을 사랑할 수 있었어. 마치 태어나면서부터 불구인 자신의 손이 싫어 그것을 잘라버리고자 수없이 자신에게 상처를 입히는 사람 같았어. 하지만 사람들의 인정을 받을 수 있는 손은 여전히 생기지 않아 늘 실망했어. 나는 마침내, 이것은 애정을 구하는 방식이 아니라는 것을 깨달았어. 이 모든 건 환상이었어. 설령 손에 잡히더라도 그것은 끝없이 계속되며 전혀 지치거나 힘이 다하지 않았어. 그렇지만 언제나 해결의 방법을 가져다주지는 않았어."

3

밤새도록 이야기를 나누어도 전혀 피곤하지 않았다. 이것은 어린 시절에 이미 형성된 두 사람 사이의 방식이었다. 그들은 이전부터 서로의 인생에 무대배경을 제공하는 데 습관이 된 듯 감정을 드러내지 않았고, 돌아서지 않았다. 각자 무대의 중앙에 서서 온몸으로 스포트라이트를 받으며 지치지 않고 말했다. 그녀는 앞으로도 줄곧 이렇게 적막한 상태에서 그에게 말하는 데 익숙할 것이다. 그에게만 말할 뿐이다. 그도 마찬가지였다. 이 세상에 서로의 내면으로 통하는 비밀의 오솔길을 장악한 것은 그들 두 사람뿐이었다.

결국 그도 어렴풋이 잠이 들었다. 그녀와 등을 대고 편안히 잠이 들었다. 여름밤은 무더웠으나 그는 에어컨을 켜고 자는 것을 좋아하지 않아 침대 옆에 작은 선풍기만 두었다. 선풍기 날개가 달그락달그락 소리를 내며 계속 돌아갔다. 모친이 변함없이 가꾸는 뜰의 장미가 한창 절정이었다. 바람에 실려오는 꽃 향내가 맑고 달콤했다. 담장 가득 어지러운 가지가 바람을 따라 흔들리며 그림자로 가물거렸다. 마치 흔들리는 화면처럼 담장 위에 걸렸다. 장미 넝쿨이 가득한 담장 너머에서 낭랑한 웃음소리가 희미하게 들려왔다.

꿈속에서 그는 뜰로 걸어가 담장을 손으로 짚고 몸을 붙인 다음 머리를 내밀어 바라보는 자신을 어렴풋이 보았다. 남방의 좁고 협소한 푸른 빛깔의 응회암 골목은 인적 없이 고요하고 달빛이 맑았다. 골목 가득 떨어진 새하얀 꽃잎만이 여전히 바람을 따라 어지럽게 몸을 돌리며 살랑살랑 멀리 떠갔다.

그리고 그는 자신의 소년 시절이 마침내 장렬하게 사라지는 것을 보았다. 그리고 그때의 소녀는 지금 이 순간 다시 고향으로, 자신의 방으로 돌아와, 예전처럼 1인용 나무 침대에 누워 그와 등을 맞대고 잠을 자고 있다. 소년과 소녀는 천진무구하다. 그녀가 고른 숨소리를 냈다. 하늘은 곧 파래지고 밝아질 것이다. 그는 갑자기 세월이 너무 길다는 생각이 들었다. 늙어서 죽기도 전에 그녀와 헤어질 것만 같았다. 일생이 이렇게 길 수 있으리라고는 생각해본 적이 없었다. 고요한 여명 속에 마음이 참을 수 없을 정도로 슬퍼졌다. 그러자 눈가에서 조용히 눈물이 흘러내렸다.

새벽 다섯시, 옆에 누워 있던 여자아이가 일어나 가려는 것이 느껴졌다. 길게 땋은 머리를 빗질하고, 몸에 걸친 치마의 주름이 바스락거리는 소리가 들렸다. 피부에서 풍기는 어린 짐승처럼 따스한 냄새는 여전히 익숙했다. 그는 놀라 깨어났다. 침대 안쪽 벽에 비쳐든 가로등 불빛을 마주한 채 조용히 담배를 피우는 그녀가 보였다. 그녀가 그를 보고 소리를 낮추어 미소지으며 말했다.

"나 여기 있어. 아직 안 갔어."

하얀 담배 연기를 둥글게 내뿜으며 그녀가 천천히 말했다.

"방금 꿈을 꿨어. 꿈속에서 초등학교 시절로 돌아가 야외 교실에서 수업을 받고 있었어. 반 친구들은 많았고, 자리를 바꾸느라 떠들썩했지. 마치 사람들로 시끌벅적한 시장 같았어. 나를 보러 함께 오신 부모님이 보였어. 아빠와 엄마는 젊었던 것 같아. 어린 딸이 수업 시간에 얌전한지 보러 오신 거지. 얼굴에 계속 미소를 띠고 계셨어. 꿈속에서 나는 기쁘면서도 수줍어 했어. 하지만 사실, 난 아버지가 어떤 사람인지 전혀 몰라. 엄마 얼굴도 기억나지 않아. 마치 전생의 일 같아. 꿈에서 나는 그렇게 즐거웠어."

어둠 속에서 그는 그녀의 눈물이 반짝이는 것을 보았다. 진주처럼 빛나면서도 고통스러운 눈물이었다. 천천히 손을 뻗어 그녀의 눈 밑으로 가져갔다. 그 눈물을 받고 싶었다. 하지만 곧 알았다. 그것은 단지 그의 환상일 뿐이라는 사실을 깨달았다. 그녀가 그의 손바닥을 거두며 말했다.

"안 울었어. 네가 울고 있잖아."

그의 얼굴 위로 번지는 눈물을 어루만지며 그녀가 조용히 말했다.

"넌 언제나 내 앞에서 눈물을 흘렸어. 네 자신의 수치와 허약함 때문에 울고, 나의 수치와 허약함 때문에 울었어. 어쩌면 눈물을 통해 너는 마음의 스트레스를 풀었는지도 모르겠어. 너보다 눈물을 잘 흘리는 남자는 여태껏 본 적이 없어. 우리의 일생에서 함께 마주하고 눈물을 흘려도 부끄럽지 않을 사람을 만날 수 있는 경우 역시 몇 번 안 될 거야."

"네이허, 다시 멀리 떠나지 않아도 되잖아? 사방을 떠돌아다니 며 힘들게 방랑하지 마. 고향으로 돌아와 천천히 함께 늙어가며 조 용히 여생을 보내는 게 어때?"

"집이 있어서 이리저리 옮겨 다닐 필요가 없었으면 하고 꿈꾼 적이 있어. 활발하고 사랑스러운 아이가 무릎을 에워싸고, 믿음직 하고 착한 남자가 동반자로 있고, 텃밭을 일굴 수 있는 조그만 땅 이 있고, 개와 고양이가 정원에서 햇빛을 쬐는 거야. 하루 또 하루 가 그렇게 시작되고, 하루 또 하루가 그렇게 저물어간다면 인생은 분명히 훨씬 빨리 지나갈 거야."

"네가 원하기만 한다면 그 꿈들은 모두 실현할 수 있어."

그녀가 조용히, 한참동안 그를 바라보았다. 그런 다음 고개를 숙 이고 비웃기 시작했다.

"아니. 내 인생이 한 번도 세속적 행복에 도달해본 적이 없다는 건 당연한 일이야. 설령 나 자신도 그런 행복을 추구한다 할지라도 말야. 하지만 나는 알고 있어. 세속적인 행복은 내가 찾는 최종적인 목표가 아니라는 걸. 내 인생, 실의에 빠져 떠도는 삶은 초봄에 핀 꽃과 같아. 다른 꽃들은 모두 아직 단단하게 꽃망울을 맺고 있는데 그 꽃만 활짝 피어나 사람들을 놀라게 하지. 가장 춥고 고독한 시 간을 홀로 보내야 할 운명인 거야. 다른 꽃들이 왕성하게 필 때면 그것은 다시 져버려. 열매를 맺기 위해. 이것이 나의 방식이야.

예전에 너는 나를 따라오다가 길을 잃고 숲속으로 들어갔을 때

주저하고 곤혹스러워 했어. 그때 나는 우리가 다른 세계에 속해 있다는 걸 알았어. 넌 돌아가려고 한 반면 나는 여전히 앞으로 가려고 했어. 우리에게는 가야 할 각자의 길이 있어. 네가 천성적으로 결혼을 좋아하는 남자란 사실을 알아. 새 아내가 생길 거야. 분명 나하고는 확연히 다른 여자일 거야. 함께 지내는 남자와 여자는 서로 맹목적이거나 무감각해져야 하는데, 우리는 이렇게 정신이 말짱할 뿐 아니라 상대를 존중해. 우리가 상대에게 주는 사랑은 어떤 정해진 범주에 속하지 않아.

너의 몸속에는 분열된 두 사람이 존재해. 한 사람은 야심과 욕망이 있고 힘 있고 단호하며, 내면의 상처를 메우려고 시도해. 또 한 사람은 평온하고 다른 것에 전혀 개의치 않으며 의기소침해. 본래 너는 성공할 운명이었고 앞으로도 계속 성공할 거야. 하지만 네 안의 또 다른 힘에서 벗어날 수는 없어. 그 소극적이고 어두운 힘은 항상 위로 올라가려는 너를 아래로 끌어내려. 넌 자신이 성공한 남자라는 사실을 결코 인정하지 않아. 너는 자신을 상처 입은 아이라고 생각하고 있어. 너를 그렇게 바라보는 사람은 아마도 나밖에 없을 테지만."

그녀는 아주 슬픈 듯 나직이 말했다.

"우리 언제 다시 만날 수 있을까? 나이가 들면 들수록 만나기 어렵다는 사실을 깨닫게 돼. 예전 같지 않아. 그때는 뜰의 얕은 담장을 넘으며 작별해도 다음 날 학교에서 마주칠 걸 알기 때문에 마음속에 아쉬움이 전혀 없었어. 그런데 모뛰는 오로지 걸어서 들어가야 하고, 게다가 길도 험난해. 그래도 나중에 날 만나러 올 수 있지? 샨셩, 올 수 있는 거지?"

그녀의 말투가 정중했다.

"그래. 갈 수 있을 거야."

그는 묵묵히 그녀를 바라보며 말했다.

"네이허, 날이 밝아 떠나게 되면 내게 작별 인사를 해줘."

밤새 이야기를 하느라 기력을 너무 많이 소모했다. 그는 다시 눕자 바로 깊은 잠에 빠졌다. 꿈도 꾸지 않았다. 다음 날 깨어났을 때는 정오가 다 되어가고 있었다. 그녀는 떠나고 없었다. 날이 밝자마자 공항으로 가서 아침 비행기를 타고 청두로 가서 라싸행으로 갈아탔을 것이다. 탁자 위에는 찢어서 펼쳐놓은 담배 종이가 있었다. 펼쳐진 종이는 깨끗했다. 아무 말도 없었다. 아마도 그가 깊은 잠에 빠져 있는 동안 혼자 깨어난 그녀는 작별의 편지를 쓰려고 했을 것이다. 그리고 이리저리 생각하다가 할 말이 너무 많아서 결국 말없이 가버렸을 것이다.

방에서 나오자 모친이 거실에 앉아 있었다. 거실 가득 따사로운 햇살을 마주하고 조용히 그를 바라보았다. 그의 설명을 기다리는 듯했다. 그녀는 아들이 그 여자아이를 머무르게 할 수 있으리라 생각하고 있었다.

"갔어요."

"걘 남으려고 생각한 적이 없을 게다."

모친은 이렇게 한마디 중얼거린 후 아무 말도 하지 않았다. 그리고 일어나 조용히 주방으로 가서 식사 준비를 했다.

4

새벽에 베이벙을 출발할 때까지도 비는 여전히 쉬지 않고 퍼부었다. 마을과 골짜기 전체가 비바람에 휩싸였다. 두 사람은 각반을 잘 묶은 후 비옷을 걸쳤다. 그녀는 치수가 큰 신발로 갈아 신었다. 다쳐서 부은 발이 원래 신던 신발에 들어가지 않았다. 얼마 동안 걸으면 열이 발생해 통증을 막아줄 거라고 믿었다. 상처 부위에 힘이 가지 않으려면 발바닥 옆으로 걸을 수밖에 없었다. 절룩거리며 나뭇가지로 만든 지팡이에 의지했다. 두 사람은 아득한 폭우 속에 모뒤를 향한 최후의 여정을 시작했다.

변수가 없다면 여덟 시간 뒤에는 목적지에 도달할 터였다. 도중에 거머리도 줄어들었고 노면도 한결 고르고 분명했다. 더 이상 원시림을 통과할 필요가 없었다. 지세가 서서히 낮아지고 기온이 오르기 시작했다. 일부 지역에는 태양이 비쳤다. 산비탈의 좁은 길만이 오랫동안 내린 비로 패인 웅덩이 때문에 걸어가기에 멀쩡한 곳이 없었다. 두 발이 완전히 진흙탕에 빠졌다. 한 발은 깊게, 한 발은 얕게 밟으며 천천히 앞을 향해 갔다.

드넓은 파초숲이 펼쳐졌다. 눈부신 흰색, 분홍색, 옅은 자주색의 작은 들꽃들이 풀숲 속에 한껏 피어 있었다. 지금까지의 여정에서는 목적지의 출현을 항상 예상했었다. 하지만 이곳으로 오자 지형이 아주 이상하다는 생각만 들었다. 말발굽 모양 산비탈의 좁은 길을 따라 한 바퀴, 또 한 바퀴씩 계속 선회하며 끝이 보이지 않았다. 가까운 곳이나 먼 곳이나 지형이 한결같이 얄룽창포 강을 휘감아 우회했으므로 그 옆의 산골짝 절벽 위를 걸었다. 길은 끝없이 이어졌다. 걷는 시간이 길어지자 피로감이 엄습했다. 이번의 노정은 이전보다 훨씬 길고 지루해 사람을 더욱 초조하게 했다.

오후 두시에 야랑雅讓이라는 작은 마을을 지났다. 지도에서 보면 그곳은 모퉈와 아주 가까웠다. 산중턱에 드문드문 세워진 목조 바라크에 사람이 살고 있었다. 길에는 흑돼지가 어슬렁거렸다. 길가의 작은 가게에서 콜라 두 병을 비싸게 샀다. 평소 그녀는 콜라를 마시지 않았지만, 지금 몸은 당분과 고열량을 필요로 했다. 마시고 나자 시원했다. 그들은 옆에 있던 두어 명의 아이들과 서로 마주보았다. 맨발에 면치마를 입고 남자처럼 머리를 빡빡 민 여자아이는 눈이 새까맣고 초롱초롱했다. 품종이 특이한 검은 강아지 한 마리가 옆에서 천진하고 활발하게 뛰어다녔다. 그녀는 배낭에서 초콜릿을 찾아 아이들에게 주며 물었다.

"모퉈까지는 얼마나 더 가야 하니?"

여자아이가 대답했다.

"세 시간만 가면 도착해요. 금방이에요, 금방."

길은 단조롭게 이어졌다. 변함없이 빙빙 돌고 진흙탕 천지였다. 그들은 길을 가는 동안 주위를 둘러보며 인가가 나타나기를 바랐다. 그렇게 되면 설령 아주 먼 곳에 있다 하더라도 승부욕이 생겨 더 기운차게 갈 수 있을 것 같았다. 하지만 모퉈는 마치 능선 깊은 곳에 숨어 있는 것만 같았다. 눈 깜짝할 사이에 또 다시 거의 두 시간을 걸었다. 여전히 목표는 없었다. 그런데 갑자기 강 맞은편 산중턱 위로 하얀 진흙집 몇 채가 질서 정연하게 줄지어 있는 것이 보였다. 그녀는 고개를 돌려 그를 보았다. 이미 너무 지쳐 그도 시종일관 묵묵히 걷고만 있었다.

"샨셩, 맞은편에 모퉈가 있지 않을까요?"

"글쎄요. 판단하기 어렵습니다. 하지만 산기슭 밑에 큰 다리가 있으니 건너갈 수 있겠죠."

"아마도 분명 다 왔겠죠? 앞쪽에 집들이 있을까요?"

"아쉽게도 길을 지나가는 사람들이 없네요. 그랬더라면 방향이라도 가리켜줄 텐데요."

"그렇다면 다리를 건너요. 건너편에 분명 사람들이 있을 거예요."

"그래요, 가봅시다."

한나절 맑게 개어 있던 하늘에서 다시 빗방울이 조금씩 듣기 시작했다. 두 사람은 가능한 빨리 목적지에 도착하기를 간절히 바랐다. 그래서 새 옷으로 갈아입고 불을 쬐며 뜨거운 차와 음식을 먹고 쉬고 싶었다. 다리를 건너기 전에 토사가 붕괴되어 이리저리 흩어져 있는 흙더미들과 다시 맞닥뜨렸다. 좁은 모래자갈 길을 지나갈 때 절벽 위의 돌멩이들이 툭툭 아래로 굴러 떨어졌다. 언제든 자갈은 우당탕 쏟아져내릴 것만 같았다. 구르고 기면서 허둥댔다. 그녀는 이것이 여정의 마지막 관문이기를 소망했다. 사람을 혼비백산하게 만드는 토사 붕괴는 그녀의 의지를 꺾어버릴 지경이었다. 그런데 등나무 줄기로 만든 큰 다리를 건넜을 때는 오히려 의심이 들었다. 다리의 끝에 비석이 서 있고, 그 위에 더싱교德興橋라고 쓰여 있었다. 뭔가 강한 예감이 스쳐갔다. 전방에 그들을 기다리고 있는 것은 결코 모퉈가 아닌 것 같았다.

다시 한 시간에 걸쳐 오르막길이 이어졌다. 마을에 거의 닿을 쯤 현지인을 만났다. 결과는 예상대로였다. 그들은 길을 잘못 든 것이다. 그곳은 더싱이었다. 모퉈는 여전히 강의 다른 편에 있었다. 길을 바꿔 강을 건너지 말아야 했다. 원래의 길을 따라 계속 끝까지 갔어야 했다. 두 시간을 더 갔으면 모뒈에 도착할 수 있었다. 그녀가 그에게 말했다.

"애당초 아이들의 숫자 개념이 우리와 달랐어요. 세 시간이라고 했던 것은 이곳 사람들이 걷는 속도예요. 네다섯 시간이라고 했어야 맞아요."

"이곳에서 묵을까요? 원래 길로 돌아갈까요?"

그녀는 재빨리 고개를 저었다.

"시간이 지체되긴 했지만 최소 서너 시간만 걸어도 모뒈에 도착할 수 있을 거예요."

"날이 이미 저물기 시작했어요. 밤중에 산길을 걸어야 할지도 모릅니다."

"그래도 오늘 중으로 모뒈에 도착해야 해요."

다시 다리를 건넜다. 토사가 붕괴되어 위험한 지역을 다시 지나쳐야 했다. 황혼이 짙어가는 가운데 진흙과 웅덩이로 가득한 절벽가의 좁은 길을 또 다시 걸어갔다. 하늘에서 검은 장막이 마치 순식간에 쏴 하는 소리와 함께 내려오는 것 같았다. 어두운 정적이 감돌았다. 비는 더 거세졌다. 춥고 배고팠다. 세 시간의 지연으로 체력은 거의 바닥에 이르렀다. 드넓어지는 밤과 퍼붓는 폭우의 기세가 주춤할 리는 없었다. 이 순간, 숲은 마치 위험과 야성의 힘을 응집해놓고 어둠 속에서 조용히 기다리는 야수처럼 조수潮水와 같은 소리를 냈다. 길은 여전히 구불구불 빙빙 돌고 있었다. 상처가 채 아물지 않은 그녀의 발은 이미 마비된 상태였다. 걸음걸이가 흔들거리고 힘이 없었다. 그녀는 처음으로 패배와 좌절, 망연함과 초조함을 느꼈다. 목적지는 언제 나타날지 알 수 없었다. 발이 잠시 후들거리더니 완전히 진흙 바닥으로 미끄러져 넘어졌다. 한동안 일어설 힘이 없었다.

"산셩, 전 지쳤어요."

빗물이 흐르는 진흙길과 등이 맞닿은 그녀는 온몸을 부들부들 떨었다. 목소리는 잠겨 있었다.

그는 쥐고 있던 손전등으로 전방 10여 미터 주위를 비추었다. 그리고 그녀의 배낭을 어깨에 짊어지고, 무릎을 꿇고 앉아 그녀의 머리카락을 쓰다듬으며 말했다.

"여기 계속 있으면 들짐승이 나올지도 모릅니다."

"알아요. 알고 있어요."

그녀는 손으로 머리를 감싸며 고통스럽게 헐떡거렸다.

"조금만 쉴게요. 정말이지 걸을 수가 없어요."

그는 배낭에서 은박지로 감싼 최후의 초콜릿을 꺼내 그녀에게 먹였다. 그리고 물통에 얼마 남아 있지 않은 차가운 찻물도 마시게 했다.

"제가 먼저 앞으로 뛰어가서 살펴봐야겠어요. 우리를 도와줄 사람이 있을지도 모릅니다. 그렇지만 너무 위험해서 여기에 당신 혼자 둘 수도 없네요."

"그러지 말아요. 같이 있어요. 떨어지면 안 돼요."

그녀는 한 번 숨을 내쉬고 일어났다.

"미안해요, 칭자오."

그는 폭우 속에서 묵묵히 그녀를 바라보았다.

그녀는 극도의 인내심을 발휘해 계속 걸어갔다. 진흙탕과 습지 그리고 퍼붓는 비 때문에 두 다리는 이미 자신의 몸이 아닌 것 같았다. 줄이 잘린 꼭두각시처럼 제어할 수도 없었고, 의식도 없었다. 단지 기계적으로 움직이며 앞으로 걸어갈 뿐이었다. 완전히 기진맥진했다.

어느 순간, 그녀는 자신이 악몽에서 깨어나지 못하는 것만 같았다. 그 캄캄한 압력에 협박당해 출로가 전혀 없었다. 산비탈을 돌면 또 다른 산비탈이 나타났다. 멀리 떨어진 밭에 손전등을 든 사람이 나타난 것이 어렴풋이 보였다. 그쪽으로 오라고 외치고 있는 것 같았다. 그는 쥐고 있던 손전등을 한껏 휘둘러 그들을 부르며 두 사람이 있는 장소를 나타냈다. 누군가 이쪽으로 오는 것이 보였다. 젊은 남자의 목소리가 는개를 뚫고 소리 높게 울렸다.

"어디로 가십니까?"

길을 가던 현지인이었다. 두 사람은 서로 부축하며 흥분한 상태로 앞을 향해 걸음을 재촉했다.

길을 돌자 전방이 확 트이고 밝아졌다. 맞은편 검은 산비탈 위로 수많은 등불이 반짝거렸다. 뭇 별들처럼 가물거렸다. 산골짝과 산정에 모여 있는 등불은 밤하늘에서 흘러내리는 은하수 같았다. 목조 가옥과 나무의 윤곽을 어렴풋하게 알아볼 수 있었다. 인가가 있었다. 마치 세상과 격리된 선경 같았다. 폭우를 맞으며 도착한 고산의 작은 마을이었다. 그녀는 가슴 밑바닥에서 나는 소리를 들었다. 그 소리는 기쁨과 눈물로 충만했다.

"샨셩, 모퉈예요. 우린 도착했어요."

5

"어느 날 꿈속에서 나는 다시 섬으로 돌아와 있었습니다. 새벽에 깨어난 우리 두 사람이 보였습니다. 그녀는 앞에서 걷고 있었어요. 내 손을 잡고 기이한 소리를 따라 숲속 깊은 곳을 향해 걸어갔어요. 진흙 바닥의 양치식물들은 금빛 햇살을 받아 속까지 환히 비쳤고, 잎 표면에 퍼져 있는 가는 잎맥까지 볼 수 있었어요. 새털 모양의 잎 가장자리는 부드러운 물결무늬, 치아나 톱니 모양 등 다양했어요. 가장 긴 잎은 허리까지 닿았어요. 지나가며 스칠 때마다 잘게 찢어지는 듯한 가는 소리를 냈어요. 아름답고 무성했어요. 파도처럼 낮아졌다 높아졌다 했어요.

그 소리는 마치 여름날 들판을 습격한 천둥이나 번개처럼 낮은 여음을 남기며 메아리가 되어 구름 밑으로 사라졌어요. 나비를 봤어요. 만 마리나 되는 노란 나비였어요. 소나무의 굵고 단단한 가지를 뒤덮었어요. 나무 꼭대기에서 진흙 바닥까지 담요처럼 길게 깔려 있었어요. 서로 밀치고 함께 꿈틀거리며 일광욕을 했어요. 어떤 것들은 시냇가에서 물을 마셨어요. 만 개가 넘는 쌍을 이룬 날개가 조용히 서로 부딪히며 웅웅거리는 소리를 냈어요. 찬란한 빛깔의 가루들이 빛을 받으며 하늘로 올라 춤추듯 흩날렸어요. 꽃의 건조하면서도 코를 찌를 듯한 냄새가 공기 중에 넘쳐흘렀어요. 혼이 빠져나갈 것 같았죠. 나비들이 이동하는 도중에 휴식을 취하는 모습을 숲속에서 보았어요. 그 장면은 아마도 평생 단 한 번밖에 볼 수 없을 겁니다.

그녀의 심장은 열세 살인 그해에 성장을 멈췄습니다. 나비와의 예기치 않은 만남에 빠진 후로 인적 없이 고요하지만 동시에 화려하고 신비한 숲속에서 평생을 숨어 지냈어요. 나비의 환각에 사로잡혔어요.

나비는 알에서 모충이 될 때까지 나뭇가지의 즙액과 이슬을 마시고, 날개가 자라고 나면 천 킬로미터가 넘는 거리를 이동합니다. 그 도중에 쉬고, 먹이를 찾고, 교배하고, 알을 낳고, 다른 동물의 먹잇감이 되고, 날개가 부러지고, 죽죠. 시체는 유기적으로 분해되어 최후에는 공기와 진흙 속으로 스며들어요. 만 마리가 넘는 나비의 이동 대오에서 죽은 한 마리는 신속하게 자취를 감추죠. 그것은 어떤 의미도 지니지 않아요. 단지 생명을 잠시 누렸다는 것에 불과합니다."

"샨성, 그것은 단지 신비한 볼거리만은 아니에요. 우리는 인생에서 가장 진실한 것을 믿고, 그것의 표상에 가리어서는 안 돼요. 전 대가를 치르더라도 이것을 증명하길 원해요. 비록 그 대가가 충분히 이성적이지도, 보답이 없다 할지라도 말이죠."

그해 봄날 저녁이었다. 그는 피곤해서 거실의 긴 소파에 누워 눈을 감고 잠을 청하던 중이었다. 밖에서 부슬부슬 비가 내리기 시작했다. 빗소리는 점점 커지고 천둥 치는 소리를 들은 것도 같았다. 그는 정신이 몽롱해졌고 몸을 오그렸다. 쌀쌀한데도 일어나 담요를 가지러 갈 기력이 없었다. 그렇게 비몽사몽 깊이 잠들지 못하고 있는데 별안간 그녀가 거실 문을 밀치고 뜰 밖에서 걸어 들어오는 것이 보였다.

그녀는 한참 동안 걸은 듯 비에 흠뻑 젖어 있었다. 안으로 들어와 어두운 벽 모퉁이에 섰다. 긴 머리가 비에 젖어 얼굴에 달라붙었고, 열세 살 때 늘 입고 다니던, 깃과 소매가 없는 하얀 면원피스를 입고 있었다. 맨발과 종아리에는 진흙이 묻어 있었다. 얼굴은 한결같이 헤죽 웃는 표정을 지었다. 아무 생각 없이 커다란 하얀 이를 드러내는 모습이 어린 짐승 같았다.

그는 일어나 묵묵히 그녀를 보았다. 그녀 내면의 아이를 보았다. 그 아이는 지금 그의 앞에 하얀 치마를 입고 비에 젖은 여자의 모습으로 나타났다. 그녀는 피곤한지 몸이 약간 경직되어 보였다. 그가 그녀에게 다가갔다. 가늘게 몸을 떨고 있는 것이 보였다.

"샨셩, 내 등 좀 봐봐. 오는 동안 내내 너무 무거웠어. 아파서 죽을 것 같아. 왜 그런지 모르겠어."

그해, 그녀를 데리고 항저우의 병원으로 갈 때 그는 생각했었다. 만약 혹시라도 그곳에서 그녀가 죽게 된다면 그녀의 시신을 메고 돌아가야 한다고. 분명 그녀는 그렇게 해주기를 원할 거라고 생각했다. 그는 또한 그녀를 데리고 몇 군데의 병원을 돌아다니며 피를 뽑아 B초[註] 검사를 했다. 흘러나온 수정란이 여전히 자궁 밖에 있는지 확인해야 했다. 그는 언제나 혼자 악몽을 꾸다가 깨어났다. 꿈속에서 그녀는 배가 부풀어오르고 온몸이 선혈로 낭자했다. 그녀는 줄곧 완강하게 숨을 죽이며 아무 소리도 내지 않았다. 그만이 너무 고통스러웠다. 그녀를 데리고 사방을 뛰어다니다 길을 잃고 어찌할 바를 몰랐다. 그녀를 숨기고 싶었다. 그렇게 하면 사람들이 그녀를 찾을 수 없고, 발견할 수도 없을 거라고 생각했다.

한때 그는 규칙과 이성의 경계로 돌아가려고 시도한 적이 있었다. 그녀에게 다가가려 하지 않았다. 일부러 그녀를 보고도 못 본 척, 냉담하고 무관심한 척했다. 금기로 인한 나약함과 수치스러움이었다. 그는 그녀를 추방하고, 자신의 평범한 생활에서 떼어놓았다. 하지만 내면 깊은 곳에서 그녀에 대한 책임감은 끊어지지 않고 더 강해졌으며, 그도 이를 고맙게 여기고 있었다. 아직 끝나지 않았다. 그는 시종일관 칼을 맞고도 말없이 걸어갈 수밖에 없는 사람이었다. 숨으려 해도 숨을 수가 없었다.

그는 그녀의 원피스 뒤의 단추를 끌렀다. 떨고 있는 여윈 등이 보였다. 척추의 골절이 너무 선명하게 드러나 있었다. 다 발라먹은 생선뼈 같았다. 등 중간에 크고 긴 낭종囊腫이 높이 솟아 아래쪽에서 그녀의 피부와 단단하게 이어져 있었다. 미끄러지듯 움직이는 낭종은 곧 터질 듯이 짙은 붉은색으로 변해 있었다. 그는 손을 뻗어 등에 붙어 생장하는 낭종을 가만히 만져보았다. 부드럽고 뜨거웠다. 그가 만지자 그녀의 몸이 가볍게 떨렸다. 그녀가 말했다.
"안에 뭔가가 있으면 잘라내줘."

그는 부엌에서 과도를 가져와 피부 주변을 따라가며 낭종을 잘라내기 시작했다. 칼날이 깊이 파고들어가는 느낌이 순조로웠다. 미끄러지듯 막힘이 없었다. 피도 전혀 나지 않았다. 낭종이 점점 떨어져나가려는 순간, 갑자기 자줏빛이 감도는 파란색 거대한 날개가 안에서 뻗어 나왔다. 눈이 어지러울 정도로 화려한 둥근 꽃무늬가 있었다. 이어서 사지가 나타나기 시작했다. 짙은 녹색의 굵고 단단한 더듬이 한 쌍과 교활한 눈. 그것은 그녀가 항상 열망했고 갖고 싶어 했던 열대우림의 나비였다. 실제 나비보다 더 아름다운 녹조익접綠鳥翼蝶 한 마리가 피와 살이 가득한 낭종을 부수고 나와, 뜨겁고 축축한 비린내를 풍겼다.

그것은 그녀의 몸에서 이탈하자마자 생명을 잃었다. 툭 하고 땅 위로 떨어졌다. 떨어져 잘게 부서진 유리병처럼 가루로 변해버렸다.

그는 다시 단추를 잠가주며 말했다.

"좀 쉴래?"

"아니. 지금은 온몸이 가뿐해. 짐을 덜었잖아. 우리 다음에 또 보자."

"너랑 헤어진 후 너무 외로웠어. 끝이 보이지 않는 바다 밑바닥으로 침몰한 사람 같았어. 뒤덮은 바닷물이 모든 통로를 막아버렸어. 숨을 참으며 만날 수 있는 사람이 전혀 없는 이 세상에서 살려고 노력했어. 네이허, 때때로 나는 어떻게 살아야 할지 모르겠어."

"산성, 실망하지 마. 모든 환상이 현란한 비누 거품처럼 터지고 나면 어두운 새장 안에 앉아 있는 너를 발견할 거야. 하지만 모든 게 그래. 인생은 고통스러운 거야. 우리에게는 말이 필요 없어. 행동하는 거야."

그녀의 낭랑한 목소리가 공기 중으로 사라졌다. 그런 다음 그녀는 미소를 지으며 그늘에 서서 그가 안아주기를 기다렸다. 그들은 피차 일생의 유일한 친구였다. 그것은 길고 완만하면서 동시에 빨리 흘러간 시간 속에서 확인되었다. 지금 이 순간, 그가 그녀를 가슴에 안자 두 사람 모두 새롭게 시작하는 듯 흥분을 느꼈다. 길고 긴 인생의 여정이 앞을 향해 뻗어가는 듯 했다. 새로운 일이 앞으로 끝없이 일어난다 해도 전혀 두렵지 않았다. 그들은 여전히 활발하고 생기 어린 소년이었다. 인생은 수많은 가능성으로 충만했다. 늙지도 않았고, 허약하지도 않았다.

그녀는 그에게 작별 인사를 하고 몸을 돌려 거실을 걸어 나가 멀어졌다. 그는 추위에 떨며 놀라서 깨어났다. 시간은 밤 열두시 사십오분에 멈춰 있었다. 그날은 7월 15일이었다.

6

그는 눈을 떴다. 아침의 밝은 햇살이 유리창으로 비쳐들어 얼굴 위에서 어른거렸다. 보기 드물게 맑은 날씨였다. 공기는 신선하고 경쾌했다. 가볍게 숨을 쉬어 폐까지 완전히 들이마셨다. 잠에서 깨어났을 때 근육통은 완전히 가시고 온몸은 활력으로 충만했다. 전날은 날이 어두워 이 작은 마을의 모습을 제대로 보지 못했다. 지금은 창밖으로 겹겹이 둘러싸인 푸르른 능선만이 보였다. 산정에는 1년 내내 자리를 지키고 있는 하얀 구름층이 있었다. 파아란 하늘은 정말로 맑고 투명했다. 그는 옷을 입고 방 밖으로 나갔다.

어젯밤에 폭우를 맞으며 모퉈에 도착한 후 그들은 현지인의 안

내로 작은 여관을 찾아 투숙했다. 몸이 비에 완전히 젖어 난감하기 그지없었다. 협소하고 더러운 여관방에는 이상한 냄새를 풍기는 눅눅한 이불이 깔려 있었다. 하지만 비바람이 몰아치는 산길에서 오랜 시간 걷고 나자 작고 누추한 집이라 할지라도 천국이나 다름없었다. 흙탕물을 깨끗이 닦은 후 두 사람은 누워 휴식을 취했다. 마침내 잠시 모든 짐을 내려놓을 수 있게 되었다. 목적지에 안전하게 도착한 것이다.

회랑에는 어젯밤에 갈아입은 진흙투성이의 젖은 옷가지, 양말, 배낭이 모두 깨끗하게 씻겨 잔뜩 걸려 있었다. 난간 위에서 햇빛에 마르고 있었다. 그녀는 옷가지들을 다 빤 후 자수가 놓인 새 옷으로 갈아입고 회랑 밖 빈터에 나무 걸상을 놓고 앉아 햇볕을 쬐었다. 이제는 다친 발을 완전히 밖으로 내놓을 수 있었다. 상처는 붉게 붓고 짓물렀지만 다행스럽게도 더 이상 흙탕물에 담글 일이 없었다. 그들은 상처가 아물고 체력이 회복될 때까지 마을에 머무르다 다시 출발하기로 했다.

그녀는 머리를 감았다. 새까만 긴 머리가 반짝거리며 맑은 향기를 퍼뜨렸다. 여행 내내 그녀는 마치 남자처럼 강인하고 소박했다. 이제야 다시 여성스런 분위기와 느낌을 풍겼다.

"산성, 일어났군요. 주방에 가서 아침 드세요. 주인아줌마가 고구마 죽을 했어요."

그는 작은 나무 탁자 옆에 앉아서 차려준 죽과 짠지를 보았다. 그런 그를 쳐다보면서 그녀가 나직이 말했다.

"방금 주인아줌마한테 물어봤더니 모퉈 중학교는 부근에 있대요. 여기서 멀지 않대요."

"서두르지 마세요. 먼저 사람을 찾아봐야겠어요."

"쒀랑메이춰요?"

"예."

"좀 전에 나가서 한 바퀴 둘러봤어요. 목조 가옥이나 쓰촨 사람들이 운영하는 작은 가게가 대부분이에요. 마을이 상상했던 것처럼 아름답지는 않네요. 그냥 평범해요. 아름다운 풍경은 마을 주변의 지형과 우리가 걸어온 여정 전체인 것 같아요. 이것도 예상 밖이에요."

"그것은 보편적인 진리입니다. 과정이 때로는 결과보다 중요하죠."

"제가 원하는 것은 이 여정의 결과예요. 어서 빨리 네이허를 보고 싶어요. 혹시 당신이 만들어낸 이야기가 아닌가 하고 슬슬 걱정돼요. 그녀가 아예 존재하지 않을 수도 있다는 생각이 들어요."

"그녀는 존재합니다. 열세 살 때 알게 된 이후로 평생 동안 그녀는 나의 유일한 친구였습니다. 칭자오, 날 믿으세요."

그는 천천히, 여유롭게 아침을 먹었다. 그리고 이제 신호가 잡히기 시작한 휴대폰으로 전화를 한 통 했다. 그런 다음 깨끗한 하얀 셔츠로 갈아입고 주방에서 깨진 작은 거울을 마주하고 면도를 했다. 수염을 깎지 않은 지 벌써 한참 되었다. 얼굴을 잘 닦은 후 소나무 향이 나는 푸른색 스킨을 꺼내 뺨과 아래턱을 가볍게 두들겼다. 그는 꼼꼼하게 씻으며 자신을 다듬었다.

"그녀를 보면, 그녀를 만나기 위해 하마터면 길에서 여러 번 돌과 흙에 깔려 죽을 뻔했다고 말할 건가요?"

"충분히 예상할 겁니다. 아니면 그랬을 거라고는 전혀 생각하지 않을지도 모르구요."

그때 입구로 피부가 까무잡잡한 야위고 창백한 티베트족 남자가 들어왔다. 셔츠에 긴 바지를 입은 고상한 차림새였다. 문짝을 조용히 두드리며 말했다.

"실례하지만, 네이허의 친구십니까?"

그가 고개를 돌리며 말했다.

"예. 제가 그녀의 친구입니다."

두 사람은 쒀랑을 따라 모퉈 중학교로 향했다. 쒀랑은 중학교의 상황에 대해 간단히 설명했다. 겨우 100명이 안 되는 학생에 교사가 대략 여섯 명이어서 동시에 여러 과목을 가르쳐야 한다고 했다. 교사는 대부분 지원자이며, 그들 중에는 5, 6년째 머무르고 있는 사람도 있다고 했다.

"네이허는 여기서 뭘 가르치나요?"

그녀가 물었다.

"국어와 영어, 생물을 가르칩니다. 학교에 새로운 바람을 많이 일으켰어요. 아이들에게 취미 활동을 하게 하고, 운동회와 친목회도 조직했어요. 외부 출판사에 연락해 책을 기부 받아 작은 도서관을 세웠어요. 부근의 더싱과 베이벙 아이들도 책을 빌리거나 보러 오곤 합니다. 그녀는 독특한 선생님이에요. 학식도 풍부하고 성격도 진실한 분이에요. 아이들에게 지식을 줄 뿐만 아니라 아이들과 함께 지내기는 것 자체를 원했답니다."

쉬랑은 조용히 말했다.

"의심할 여지없이 그녀는 좋은 선생님이에요. 그녀는 신선하고 개방적인 분위기를 가져다주었어요. 아이들 모두가 그녀를 존경하고 좋아했어요."

어느새 학교에 도착했다. 운동장에는 모래와 자갈이 잔뜩 깔려 있었다. 일요일이라 쉬는지 삼삼오오의 아이들만이 보였다. 1년 내내 협곡 안에서 지내는 아이들은 열두어 살이 되었어도 대부분 맨발이었다. 까무잡잡한 피부에 눈이 맑고 반짝거렸다. 물질적 궁핍과 폐쇄적인 환경에도 불구하고 대자연 속에서 자유롭게 커가는 그들의 활발한 심지(心智)는 소멸시키지 못했다. 아이들은 바깥세상에서 온 것이 분명한 손님들을 호기심 어린 눈으로 훑어보며 다가와 말을 붙이려고 시도했다. 쉬랑은 걸음을 멈추지 않고 앞에서 빠르게 걸어갔다. 두 사람을 곧장 후원의 교직원 숙소로 데려갔다. 그곳은 방들이 일렬로 이어진, 단층으로 된 초라한 목조 가옥이었다.

그가 가장 끝에 위치한 방을 열쇠로 열었다.

밝은 햇빛 아래에서 갑자기 어두운 방 안으로 들어가자 눈앞이 캄캄해지며 아무것도 보이지 않다가 서서히 시력이 회복되었다. 방은 좁고 서늘했다. 나무 침상의 싱글 침대에는 이불이 가지런하게 개켜 있었다. 세면대에는 수건과 세숫대야가 놓여 있었다. 낡은 나무 탁자와 의자가 있고, 탁자 위에는 오래된 나무 액자가 있었다. 그녀는 걸어가서 그 사진을 들어 올렸다.

젊은 여자와 몇 명의 아이들이 산길에 서 있었다. 두 사람이 지금까지 걸어오면서 길에서 흔하게 봤던 절벽의 꼬불꼬불한 오솔길과 그 뒤로 펼쳐진 첩첩산중이었다. 화창한 봄날, 여자는 그곳 여자들처럼 수를 놓은 거친 광목 상의를 입고 솜을 넣어 머리를 땋았다. 머리에는 새하얀 야생 동백꽃을 꽂고 있었다. 까무잡잡하고, 야위고, 빛이 났다. 그녀는 사진 속 여자의 눈을 바라보았다. 맑고 촉촉한 두 눈에는 마치 그녀 내면 전체의 서늘함과 슬픔을 흘려버릴 것 같은 눈물이 가득 담겨 있었다. 사진 속의 사람들은 모두 맨발을 하고 너무나 찬란한 햇빛 아래 얼굴 가득 미소를 지었다. 그렇게 편안하고 순진한 미소는 천지가 하나로 융합해야 비로소 가질 수 있는 인품이었다.

그녀는 처음으로 네이허를 보았다. 그녀의 얼굴을. 동행하는 낯선 남자의 과거와 기억 속에 살아 있는 여자를 보았다. 그녀의 진실한 얼굴을. 빛바랜 사진 속에서 눈부시게 빛나는 빛을 보았다.

그녀는 돌연 사진을 내려놓았다. 공기 속에서 이상한 것이 느껴졌다. 방은 오랫동안 사람이 살지 않은 것이 분명했다. 개인 용품도, 자잘한 물건도, 따스한 온기도 없었다. 쒸랑은 나무 상자를 열어 꽃이 프린트된 붉은색 광목 보따리를 꺼냈다. 침대 위에 놓고 풀자 낡은 카메라 한 대, 흑백사진 몇 장, 손으로 쓴 원고지와 은팔찌가 있었다. 그가 말했다.

"지금까지 새로 지원하는 교사가 없어서 방이 계속 비어 있었습니다. 저도 당신들이 그녀의 물건을 찾아가기를 기다리며 가능한 방을 비워두려 했습니다. 책과 대부분의 옷은 전부 아이들에게 나누어 주었습니다. 이것을 남겨둔 것은 그녀의 뜻이라고 생각합니다."

그가 팔찌를 들며 말했다.

"사고가 나기 며칠 전에 팔찌를 잃어버렸는데 줄곧 찾질 못했다고 했었어요. 이후 제가 문턱 밑의 풀숲에서 찾았습니다."

그녀가 손을 내밀어 팔찌를 받았다. 오래된 은팔찌는 이미 표면이 닳아 있었지만 여전히 복잡하고 정교한 도안을 볼 수 있었다. 네 단으로 그려진 투박하고 소박한 선의 꽃 그림이었다. 각기 연꽃, 난초, 매화와 복숭아꽃이었다. 후면에는 한자 하나가 사면의 테두리를 따라가며 있었다. '蘇' 자였다. 그녀가 목소리를 죽이며 물었다.

"무슨 일이에요? 네이허는 어떻게 된 거예요?"

그녀는 자신의 목에서 나는 꺽꺽대는 소리를 들었다. 제어할 방법이 없었다. 손바닥을 꽉 잡았다. 손은 온통 끈적끈적하고 차가운 땀으로 가득했다.

티베트족 남자가 그녀의 눈을 보면서 말했다.

"비 오는 날 아이 몇을 집까지 데려다주고 혼자 돌아오다가 길에서 산사태를 만나 산 아래 강으로 휩쓸려 떨어졌습니다. 7월 15일, 밤 열시쯤이었습니다. 시체는 아직도 찾지 못했습니다. 그녀의 부탁으로 보미에서 편지를 부쳤기 때문에 샨성과 계속 연락을 하고 있다는 것을 알았지요. 그래서 사고가 일어난 후에 그에게 편지를 보냈습니다. 와서 유품을 가져가시라고. 그게 벌써 2년 전 일입니다."

그녀는 얼굴을 돌려 샨성을 바라보았다. 그는 침댓가에 묵묵히 앉아 있었다. 표정이 차분했다. 방에 들어온 이후로 한마디도 하지 않았다. 그가 고개를 들어 그녀를 보며 말했다.

"그녀를 보러 갈 거라고 말했거든요. 이것이 제가 모퉈에 온 유일한 목적입니다. 그렇게 하겠다고 대답했거든요."

7

두 사람은 3일 동안 머무른 후 모뤄를 떠났다.

날이 채 밝기도 전, 여관의 여주인은 일찍 일어나 두 사람을 위해 따뜻한 죽과 소가 든 만두를 장만했다. 이 부지런한 쓰촨 부인은 아직도 네이허를 기억했다. 이미 오래전의 일을 말해주었다. 당시 네이허는 늘 이곳에 와서 고구마 죽을 먹으며 짐꾼이었던 여주인의 남편에게 보미로 가서 편지를 부쳐달라고 부탁했다. 길을 걸어갈 때도 항상 사람들에게 큰 소리로 쾌활하게 인사했으며, 얼굴에 미소를 띠고 허리를 굽혀 힘든 노동을 했다. 전혀 대도시에서 온 여자 같지 않았다. 아이들도 모두 그녀를 좋아했다. 그녀는 아이들에게 바깥세상 이야기나 지식과 도리에 대해 말해주었다. 그래서 아이들에게 정말로 얻기 힘든 정보의 근원이 되었다고 했다.

"난 지금까지 그렇게 온화하고 선량한 사람을 본 적이 없다우. 아이들은 예뻐하고 노인들은 존중했지. 고양이와 개한테도 잘 대했다우. 꽃도 좋아했지. 항시 혼자 높은 준령까지 기어올라갔어. 그렇지만 도대체 어디서 왔는지, 나중에 어디로 갈 준비를 하는지는 알 수 없더군. 결혼도 하지 않았고 애도 없었어. 이 두메산골까지 혈혈단신으로 왔지 뭐야. 물었더니 웃으면서 계획이 없다고, 먼저 눈앞의 일을 마친 후 다시 말하겠다고 하더구만. 그러더니 결국……. 모두들 시체를 건져 오려고 했는데 어디서도 찾지 못했다우. 이렇게 친구들이 보러 올 때까지."

칭자오는 고개를 돌려 샨성을 보았다. 그는 벌써 죽을 다 먹고 배낭을 꾸리고 있었다. 이곳에 도착한 이후로 그는 더욱더 말을 하지 않았다. 팔찌를 칭자오에게 건네주며 말했다.
"팔찌를 도중에 잃어버렸으니 이걸 차세요."
"보관하지 않으세요?"
"필요 없습니다."

그는 그녀가 낡은 은팔찌를 왼쪽 손목에 차는 것을 바라보았다. 쒀랑이 와서 배웅했다. 모퉈에서 108K까지 간 후 다시 80K까지 가는 데 이틀이 걸릴 거라고 했다. 80K에 도착하면 보미까지 차를 타는 것이 가능했다. 하지만 짐꾼들의 말에 따르면 가릉라 설산에 한차례 폭설이 내려 산이 봉쇄되고 도로가 막혔다고 했다. 그러므로 만약 눈이 녹아 차가 다닐 때까지 80K에서 머무를 생각이 아니라면 52K까지 차로 간 다음에 대설산을 넘어 28K까지 가야만 차를 타고 보미까지 갈 수 있었다. 이렇게 하면 일정상 이틀이 더 늘어났다. 두 사람이 협곡에서 벗어나려면 나흘이 필요했다. 쒀랑이 말했다.
"가는 길은 모두 지질 활동이 빈번한 지역이어서 토사 붕괴가 많이 일어날 뿐 아니라 그 상태가 심각합니다. 나가는 길은 들어올

때보다 결코 수월하지 않습니다. 더 위험할 수도 있습니다. 세심히 살펴서 가지 않으면 안 됩니다."

두 사람은 여관 주인과 쒸랑에게 작별을 고한 후 배낭을 짊어지고 여정에 올랐다. 비탈을 내려갔다 올라가며 능선을 넘었다. 휴식 후의 몸은 활기로 충만하고 걸음은 경쾌했다. 잠깐 사이에 높은 산으로 둘러싸인 마을을 벗어났다. 40분쯤 만에 이내 맞은편 비탈에 도착했다. 산길 모퉁이에서 한참을 서 있었다. 고개를 돌리고 아직 잠에서 깨어나지 않은 산 아래 땅을 재차 바라보았다.

여명이 밝았다. 하늘에 고요하면서도 무거운, 푸르른 잿빛이 나타나 굽이굽이 이어지는 첩첩산중을 비추었다. 저 검푸른 고산은 1년 내내 운무에 둘러싸이고, 두터운 구름은 산을 떠나려 하지 않는다. 이 순간, 말로 표현할 수 없는 적막이 감돌았다. 좁고 긴 산 언덕에는 수백 년을 살아온 마을이 산속에 깊이 숨어 있었다. 마치 바둑알을 뿌려놓은 듯 촘촘하게 퍼져 있는 목조 가옥들은 가을 논의 달콤한 황금빛 수확을 기다리고 있었다. 하늘에서 별빛이 희미해지며 이내 서광이 풍성하게 부푼 꽃구름 속에서 비쳐 나왔다. 관목림의 청량하면서도 코를 찌르는 냄새가 공기 속으로 흘렀다. 새들의 노랫소리가 낭랑했다. 오던 길은 이제 보이지 않았다. 그러나 앞길은 아득히 끝이 없었다. 구불구불한 오솔길이 겹겹이 쌓인 준령으로 이어졌다. 저 멀리 하늘가에 높은 설산이 우뚝 솟아 있었다.

선이 간결하고 한없이 맑고 서늘했다. 새하얀 눈이 금자탑 모양의 산정을 부드럽게 덮고 있었다. 덕분에 같은 시간 속에 존재하지만 세상 밖에서 완전히 초연했다. 하지만 동시에 이 하늘, 이 땅과는 뗄 수 없을 만큼 가까웠다.

이른 아침의 미명이 낮게 드리운 안개를 깨뜨렸다. 별안간 무대의 막이 젖혀진 것 같았다. 태양 광선이 흘러나왔다. 설산의 톱니 같은 봉우리들이 선명한 윤곽을 드러내고 비스듬히 빛을 굴절시키며 생명력 있는 변화를 창조했다. 어두운 자줏빛 남색에서 은회색으로 변하고, 그런 다음 투명한 광선을 받으며 옅은 분홍색으로 퍼져 나갔다. 마지막에는 태양이 구름을 뚫고 나왔다. 설산 정상에 찬란한 핏빛이 출현했다. 마치 불꽃이 타오르는 것 같았다. 의심의 여지가 없었다. 천지에 펼쳐진 섬세한 색채가 너무나 신기했다. 그 순간, 햇살이 대지 위로 따스하고 밝게 흩어졌다. 마을의 집들 위로 하얀 연기가 하늘하늘 흩날렸다. 산골짝의 고요한 푸른 호수 위로 일체의 움직임도 없이, 하늘의 빛과 산 그림자가 거꾸로 비쳤다. 고산의 이 호수는 어쩌면 지구의 마지막 눈물방울일지도 모른다. 안개가 흩어졌다. 골짜기 전체가 청명하고 경건했다. 만물이 침묵하고 햇빛이 흘러 다녔다. 그것은 고요하면서도, 그 깊이를 알 수 없는 힘을 숨기고 있었다.

두 사람은 하늘과 땅을 한참 동안 응시했다. 신비를 간직한 채

세상과 단절된 마을과 능선을 바라보았다. 속세의 소란이나 겉치레는 그것과 대적할 수가 없다. 설령 순환하는 생명체라 할지라도 그것으로는 충분하지 않다. 이 순간, 그들은 세상의 가장자리에 멈추어 그것과 작별을 고했다. 아마도 이것은 마지막 그리움일 것이다. 생명을 바쳐가며 가까이 다가가도 최후에는 두 손이 빈 채로 떠난다. 두 사람은 남은 인생 동안 그것과 고별해야 할 뿐만 아니라, 이로써 그것이 세월 속에 남긴 낙인과 표기를 증명해야 할 운명을 타고났다.

8

그는 모퉈에서 쓰고 보미에서 부친, 편지를 받고서 그녀가 강물에 실종되었다는 소식을 알았다. 그 일은 신문에 이미 보도되었다. 주류 매체는 모퉈에서 아이들을 가르친 이 여자에 대해 한 면 전체를 할애했고, 인터넷은 기사를 전제하고 유언비어를 전파하기 시작했다. 그들은 그녀를 아는 사람들, 가령 예전 학교 친구와 동료들을 인터뷰했다. 지금껏 고독한 무명의 비주류 사진가, 디자이너, 작가, 교사였던 그녀는 직업이 너무 많았고 생활이 복잡했다. 그녀에 관한 모든 것이 기자의 철저한 취재 정신으로 폭로되었다. 정신병원의 등록 사진, 그녀가 찍은 사진,

그녀가 쓴 시나 소설, 그녀의 디자인 작품까지도 모두 게재되었다.

지금까지 그녀와 한 번도 내왕한 적이 없던 사람들이 뛰쳐나와 그녀에 대해 청산유수처럼 발언하고 평가했다. 그녀에 대한 추억을 감동적으로 이야기했고, 시시비비를 토론했다. 그녀는 연애의 상처로 벽지의 교사가 되었고, 정신병은 오랜 시간이 흘렀어도 완전히 회복되지 않았으며, 그녀는 이름을 알리고 자신을 선전하기 위해 일부러 행동을 꾸미고 특이한 경력으로 자신을 부풀렸다고 추측해댔다. 신문에 출현한 그 쑤네이허라는 이름과, 실제의 그 여자와, 그가 알고 있는 여자가 전혀 관련이 없다는 사실을 그는 믿었다.

기자의 전화가 또 걸려왔다. 학창 시절 그녀가 일을 저질렀을 때 경찰이 학교로 그를 찾아와 조사했던 것과 똑같았다. 사람들은 그와 그녀가 가까운 관계라는 사실은 알았지만, 그만이 그녀의 유일한 친구이며 그녀의 모든 것을 알고 있다는 사실은 몰랐다. 그가 할 수 있는 반응 역시 예전과 같았다. 전화를 끊고 일체의 방문을 거절했다. 그는 그녀를 위해 입을 굳게 다물고 한마디도 하지 않았다.

그러나 아주 고독했다. 이것이야말로 그가 직면한 손실이었다. 끝이 보이지 않는 바다 밑바닥으로 침몰한 사람 같았다. 뒤덮어오는 바닷물이 모든 통로를 막아버렸다. 그는 숨을 참으며 만날 수

있는 사람이 전혀 없는 이 세상에서 살려고 노력했다. 망설였다. 모
퉈로 가고 싶지 않았다. 그녀의 시신은 계속 찾지 못하고 있었다.
그녀가 벌써 사라졌다고는 믿지 않았다. 별안간 그의 앞에 다시 나
타날지도 몰랐다. 그래서 지구상의 다른 곳에 갔다가 곧 돌아오겠
다고 말할지도 몰랐다. 이런 상상이 필요했다. 그에겐 그녀의 시신
이 보이지 않았다. 그는 차라리 그녀가 단지 실종되었을 뿐이라고
믿었다.

　　그는 시종일관 칼을 맞고도 말없이 걸어갈 수밖에 없는 사람이
었다. 겉으로 보기에는 아무 일도 없는 것 같았다. 분발해 새로 일
을 해보기로 결정했다. 호숫가에 잡화점을 하나 차렸다. 홍희鴻禧라
고 이름 짓고 고가구나, 조판雕版·자기·옥 등의 골동품을 팔았다.
푸젠福建·산시山西·안후이安徽로 가서 고가구를 사들인 다음 그것을
수선하여 새로 디자인하거나 짜 맞추었다. 주도면밀하고 독특한
안목으로 고용한 솜씨 좋은 목공과 칠공, 다년간 대기업 간부로서
훈련된 상업적 마인드와 품질, 품격에 대한 중시 덕분에 가게 물건
은 신속히 팔려 나갔다. 네덜란드, 프랑스, 일본의 고객들과 장기적
인 합작 관계를 맺어 상품을 고정적으로 제공했다. 일과 취미가 결
합된 운영은 순조로웠다.

　　그는 무슨 일이든 성공할 운명을 타고난 것 같았다. 지금까지
어떤 길이든 어렵지 않게 탐색했고, 혹시 방황한다 해도 아주 짧은

기간일 뿐이었다. 언제나 빠르게 앞길이 열렸다. 그는 자신의 진지를 축소시켰다. 그것은 분명한 사실이었다. 수하는 더 이상 몇 백 명의 큰 조직이 아니었다. 지금은 단지 몇 명의 점원만 필요했다. 세월이 어루만진 오래된 나무와 자기에서 그는 편안함을 느꼈다. 공기 속을 떠도는 옛 시절의 먼지 냄새에 익숙해졌다.

네이허의 예언처럼, 다시 결혼을 했다. 이름이 량서우^{良受}인 두번째 아내는 그의 업무 보조 겸 경리였다. 전형적인 남방 여자로 성격이 온화했다. 줄곧 그의 일을 도와 자질구레한 일들을 묵묵히, 빈틈없이 처리했다. 나중에는 그의 사적인 생활까지 맡게 되어 옷과 여행 가방을 정리하거나 그와 모친의 음식과 기거를 돌보았다. 사실상 이미 아내나 다름없었다.

그녀는 온화하고 깨끗한 얼굴을 지녔다. 걷거나 말할 때 사슴처럼 경쾌했다. 여전히 그를 열렬히 애모하는 여성들이 많았고, 그 중에는 그녀보다 훨씬 뛰어난 능력을 갖추어 그의 관심을 끌기에 충분한 여자도 있었다. 하지만 그녀는 그냥 보통 여자였다. 대단한 집안 배경도, 뚜렷한 성격적 특징도 없었다. 마치 화분 속 식물처럼 조용하게 모퉁이에 서 있었다. 하지만 선량하고 단정했다. 외형은 중요하지 않았다.

그녀가 그를 대신해 가방에 짐을 꾸렸다. 양복과 셔츠, 넥타이를 빈틈없이 잘 개켜 가방에 넣었다. 그녀의 가늘고 새하얀 손가락이 묵묵히 자잘한 옷 주름을 펴며, 한번 또 한번 셔츠 옷깃을 매만지고 있었다. 옆에서 바라보는 그의 마음이 물처럼 고요했다. 그랬다. 그는 줄곧 외로움을 느끼던 터였다. 가정을 꾸려 휴식을 얻어야했다. 하지만 더 이상 실용적인 목적으로 여자를 선택해서는 안 됐다. 그것이 무의미하다는 것은 사실이 증명해주었다. 이미 그는 충분한 힘을 가졌다.

그녀에게 청혼을 했다. 이 때문에 그녀는 거의 10년을 사귄 남자 친구와 힘들게 헤어졌다. 설령 그가 그녀의 주인이 아니었다 해도 그녀는 이렇게 했을 것이다. 그녀 또한 줄곧 그를 흠모하고 존경하고 있었다. 과묵하면서도 비범한 남자. 면으로 된 흰색 셔츠를 즐겨 입고, 상고머리에 맑고 서늘한 눈을 지닌 남자. 그가 살고 있는 도시와 전혀 관련이 없을 것 같은 사람이었다. 숨어 사는 무기력한 생활을 바깥세상의 누구에게도 거의 보이지 않는 사람이었다.

서른세 살의 봄, 그는 결혼식을 올렸다. 량서우는 하얀 드레스를 입고 승용차에서 내리다가 하이힐로 돌길 위의 웅덩이를 밟았다. 노면의 진창에 있던 벚꽃 꽃잎이 치맛자락에 튀어 여기저기 달라붙었다. 그가 고개를 들었다. 흐린 하늘에서 가는 빗줄기가 흩날리는 것이 보였다. 모든 것을 잘 알 것만 같았다. 그가 커다란 다이아몬드 반지를 손가락에 끼워줬을 때 량서우는 당장이라도 울 듯이 좋아했다. 그녀는 지극히 평범한 보통 여자에 불과했다. 그녀 자신의 인생에 이런 특별 대우가 있으리라고는 생각해본 적이 없었다. 비록 그녀가 그의 내면을 분명히 이해한 적은 없을지라도, 그는 이렇게 멋진 남자였다. 그녀는 그를 이해할 수도, 그를 제어할 수도 없었다. 하지만 최소한 형식적으로 그는 그녀의 소유였다. 그는 한 가정을 그녀에게 넘겨주었다.

그들의 유일한 공통점은, 두 사람 모두 결혼과 가정을 믿는 사람이라는 점이다. 일생동안 이런 형식을 인생의 고달픔을 피하는 하드커버로 삼았다. 안정감을 짊어지고 앞으로 나아가야 하는 달팽이와 같았다. 이들과는 의지가 다른 사람들이 있다. 하늘가를 떠돌며 뒤돌아보지 않고 용감하게 나가고자 하는 사람들이다. 마치 담벼락의 장미처럼 거칠고 강인하게 도처에 뿌리를 내리고 바람을 맞으며 자랐다. 모든 사람들이 미리 만발하고, 미리 시들 수 있는 것은 아니었다. 그의 인생은 언제나 규칙을 잘 따랐다.

한가하게 지내던 어느 날, 시립도서관에서 청화자기에 관한 자료를 빌려 가지고 나왔다. 석양이 질 무렵이었다. 골목으로 걸어 나와 자전거를 타고 집으로 갈 준비를 했다. 갑자기 호피 무늬의 아주 커다란 고양이 한 마리가 관목 덤불을 뚫고 나왔다. 고양이는 청록색 눈동자를 전혀 깜박이지 않으며 그를 주시했다. 그와 대치했다.

그가 몸을 돌리고 떠나자 고양이가 뒤에서 조용히 따라왔다. 그런 다음 야옹야옹 부드럽게 울었다. 그는 대략 100미터 정도를 간 후 걸음을 멈추고 고개를 돌려 고양이를 보았다. 고양이도 1미터 정도 떨어진 곳에 멈춰 지면에 웅크려 앉았다. 그는 다가가 옆에 쪼그려 앉은 후 고양이의 정수리를 쓰다듬었다. 고양이는 온순하게 엎드렸다. 일체의 두려움이 없었다. 얼굴로 그의 손바닥을 문지르고 손가락을 핥으며 아주 정답게 굴었다. 떠돌아다닌 지 이미 오래된 이 야생 고양이는 보기에 마르고 더러웠지만 여전히 아름다운 호피 무늬를 지니고 있었고, 경계심과 야성이 전혀 위축되지 않았다. 조금 짧은 왼쪽 다리는 걸을 때마다 오그라들어 땅을 딛지 못했다.

그가 고양이를 안았다. 고양이는 그의 품안에 엎드렸다. 따뜻하고, 부드러운 마음으로 충만한 몸이었다. 그는 갑자기 고양이를 집으로 데려가도 될 것 같았다. 그는 이미 성년 남자였고, 자신의 생활을 결정할 능력이 있었다. 이리하여 고양이를 자전거 바구니에 넣었다. 하지만 고양이는 바구니에서 재빠르게 뛰어내려 옆의 잔디밭으로 달아나 여전히 1미터 떨어졌다. 그곳에 웅크려 앉아 전혀 미동도 하지 않고 그를 주시하며 야옹야옹 울었다.

그와 고양이는 석양녘에 그렇게 서로를 한참동안 마주보았다. 가까이 다가갈 수가 없었다. 네 개의 눈동자가 서로 대치했다.

"고양이는 오랫동안 떠돌아다녔습니다. 들판에서 배불리 먹지도 못하고 지낼 곳도 없었죠. 인간에 대한 감정이 있다 해도 고양이가 자신의 생활 방식을 버릴 만큼 충분치는 않습니다. 비록 불쌍히 여긴다 해도 고양이를 도와줄 수가 없죠. 사랑한다 해도 바꿀 수는 없죠. 나는 그것을 점유할 방법이 없었습니다. 그렇다면 설령 언젠가 들판에서 죽는다 해도 내 자신의 이해理解 때문에 어떠한 슬픔도 느끼지 않을 수 있을 겁니다. 그 순간 전 자신을 설득했어요. 그래서 떠나기로 결정했습니다."

그는 자전거를 타고 골목을 떠났다.

"그때, 고양이의 출현으로 제 자신을 설득할 수 있게 되었습니다. 네이허가 이미 죽었다는 사실을 믿어야 한다는 것을요."

반년 후였다. 임신한 량서우가 침실을 걸어 잠그고 수면제를 먹어 자살을 기도했다. 어떤 조짐도 없었다. 그들은 변함없이 평범한 나날을 보냈다. 두 사람은 마치 손님처럼 서로 공경하고 말다툼도 하지 않았다. 그녀는 지금껏 그의 앞에서 울고불고 하거나 애교를 부린 적이 없었다. 눈물 한 방울 흘린 적도 없었다. 심지어 심각한 말 한마디조차 건넨 적이 없었다. 지싼성은 흠모할 만한 남편이었다. 돈 많고, 가정적이고, 온화하고, 세속에 물들지 않았다. 하지만 그녀는 약병의 약을 거의 다 삼켰다. 정신을 잃고 깨어나지 못했다. 병원에 이송된 후 응급처치로 정신이 돌아왔을 때는 아이가 이미 유산된 뒤였다.

그가 이유를 물었다. 그녀는 설명하지 않았다. 그녀의 자살 기도는 그에 대한 그녀의 마음이 해결할 수 없을 정도로 싸늘하게 식었다는 것을 분명히 나타냈다. 그에게 완전히 진저리를 쳤다. 게다가 아직 형체를 이루지도 않은 아이와 자신의 생명까지도 진저리를 쳤다.

"샨성, 간혹 모퉁이에 조용히 앉아 있는 당신을 볼 때가 있어요. 당신은 자신이 눈물을 흘리고 있다는 것을 몰라요. 당신 인생에서 설명할 수도, 해결할 수도 없는 문제가 뭐죠? 그 문제들이 나와는 전혀 관계가 없다는 것을 알고 있어요. 당신의 인생도 나와 아무 관계가 없죠. 당신은 단단한 돌처럼 그 자리에 멈추어 서 있어요. 당신에 대한 나의 감정은 그 돌에 무작정 뛰어든 계란처럼 완전히 부서질 운명이에요. 제 자신이 너무 불쌍해요."

그녀는 떠나고자 했다. 그는 만류하지 않았다. 그는 자신을 떠나고자 하는 사람은 누구라도 말리지 않았다. 그는 오랜 세월 숨어 있던 살인자가 결국 생각을 바꿔 범죄 현장과 대면하려 할 때, 마음에 두려움이 사라지고 도리어 일종의 해방감을 느끼는 것을 이해할 수 있을 것 같았다. 협의이혼을 했다. 충분히 안정적인 생활을 할 수 있도록 그녀에게 거액의 예금을 주었다. 그의 두번째 결혼은 채 1년도 지속되지 못했다.

"마침내 나는 철저하게 늙은 것 같았습니다. ……네이허는 나와 죽음에 대해 토론한 적이 없었습니다. 그녀는 삶과 죽음에 대해 말하길 좋아하지 않았어요. 보기에는 생명력이 왕성했지만요. 항상 행동하고 시도했어요. 용기를 북돋워 다시 출발하고, 또 다시 넘어졌죠. 멈출 줄을 몰랐어요. 상처로 인한 아픔이나 상처 자체를 두려워하지 않았어요. 아마도 그녀는 그것이 대가라는 걸 스스로 인정했을 겁니다. 생각해보면 그녀는 마음속으로 일찌감치 예상했던 것 같아요. 그래서 죽음에 대해 순종하는 마음이 있었어요. 때로 새벽에 깨어나면 내 마음속 모든 기대가 물거품처럼 사라지는 것을 느꼈어요. 그 느낌이 골수까지 깊이 스며들어 마치 몸과 의식이 허무 속에서 산산이 부서지는 것 같았습니다. 거울 속 나를 보았습니다. 나는 단지 허망과 욕망과 환각 속을 오르내리는 중년 남자에 불과했습니다."

이리하여 그는 모뒈로 가서 그녀를 만나기로 결정했다. 그녀가 세상을 떠난 지 이미 2년이 다 되었을 때였다.

9

"너란 사람은 거대한 상처 그 자체야. 치욕이라고 생각하는 그 상처를 지니고서는 자신을 받아들일 수 없어. 넌 결코 자신을 사랑하지 않아."

예전에 그녀는 그에게 이렇게 말했다. 어느 시기, 그녀는 완강했다. 그녀가 그의 곁에 서 있을 때는 마치 투명한 거울 같았다. 그로 하여금 손을 뻗어 거울 속에 비친 얼굴을 만져보게 했다. 그것은 열세 살 소년의 얼굴이었다. 표정은 차갑고 늘 세상과 거리를 두고 있는 것 같았다. 그 때문에 과묵했고 고독했다. 손을 거두는 순간, 그는 거울 속에서 20년 뒤의 자신을 보았다.

이 중년 남자의 얼굴은 타고난 외모와 적절한 영양으로 겉으로는 여전히 장중하고 아름다운 윤곽을 지니고 있었다.

"어쩜 이렇게 잘생겼니? 샨성, 넌 멋있는 남자야."

그는 어려서부터 이성의 찬사와 주목을 받으며 성장했고, 여자들의 분분한 논쟁 사이를 냉담한 표정을 지으며 지나가는 데 익숙했다. 하지만 자신을 전혀 사랑하지 않았다. 만약 외모가 먼저 자신의 가치를 평가하는 첫번째 요소가 되었다면, 그것은 한 소년에게 비굴함을 느끼게 했을 것이다. 학교에서 옆 반 여학생이 건네는 연애편지를 받을 때 그의 얼굴은 무표정했다. 하지만 마음은 수치심으로 팽배했다.

그녀는 처음부터 그의 가장 가까운 자리에 서서 그가 조금이라도 망설이는 것을 용납하지 않았다. 봄 햇살이 엷은 오후에 낯선 여자아이가 반에 나타났고, 선생님은 그녀에게 칠판에 이름을 쓰라고 했다. 그녀는 몸을 돌리고 힘들게 팔을 뻗었다. 이리저리 서성이더니 마침내 왼쪽 꼭대기의 구석진 곳에 서툴고 유치하게 '쑤네이허'라고 썼다. 글자 하나하나가 진지하고 고집스러웠다. 그는 그녀가 차고 있던 투박한 은팔찌를 보았다. 팔찌는 팔에서 오르내렸다. 그녀가 다시 몸을 돌렸다. 흰색 셔츠에 남색 면치마를 입고 맨발에 운동화를 신고 있었다. 조잡한 솜을 넣어 땋은 긴 머리가 가슴 앞에 늘어져 있었다. 눈이 아주 맑았다.

그때 그는 교탁에서 가장 먼 뒷줄에 앉아 있었다. 그는 만년필을 만지작거리며 약간 고지식해 보이는 전면의 소녀를 대수롭지 않게 훑어보았다. 이 소녀의 인생이 앞으로 줄곧 그와 함께 갈 줄은 미처 생각하지 못했다. 인생이 완결될 때까지. 그녀의 영혼은 그의 육체에서 분열되어 나온 일부 같았다. 마치 그들은 한 번도 떨어진 적이 없는 것 같았다.

비록 20년이 다시 지난다 해도 열세 살의 쑤네이허는 여전히 같은 모습일 것이다. 윤회 전의 그녀와, 윤회 후의 그녀는 같은 모습일 것임을 그는 알고 있었다. 그녀의 항구불변恒久不變은 그녀의 신체와 영혼을 구성하는 질료에 있었다. 그것은 그와 융합할 수도, 그가 이해할 수도 없었지만 손을 뻗으면 닿을 수 있는 물질이었다. 그녀의 체온이 와 닿았다. 손을 뻗으며 그 속을 지나갔다. 따스하고 투명한 콜로이드가 자유자재로 늘어났다. 이제까지 손에 잡힌 적이 없었다. 그것은 마치 남들이 모르는, 길고 긴 눈물과 그리움이 엉겨 응고된 것 같았다. 최후에는 식어 투명한 거울이 되었다. 이로써 그녀는 그의 맞은편에 서 있게 되었다. 그가 손을 뻗어 거울 위를 쓰다듬었다. 그와 그녀가 보였다.

그녀는 시종일관 똑같았다. 소년인 그와 늙어가는 그는 두 개의 꽃잎으로 나뉘었다. 그들은 어깨를 나란히 하고 함께 서서 마치 서로를 보고 있는 것처럼 앞을 바라보았다. 이것은 그들이 수십 년간의 정적의 시간을 지난 후에 망각을 거쳐 기억한 자세였다.

10

마지막 여정에는 가룽라 설산을 타고 넘었다. 가는 동안 내내 두껍게 쌓인 눈 위의 발자국을 따라 앞으로 나아갔다. 바위는 가파르고 미끄러웠다. 얼음 알갱이가 한쪽에서 서서히 흘러내리는 모양이 눈사태가 닥칠 것 같았다. 하지만 변화무쌍한 환경에도 굴하지 않는 열흘간의 긴 여정 덕분에 두 사람은 그 어떤 것에도 놀라지 않았다. 그 속으로 들어가 변화를 조용히 관찰했다. 고도가 높아질수록 호흡이 더욱 가빠졌다. 눈의 반사광선 때문에 눈이 흐릿하고 참을 수 없을 정도로 시큰거렸다. 산 정상의 입구에 도달하자 한쪽 면에 기도문을 써넣은 낡은 경번이 꽂혀 있는 것이 보였다. 산 뒤로는 비탈과 골짜기가 드넓은 대설에 뒤덮여 햇빛을 받아 반짝거리고 있었다. 그 밑으로 넓고 평평한 큰 길 하나가 펼쳐져 있었다. 그곳에서 보미로 가는 간이버스를 탔다.

보미의 중심 광장에는 햇빛이 찬란했다. 커다란 낡은 배낭을 짊어지고 차에서 내린 두 사람은 행인들의 주목을 받고 구경거리가 되었다. 그들은 마치 방금 다른 세상의 하늘에서 이곳으로 내려온 것처럼, 다소 긴장되고 어리둥절한 채 인파로 붐비는 큰길과 마주했다. 축축하고 너덜너덜한 신발, 풀려 헐거워진 각반, 진흙이 덕지덕지한 방풍 외투와 바지. 거무스레한 얼굴은 세상의 온갖 고생을 다 겪은 듯했다. 두 시간 전에 그들이 설산을 타고 내려왔으리라곤 아무도 상상하지 못할 것이다. 죽음의 경계를 지나 안전하게 착륙했다. 모든 위험과 곤경은 사라졌다. 편하고 시끌시끌한 도시에 도착했다. 자동차와 음식과 인파가 주변에 있었다. 소란스러운 속세의 모든 냄새와 소리가 있었다.

그녀는 제일 먼저 길가의 노점에서 한 켤레에 5위안 하는 검은색 운동화를 샀다. 손으로 직접 박은 두꺼운 면 밑창은 두 겹으로 깨끗하게 잘 말라 있었다. 그녀는 길가에서 각반을 하나씩 뜯어내고 군용 운동화를 벗었다. 그리고 눈이나 물이 스며드는 것을 방지하기 위해 양말 겉에다 두른 비닐 주머니를 벗겨낸 후 양말을 벗었다. 더러운 신발과 양말 조각들은 몽땅 길가의 쓰레기통에 던져버렸다. 그런 다음 맨발 위에 새 신발을 신었다. 복사뼈 위의 상처는 이미 수축되어 붉은색 상처 자국이 튀어나온 채 부풀어 있었다. 그들은 전체 여정의 종점에 도달했다. 세상과 단절된 대협곡을 걸어나와 인간 세상으로 돌아온 것이다. 그녀가 고개를 들고 그를 보았다. 두 사람은 만감이 교차했다. 한동안 묵묵히 아무 말도 하지 않았다.

라싸로 가는 중형버스는 밤길을 달렸다. 밤 열한시, 해발 6천 미터에 가까운 미라산＊拉山 입구를 넘었다. 겨우 두 개의 헤드라이트에 비친 길고 긴 산길은 구불구불 빙빙 돌며 끝이 보이지 않았다. 차창 밖 밤하늘에는 별들이 밝게 드리워 있었다. 그들은 맨 뒷줄에 앉았다. 한곳으로 밀린 짐 때문에 주위가 가로막혔다. 몸을 움직일 수가 없었다. 차 안의 공기는 후텁지근하고 혼탁했다. 그녀는 배낭 위에 머리를 파묻고 어렵게 잠이 들었다. 산소 부족으로 인한 고통에다 온몸이 열에 들뜨고 머리가 깨질 듯 아팠다. 그녀는 잠에서 깼다. 옆의 남자가 울고 있는 것이 보였다.

줄곧 몹시 우울하며, 감정을 억제하던 남자의 목에서 가느다란 오열이 흘러나왔다. 그것은 점차 한참을 억눌렀던 침통한 흐느낌으로 변했다. 모둬에서 나오는 내내 그는 들어갈 때와 똑같았다. 감정을 전혀 드러내지 않았고 표정은 침착했다. 눈물 한 방울 흘리지 않았다. 이성의 지향을 따라 그곳에 도달해 자신의 언약을 실현하고자 할 뿐인 것 같았다. 단지 그것뿐이었다. 그는 결코 다른 사람에게 내면의 감정을 보이지 않았다.

그녀는 어둠 속에서 몸을 일으켰다. 두통과 불편함을 애써 참으며 그의 얼굴을 쓰다듬었다. 그의 얼굴은 온통 눈물이었다. 그는 자신의 연약함을 가리지 않았다. 전혀 당황하지 않았다. 일찍이 그의 인생에는 서로 마주하고 거리낌 없이 눈물을 흘릴 수 있는 한 여자가 있었을 것이다. 비록 그녀는 이미 사라져 보이지 않을지라도, 그에겐 마음을 열 수 있었던 안온함 그 자체의 기억이 있었다.

그녀는 손가락으로 뜨겁고 빛나는 눈물을 닦아주었다. 그리고 머리를 감싸 가슴에 끌어안았다. 한밤중의 흔들리는 장거리 버스, 이미 완결된 여정. 그를 어떻게 위로해야 할지 알 수 없었다. 아마도 그에겐 어떤 위로도 필요하지 않을 것이다. 그는 이미 가장 깊고 철저한 위로를 받았을지도 모른다. 이것은 앞으로도 시종일관 그들 각자의 일이다. 그들은 각자의 길을 달려갈 것이다.

그녀는 흐느낌으로 몸을 가늘게 떨고 있는 남자를 품에 안고 나직이 말했다.

"샨셩, 이후 어디로 가는지만 알았으면 해요."

길은 다르지만 이르는 곳은 같다

칭자오를 만난 것은 윈난성 다리 大理에서였다. 그때 난 인생의 슬럼프를 겪고 있었다. 일도 없이 몹시 지루해 하며 친구가 운영하는 작은 여관에 얹혀 지내고 있었다. 매일 하는 일 없이 시간을 허비할 뿐이었다. 미술대학을 졸업한 친구는 한때 서양화단에서 적잖이 명성도 있었다. 비록 지금은 강호로 물러나기로 결정하고 작은 여관으로 생계를 유지하며 지내고 있었지만, 여전히 내 눈에는 타고난 화가였다. 그는 여러 해 다리에서 은거하고 있었다.

그날, 나를 데리고 시장에 채소를 사러 가던 그가 말했다.

"내가 만난 또 다른 친구도 여기에 있어. 그녀가 항상 오는 건 아니지만 너희 둘을 소개시켜줄까 하는데."

내가 낯선 사람과 즐겨 내왕하지 않는다는 것을 아는 그가 이렇게 적극적으로 제안하는 데에는 그만의 이유가 있음에 틀림없었다. 그래서 그를 따라갔다.

내가 본 여자는 현지인과 다름없이 옷깃에 단추를 거는 상의를 입고 있었다. 짙은 녹색의 자잘한 꽃무늬가 들어간 면직물은 여러 번 빨아서 닳아 있었다. 그리고 꽃이 수놓인 수제 신발을 신고 있었다. 머리는 둘둘 감아 올렸고, 팔에는 복잡한 모양의 은팔찌를 하고 있었다. 거칠고 검은 피부는 화장을 전혀 하지 않았다. 그녀 주

에필로그

변은 아주 어수선했다. 우산을 받치고 있었는데 그 아래로 영리해 보이는 어린아이가 있었고, 그 옆에 웅크리고 있는 황금색의 커다란 개 한 마리가 보였다. 그녀는 마침 한 광주리의 사과를 차 트렁크에 싣고, 빗속에 몸을 지탱하며 담배에 불을 붙이고 있었다.

"칭자오, 오늘 야채 사러 왔어요?"

그녀를 대하는 친구의 표정이 정중했다.

"그래요."

그녀의 목소리는 가벼웠다. 눈은 차분하고 침착해 보였다. 하지만 웃기 시작하자 뜻밖에도 아이처럼 천진하고 수줍음이 많았다. 그녀의 실제 성격은 바로 알기에 어려웠다.

"이쪽은 베이징에서 온 친굽니다. 다음에 가서 친구에게 하이둥海東 집을 구경시켜줘도 될까요?"

"되죠. 환영해요."

이렇게 우연히 만나 인사를 나눈 후 그녀는 바로 차를 타고 떠났다.

나는 친구에게 말하진 않았지만 그녀를 알고 있었다. 예전에 제법 논쟁적인 작가인 그녀였으나, 언제부턴가 돌연 어떤 것도 쓰지 않았다. 그렇게 모든 사람들의 눈과 입에서 사라졌다. 모두들 그녀가 어디로 갔는지, 무엇을 하는지 몰랐다. 요컨대 창작의 세계에서 그 사람은 존재하지 않았다. 최근 4, 5년 동안에는 어떤 소식도 들리지 않았다. 출판사나 독자의 입장에서 말하자면 새 책과 새 작가는 끊임없이 나왔고, 언제나 파도가 밀려가면 새로운 파도가 밀려와 용솟음쳤다. 한 사람의 실종은 쉽게 잊혀졌다. 단지 우연히 서점에서 그녀의 작품집이 여전히 팔리고 있다는 것만 목도할 뿐이다. 오늘에야 그녀가 베이징을 떠났다는 사실을 알게 된 것이다.

오래전 우연한 기회에, 나는 베이징에서 그녀를 본 적이 있었다. 한 대형 출판사의 송년 모임에서 유명 작가와 평론가들을 초청했다. 많은 사람들이 서로 인사를 주고받고 고담준론을 나누며 열을 올리고 있을 때 그녀만이 마치 다른 별에서 온 방문객처럼 한 모퉁이에 혼자 앉아 있었다. 주변의 소란스런 광경이나 낯선 인파들과 그 어떤 거리도 두지 않았지만 사교의 무대에도 전혀 존재하지 않았다. 한마디도 하지 않고 묵묵히 밥을 먹었다. 그녀에게 주변 모든 것은 단지 길거리의 풍경 같았다. 눈으로 보고 귀로 들으면 그만일 뿐, 그 속에 개입할 필요도, 마음을 둘 필요도 없는 것처럼 보였다.

그때까지 나는 그녀의 책을 읽어본 적이 없었다. 동업자로서 인기 절정에 있는 작가의 작품에 관심을 갖고 싶지 않았다. 설령 그런 태도에 다분히 주관적인 무시가 담겨 있을지라도 말이다. 그녀는 거의 외출을 하지 않았고 사람들에게 냉담하고 소원했다. 하지만 당시 베이징에서 우연히 들리는 그녀에 관한 몇몇 소문은, 그녀가 대중들 앞에 나타나기를 싫어하는 것과 관련이 있었다. 그런데 내가 만난 그 사람은 거리낌이 없고 의지가 확고해 보였다. 결코 나를 실망시키지 않았다.

짐작컨대, 만약 내가 그녀에게 그때의 모임을 언급했더라면 그녀는 살짝 미간을 찌푸렸을 것이다. 그런 다음에 바로 "죄송해요, 기억이 나질 않네요"라고 말했을 것이다. 그녀 옆에 마음대로 출현했던 한 사람에 대해서도 기억하지 못할 것이다. 그녀는 겸손하고 온화하며 그 어떤 자만심도 없어 보였다. 하지만 이런 종류의 뼈대 있는 오기는 사람들에게 카리스마를 느끼게 했다. 왜냐하면 그것은 아주 단호하고 분명한, 자신의 능력에 대한 정확한 이해이기 때문이다. 사람을 능멸하는 그 어떤 오만보다도 더욱 강력할 뿐만 아니라 사람들에게 좌절감을 안겨주었다.

옆에 있던 친구가 목소리를 낮추어 말했다.

"나보다 일찍 이곳에 왔더라. 나도 한때는 그녀의 독자였지. 매년 책장을 정리하다보면 여전히 낡은 책 몇 권이 남아 있어."

"자신의 우상이 지금 아이를 거느린 가정주부로 변한 걸 보면 어떤 생각이 드는데?"

"기쁘고 위안이 돼. 잘한 선택이야. 어떤 사람이, 그것이 남자든 여자든, 곧 마흔인 사람이든 이제 막 열다섯 살을 채우고 고등학생이 된 사람이든, 박사 학위를 마친 사람이든 간에 모두 한 젊은 여자의 소설을 읽고 있다고 생각해봐. 그녀가 오해되거나 오독될 가능성이 얼마나 많겠어? 모든 작가는 고독하게 마련이야."

나는 줄곧 하이둥에 가지 않았다. 이미 베이징으로 돌아갈 계획을 하고 있었다. 작은 여관에서의 길고 지루한 우기雨期가 거의 끝나가고 있었다. 거실에는 항상 한 무리의 일본 남자들이 여기저기 온돌 위에 드러누워 이불을 둘둘 감고서 무미건조한 축구를 보거나 아니면 잠자코 탁구를 한판씩 쳤다. 한밤중에 배가 고프면 꼬치구이 노점으로 가서 부추 생선 구이를 사먹었다. 이곳의 것은 맵고 짰다. 노점의 나무 걸상에 앉아 있으면 가게 여주인이 할 일 없이 와서 몇 마디 말을 건네기도 했다. 내 침묵에 흥미가 다했기 때문이었다.

그날 아침, 거리에서 비가 점점 흩날리는 가랑비로 변하는 것을 보고 있었다. 새하얀 구름이 하늘 높은 곳에서 층을 이루고, 멀리 있는 아득한 능선이 선명해지고, 난초의 그윽한 향이 대기에 감돌았다. 술을 많이 마셔 비틀거리는 걸음걸이로 여관으로 가는 보도 위를 걷고 있었다. 별안간 돌아가야 한다는 생각이 들었다. 적막한 작은 도시를 떠도는 생활을 끝내야 한다는 생각이 들었다.

출발하기 전에야 비로소 칭자오를 한 번 만나러 갈 이유를 찾았다. 그녀를 볼 기회가 그리 많지 않을 것임을 알고 있었다. 어쩌면 한두 번뿐일지도 몰랐다. 좋은 사람이나 흥미로운 사람을 만날 수 있는 기회는 본래 적은 법이다. 교제를 원하는 쪽은 언제나 그렇듯 시시한 사람들이다. 이것도 인생의 한 가지 규칙이다. 내가 그녀를 그리워한다는 사실을 알고 있었다. 설령 내가 그녀의 세계로 다가가는 통로를 결코 얻지 못한다 하더라도.

그날은 뜻밖에도 날씨가 청명했다. 친구가 하이둥까지 차로 데려다주었다. 차에서 내려 좁은 진흙 자갈길로 걸어 들어가자 해변에 큰 집이 보였다. 철근 구조의 집은 불벽돌과 꽃을 새긴 원목을 사용해 양식이 화려하고 대담했다. 대문 위치에는 돌로 새긴 작은 불상이 놓여 있었다. 정원에는 물을 끌어와 소나무와 잣나무, 동백꽃, 큰 화분의 난초 등 산뜻하면서도 정취 있는 식물들을 심어놓았다. 유리로 된 통로에서는 태양을 쬐거나 멀리 바다를 조망하는 것이 가능했다. 거실의 전면 유리창 너머로 반짝이는 맑은 바다가 펼쳐졌다. 해변의 암석 옆으로 한 무더기의 진달래꽃과 관목이 펼쳐져 있었다. 야생 선인장도 보였다. 커다란 고목들이 바람을 맞으며 소리를 냈다.

그녀는 다섯 마리 이상의 고양이를 길렀다. 미국산 짧은 털 고양이, 영국산 짧은 털 고양이, 그리고 살쾡이도 있었다. 커다랗고 예쁜 고양이들이 조용히 정원에 출현했다가 이따금 햇살 아래 엎드려 잠을 자기도 했다. 나는 눈앞의 것들에 놀라지 않을 수 없었다. 그녀는 글쓰기를 버린 이후 모든 미적 감각과 상상력을 실생활에 쏟고 있는 것 같았다.

친구는 일이 있어 먼저 갔다. 칭자오는 차를 끓여 주었다. 질 좋은 보이차였다. 그녀는 지난번처럼 자수 신발에 무명 홑옷을 입고 있었다.

"차 들면서 조금만 기다려주세요. 구슬 목걸이 몇 개를 만드는 중인데 오늘 마침 영감이 떠올라서요. 그것 먼저 끝내고 올게요."

그녀의 태도는 자연스러웠다. 나하고도 전혀 서먹서먹하지 않
았다.

"하고 오세요. 햇볕을 쬐고 있어도 되는 걸요."

정원 모퉁이의 소파에 눕자 따스하고 상쾌한 햇살이 머리와 얼
굴을 비췄다. 나는 신발을 벗고 옆으로 누웠다. 조수가 움직이는 소
리가 희미하게 들렸다. 아이와 고양이들이 곁에 다가와 주변을 맴
돌며 놀았다. 마음이 편안해지며 어느새 잠이 들었다.

깨어났을 때는 벌써 오후 네시 전후였다. 햇빛이 방향을 바꾼
뒤였다. 몸 위에 양모 담요가 덮여 있었다. 남자아이는 방으로 불려
들어가 책을 읽고 있었다. 칭자오는 소파 한쪽 끝에 앉아 있었다.
고양이를 품에 안고 정원의 무성하고도 고즈넉한 화초를 바라보면
서 담배를 피우고 있었다. 그 모습이 대범하면서도 쓸쓸했다. 가볍
게 담배 연기를 뱉었다가 코로 들이마신 다음, 다시 목으로 삼켰다.
시골 동네의 정원에 앉아 있든, 아니면 고급 음식점에 앉아 있든
그녀의 표정은 늘 변함없이 잔잔하고 태연할 것만 같았다.

"매일 어떻게 지내세요?"

"아침에는 아이와 꽃밭과 고양이들을 돌봐요. 시장에서 야채를
사와 하루 세 끼 식사를 준비하죠. 이웃이나 지역사회를 돕는 일을
조금 해요. 수공으로 장신구를 만드는데 정기적으로 사가는 고객
이 있어요. 이걸로 먹고살 필요는 없기 때문에 단지 취미 삼아 할

뿐이에요."

"자신이 이렇게 생활하게 되리라고 예전에 생각해본 적이 있으세요?"

"있어요. 자유롭고 평정한 생활은 먼저 대가를 지불해야 한다는 사실을 알고 있었어요. 그래서 게으름 안 피우고 몇 년간 열심히 일했죠. 독립할 경제적 기반을 얻고 난 후에 바로 세상을 피해숨을 수 있었어요. 세상을 피해 숨으려면 일을 해야만 해요. 양자가조화를 이뤄야 비로소 인생의 면류관을 획득할 수 있답니다. 이것은 히말라야 성자의 말이에요. 나는 늘 도시를 떠나고 싶어 했어요. 누구에게도 기억되고 싶지 않았어요."

저녁은 신선한 누에콩, 얼하이洱海의 활어와 두부를 넣어 끓인탕, 그리고 집 뒤의 밭에서 따온 야채였다. 밥은 향기롭고 맛있었다. 마지막 디저트는 캐러멜 푸딩이었다. 아이의 교육과 양육은 그녀가 직접 했다. 그녀의 남자는 나타나지 않았다. 친구에 말에 의하면, 두 사람은 결혼하지 않은 채 동거만 하고 있다고 했다. 송씨 성을 가진 그 사람은 평범한 보통 남자지만 그녀에 대한 사랑과 배려가 변함없고, 기꺼이 그녀 뒤에서 모습을 감추고자 한다고 했다. 실제로도 만나보기 어렵다고 했다.

그녀는 머물다 가라며 나를 손님방으로 데리고 갔다. 커다란 유리창 밖으로 초석과 고색창연한 물푸레나무 한 그루가 보였다. 침대 위에는 전기담요가 깔려 있었다.

"당신에게 줄 게 있어요."

이렇게 말하며 그녀는 모란과 앵무새가 그려진 작은 칠기 상자를 가져왔다. 상자를 열었다. 수첩 한 권, 편지 몇 통과 원고, 그리고 1982년판 『변증법사』가 있었다.

"이것들은 제법 오랫동안 제가 보관한 물건이에요. 지금 당신에게 주고 싶어요. 그것을 더 이상 간수하지 않을 계획이거든요. 가서 읽어보셔도 돼요."

그녀는 가볍게 미소를 지으며 말했다.

"늙으면 책임져야 할 게 적을수록 좋거든요."

나는 수첩을 들었다. 하얀 실크 표지의 낡은 수첩이었다. 번잡하고 자질구레한 메모들이었다. 각종 전공 서적에서 읽은 내용, 단속적이고 연관성 없는 시와 일기들. 몇 몇 사진이나 잡지의 한 부분에서 잘라낸 것들, 가령 식물植物과 식물食物, 인물 초상이나 지방지, 또는 혹은 디자인 소재 등이 끼어 있었다. 간혹 건물이나 작은 물체의 세부를 그린 소박한 필치의 연필 소묘가 섞여 있고, 볼펜으로 휘갈겨 쓴 작은 글씨도 있었다. 나는 되는대로 몇 페이지를 뒤적이다가 에바리스뜨 신부가 19세기 라싸를 묘사한 문장을 보았다. 내가 말했다.

"라싸에 가본 적 있으세요?"

"예. 한 차례 병을 앓고 난 후 그곳에서 2년 동안 있었어요. 거기서 한 남자를 알게 됐고, 그와 함께 모뭐에 갔어요. 지샨성이라는 그 사람은 친구를 만나러 갔었어요. 이 편지와 원고는 그 두 사람의 것이에요. 사진 몇 장도 그 안에 있어요."

"모튀는 알고 있어요. 연꽃이 숨어 있는 성지라고 들었어요. 일찍이 많은 사람들이 거기에 매혹되어 멀고 긴 여정을 걸어서 갔다고 했어요."

"맞아요. 길이 아주 험난하죠."

나는 편지를 펴보았다. 일부는 연필로 쓰여 있었다. 칭자오와 다른 필체가 일률적으로 오른쪽으로 미세하게 기울고, 문장 사이에 만화나 삽화 일부가 끼어 있었다. 편지지는 대중이 없었다. 누렇게 바랜 재생지, 향이 나는 담배 포장지 뒷면, 전기제품 설명서, 양식당의 메뉴판 등. 여자는 마치 손에 잡히는 대로 편지를 쓴 것 같았다.

"편지를 쓴 여자의 이름은 네이허예요. 난 그녀를 본 적이 없어요. 그녀는 오직 한 남자의 마음속 혹은 환상 속에서만 살아 있어요. 그러니 알 길이 없어요. 그 남자와 나는 협곡의 산림을 넘어가는 한편 그의 기억도 함께 검색했어요. 우리의 여정이 끝남과 동시에 그의 기억도 깨끗하게 비어졌어요. 그는 나를 위해 시간의 문을 열었어요. 그 여행은 아마도 내게 일어난 많지 않은 기적 중의 하나일 거예요. 인생엔 기적이 있다는 것을 전 항상 믿고 있어요. 그것은 하늘이 우리에게 하사한 선물이죠. 마음속에 천진함과 용기를 가진 사람에게만 주는 선물이죠."

그녀가 낡은 책을 내게 건네주며 말했다.

"그 남자가 남긴 물건이에요."

"그런데 왜 제게 이 물건들을 주려고 하시나요?"

"알다시피, 난 이곳에서 외부 사람과 거의 접촉하지 않고 있어요. 글을 쓰는 사람과도 왕래가 없어요. 그런데 마침 당신을 우연히 만난 거예요. 당신이 맘에 들어요."

그녀는 편안하면서도 온화한 표정으로 나를 바라보며 말했다.

"당신은 말이 적어요. 하지만 마음은 분명히 너그럽고 단단해요. 난 마음속에 한 층의 바닷물을 숨기고 있는 사람을 좋아해요. 난 그것을 알아볼 수 있어요.

어떤 사람들은 안 지 몇 년이 지나도 여전히 낯설어요. 피차간에 늘 일종의 막 같은 것이 존재하는 것 같아요. 강의 양안을 걸어가는 것처럼 아득히 마주할 뿐 닿을 수가 없어요. 그런데 어떤 사람들은 나타나는 순간에 바로 가까이 다가가죠. 마치 흩어져 사라졌다가 다시 식별하는 것처럼 대뇌의 피질에 존재하는 기억이 변함없이 분명하게 통계 처리를 해서 착오가 없어요. 그런 친근감에는 따스하고 진실한 질감이 있어요. 보자마자 함께 포옹할 수 있어요. 마음속에 익숙한 언어를 가지고 그와 이야기하기를 기다리죠. 또한 결코 초조해 하거나 다급해 하지 않아요. 설령 서로의 여정이 합류한다 해도 각자의 종점이 있어요. 라싸에서 샹셩을 만났을 때 나와 그는 서로를 알기가 힘들고 내향적인 사람이었어요. 하지만 우리는 확인했어요. 함께 여정을 시작해 서로에게 내면의 기억을 위임할 수 있다는 것을요. 그것은 일종의 직관이에요."

"그 사람과 다시 만난 적이 있으세요?"

"라싸에 돌아온 후 각자의 길을 갔어요. 다시 만난 적은 없어요. 어떤 사람과의 인연은 밤에 피는 꽃처럼 햇빛을 보아서는 안 될 때가 있어요. 동트기 전에 저절로 말없이 시들어 떨어지고, 영원히 더 이상 꽃을 피우지 않아요. 그것은 달과 그림자에 속하는 인연이에요."

그녀는 바닥의 부들방석에 책상다리를 하고 앉아 담배에 불을 붙였다.

"산성과 헤어진 후 나는 2년 동안 머물렀던 라싸를 떠나기로 결심했어요. 여행이 끝난 후 몸은 장거리 여정으로 생기로워진 것 같았어요. 체중이 줄고 호흡이 맑아졌어요. 그래서 혼자 차를 타고 칭장靑藏 고속도로를 벗어나 거얼무格爾木에 도착했어요. 그런 다음 둔황敦煌으로 가는 차를 갈아탔어요. 그곳에서 하루 종일 막고굴莫高窟을 보았어요.

가는 동안 내내 차가 흔들렸어요. 야간 장거리 버스에서 잠이 들 때면 한 번 가면 다시 돌아올 수 없는 숲속의 길이 끊임없이 머릿속에 떠올랐어요. 끝이 거의 보이지 않는 까마득히 먼 길을 때로는 해가 들지 않고 빗물에 젖어 있는 어두운 숲속을 뚫고 지나가기도 하고, 때로는 고산의 꼭대기에서 끝없이 펼쳐진 하얀 운해와 안개 병풍 속에서 길을 잃기도 했어요. 진흙길에는 들짐승의 괴괴한 발자국이 나 있고, 양옆의 초목에는 그것들의 털과 가죽 냄새가 배어 있었어요. 여름인데도 얼음과 눈이 녹지 않아 꽃들이 눈 속에 피어 있었죠. 문득 내가 죽다가 살아난 사람이거나 아니면 이미 그곳에서 한 번 죽은 적이 있다는 느낌이 들었어요. 당연히 다시 한 번 살아났다고 할 수 있어요.

둔황에서는 며칠 동안 꼬박 신비한 낡은 벽화에 빠져 있었어요. 217호 굴을 보았을 때 깊은 인상을 받았어요. 남쪽 벽의 법화 경변은 『묘법연화경妙法蓮華經』가야성에서 도를 이룬 부처가 세상에 나온 본뜻을 말한 것으로 모든 불교 경전 가운데 가장 존귀하게 여겨지는 경전에 근거해 그린 것이었는데, 그 중의 화성유품化城喩品에는 능선, 폭포, 나무숲, 강물, 구릉이 묘사되어 있었어요. 꽃과 풀들이 눈부시게 아름다웠어요. 그리고 한 무리의 지친 여행자들이 화려한 궁전을 향해 가고 있었어요. 사실 이 벽화가 말하고자 하는 이야기는 맹수의 공격과 험악한 위험을 한껏 겪어야 하는, 고생스럽고 황량한 여정이에요. 여행자들은 몸과 마음이 지쳐 돌아가고 싶어 하죠. 그래서 여행을 추동한 사람이 마술을 부려 황야에 성지城池를 만들어 여행자들을 들어가 쉬게 하고, 그래서 계속 앞으로 나가게 하려는 거죠. 사실 그 궁전의 한쪽에는 높고 험준한 절벽과 물살이 급한 강물이 있어요."

방 안에는 적막이 감돌았다. 나는 내 숨소리를 들었다. 그녀가 소리를 멈추었다. 벽화를 마주한 그 순간의 오싹했던 상태 그대로 멈추어 있는 것 같았다. 그런 다음 그녀는 나직이 말했다.

"그 성지를 걸어 나오면 다시 계속 길을 가야만 하죠. 이처럼 환각으로 가득 찬 것이 바로 인생이에요. 항상 희망이 있죠. 또한 항상 희망이 없기도 해요. 돌연 이런 생각이 들었어요. 나와 샨성, 그리고 네이허는 길 위에서 운명지어진 실패자에 지나지 않는다는 것을요. 하지만 우리는 전력을 다해 이 길을 걸어가야만 해요. 그곳에서 삶과 죽음은 근본적으로 그 어떤 의미도 지니지 못했어요. 인생이라는 등잔은 곧 꺼질 테지만 밤은 끝이 없어요."

그녀가 담배를 껐다. 그리고 조용히 일어나 자리를 떴다.

이튿날 아침 하이둥을 떠났다. 칭자오가 손수 해준 아침은 찹쌀팥죽이었다. 저장^{浙江} 풍미의 음식을 먹을 수 있다는 사실이 놀랍고도 반가웠다. 식사를 끝내자마자 작별을 고했다. 정오에 출발하는 버스를 타고 쿤밍^{昆明}으로 간 다음, 곧장 비행기로 베이징으로 갈 예정이었다. 친구가 차를 몰아 나를 데리러 왔고, 나는 그들과 손을 흔들며 헤어졌다.

"얼하이를 한 바퀴 돌아보면서 고성으로 돌아가세요. 가는 동안 구름을 유심히 보는 걸 잊지 마세요."

그녀는 이렇게 당부했다. 차의 속도를 늦추었다. 그녀는 차가 커브를 돌 때까지 줄곧 해변에 위치한 집의 대문에 서서 나를 눈으로 전송했다. 아이와 커다란 개와 고양이가 발아래를 에워싸고 있었다. 화장기 없는 맨얼굴을 하고 무명옷에 맨발을 한 여자는 완전히 윈난의 단조로운 풍경처럼 보였다. 그녀가 경험한 모든 일을 이미 잊어버린 것 같았다.

나는 차 안에서 노트의 마지막 페이지를 펼쳐 거기에 쓰인 글을 보았다.

이른 새벽, 그녀는 방 안에서 나는 미세한 소리를 들었다. 한 방을 쓰는 낯선 남자가 어둠 속에서 일어나 더듬더듬 옷을 찾아 입고 문을 열고 밖으로 나간 것 같다. 희미한 빛이 서늘해지며 그의 하얀 면셔츠가 문틈에서 돌연 사라졌다. 밤하늘을 스쳐 지나가는 새의 날개처럼 아무런 흔적도 남기지 않았다. 르마 여관의 좁은 나무 계단은 하중을 이기지 못하고 삐걱삐걱 소리를 냈다. 눈을 뜨고 귀를 기울였다. 창 밖으로 빗소리가 쏴쏴 들렸다. 마치 어릴 때 종이 상자에서 키우던 누에가 커다란 뽕잎 위를 꿈틀거리며 밤새 조금씩 갉아먹던 소리 같다. 왕성하고도 지속적인 소리. 빗소리.

그녀는 남자를 보았다. 그는 배낭을 들고 허리를 굽혔다. 창문의 커튼 뒤에서 비쳐 들어온 햇빛에 방 안은 맑고 서늘한, 푸르른 잿빛으로 자욱했다. 그는 그녀의 머리카락을 쓰다듬고 돌아서 떠났다. 그녀는 그곳에 반듯이 누워, 새벽의 푸르른 여명 속에 누워 침묵하며 그가 방문을 닫는 소리를 들었다. 복도를 지나갔다. 계단을 내려갔다. 발소리가 사라졌다. 그들은 고원의 도시에서 이별을 했다. 마치 산산이 부서진 섬을 떠나 각자 드넓은 대양에 몸을 던지는 것 같았다.

그는 다른 시간과 공간에서 변신해온 생명이었다. 후기 석탄기의 열대산림에서 실종된 기이한 양치식물 한 그루가 바위 한쪽의 화석에 찍혔다. 그런 다음에 부활했다. 가늘고 고요한 잎. 비교될 수 없는 독립적인 의지. 그는 곧 시간 속으로 사라져 소식조차 묘연했다.

꿈에서 그녀는 새벽비 속에 방을 떠나는 남자를 보았다. 그녀는 재차 그의 종적을 찾았다. 잿빛의 퇴락한 고층 아파트는 인적 없이 텅 빈 거리에 있었다. 방은 복도 끝에 있었다. 남쪽이 침실이었다. 하얀 시트가 싱글 침대에 깔려 있고, 영국풍의 꽃무늬 벽지는 나뭇가지와 잎과 넝쿨이 한데 휘감겨 윤곽이 흐릿했다. 벽에 알록달록 칠해진 나무문이 있었다. 문을 밀었다. 협소한 욕실이었다. 창밖으로는 도시의 마천루가 그 이마를 보이며 여기저기 서 있었다. 마치 즉흥적으로 쌓아올려 위태롭기 그지없는 레고 블록처럼 언제든 밀어 무너뜨릴 수 있을 것 같았다. 하얀 커튼이 창밖으로 날려 바람을 맞으며 펄럭였다. 하늘은 눈부시게 푸르렀다. 새빨간 태양이 작열할 듯 지독한 빛을 번쩍였다.

남자는 물을 가득 받은 욕조에 알몸으로 누웠고, 왼팔이 욕조 테두리에 늘어져 있었다. 피가 그의 손목, 손바닥, 손가락을 따라 바닥으로 줄줄 흘러내렸다. 갈라지고 건조한 백색 나무 바닥이 신선한 피를 빨아들였다. 채 스며들지 못한 것은 응고해 검은 혈흔이 되었다. 그의 오른손은 깊은 물속에 숨어 있었다. 그를 감싼 암홍색 물에서 달짝지근한 향기가 풍겼다. 그의 머리는 뒤로 젖혀져 벽에 기대어 있고, 약간 왼쪽으로 기울었다. 눈이 서서히 열렸다. 아무런 표정도 없었다. 수염은 채 깎지 않았고, 검은 머리카락에는 여전히 물방울이 남아 있었다.

그녀는 꿈속에서 그의 죽음을 보았다. 딱 한 번이었다. 아직 죽을 때가 아닌 그가 때와 장소를 알 수 없는 햇빛 속에서 죽어가고 있는 것을 보았다. 태양과 마주한 얼굴 전체가 황금색으로 반짝거렸다. 마치 여름 들판에 마지막 남은 한 장의 옹골찬 해바라기 화반花盤처럼 빛을 향한 모든 동경과 추억을 지니고 있었다. 그랬다. 소리 없이 고요하게 죽었다…….

남은 시간 동안 이 수첩을 자세하게 읽을 거라는 사실을 나는 알고 있었다. 『변증법사』라는 책도 펼쳐보았다. 표지는 4분의 1을 차지한 어두운 남색과 4분의 3을 차지한 회백색이 가는 하얀 선으로 나뉘어 있다. 종이는 20여 년이라는 세월의 손길로 푸석거리고 누렇게 바랬다. "보편적인 자연 규칙에 따라 진행되는 기계적인 발전은 우주 구조의 기원이다……." 1장은 칸트의 논술이었다. 그의 관심은 늘 제1장에 머물러 있었던 듯, 흘려 쓴 글씨와 그은 선들이 보였다. 다른 페이지는 여전히 공백으로 남아 있었다.

책 속에는 잘라서 붙인 신문지가 끼어 있었다. 티베트 현지 신문의 작은 기사였다.

2007년 정부에서 모퉈로 통하는 도로를 다시 시공하면, 보미와 모퉈 사이에 차가 다닐 수 있게 될 것이다.

〈 에필로그 〉

기사를 잘라 그것을 보관한 사람이 칭자오인지, 샨성인지, 아니면 네이허인지는 알 수 없었다. 하지만 이 모든 것은 전혀 중요하지 않다. 세상과 단절된 작은 마을은 길이 뚫림으로써 번영하고 발전할 것이다. 현대 문화와 경제의 침투로 결국 시끌시끌한 속세로 변하게 될 것이다. 일찍이 협곡을 통과해 걸어서 그곳에 도착한 사람들, 그들의 기억은 유수 같이 빠른 인생과 그것의 변고를 따라 사라질 것이다.

세상은 아마도 100년이 지날 때마다 소멸하고 변경될 것이다. 그 길과, 그 길을 걸어간 사람들을 다시 기억할 사람은 없다. 그들의 말과 행위, 미미한 존재와 그 대가, 상실과 그 몸부림까지 모두 시간 속에 먼지처럼 고요할 것이다. 완전히 새로운 세계는 설령 그

앞에서 산산이 부서진다 해도 반드시 건립해야 한다. 언젠가 모뤄로 들어가는 산길이 버려져 나무 넝쿨로 뒤덮이고, 고산 속에 자리한 연꽃 모양의 마을이 번화한 도시로 탈바꿈할 수 있는 것처럼. 언젠가 고원이 다시 바다로 바뀌고, 산맥이 바다 밑으로 침몰하고, 얼음과 눈이 녹고, 대하가 바다로 들어가고, 모든 것이 사라져 보이지 않는 것처럼. 지구도 결국 소멸한다…….

아마도 세상 안에 존재하면서 세상 밖으로 초월하는 힘만이 사람들을 영원히 믿고 따르게 할 수 있을 것이다. 그것이 윤회하는 생명의 길임을 믿고 싶다. 여기에서 인간은 위안과 신념을 얻는다.

차가 좁고 구불구불한 산길을 지나가자, 친구는 헤어질 때 칭자오가 한 당부를 기억하며 차를 천천히 몰았다. 도중에 내내 상이한 모양과 색깔과 빛을 가진 구름들을 보았다. 깊은 인상을 남긴 것은, 섬을 통과하면서 본 외떨어진 조그만 산촌이었다. 드넓은 푸른 밭에는 황금색 유채꽃이 잔뜩 피어 있었다. 산중턱에는 크고 두꺼운 구름층이 겹쳐 있었다. 구름에 가린 태양에서 햇살이 다발처럼 쏟아졌다. 굵고 커다란 하얀 빛 다발이 한 줄기, 또 한 줄기 쏟아져 마을과 능선, 그리고 바다 위를 뒤덮었다. 그것은 마치 천상에서 시작된 길처럼 인간의 모든 희비와 득실을 초월해갔다.

나는 말없이 한참동안 그 구름을 응시했다. 마음에 감사와 겸손함이 일었다. 생각해보면, 칭자오는 분명 수없이, 거듭 이 풍경을 보았을 것이다. 그러나 변함없이 매번, 이 아름다움과 존엄함에 설득되었을 것이다.

옮긴이의 말

연꽃 속의 보석이여

이 소설은 병든 몸으로 티베트의 한 여관에서 시간을 보내고 있는 여류 작가 칭자오, 어린 시절부터 사랑한 여자를 만나기 위해 티베트로 온 중년의 남자 샨성, 그런 샨성의 가슴 속에 여전히 슬프고도 강렬한 기억을 남기는 여자 네이허, 세 사람이 걸어가는 길에 대한 이야기다.

그들은 연꽃이 숨어 있는 성지로 전해오는, 버스조차 들어가지 않는 산골 마을 모퉈를 향해 길을 떠났다. 그곳으로 먼저 떠나간 네이허는 어린 시절 부모의 부재가 남긴 상처로 사랑에 대한 거의 편집증적인 갈구와 실망을 거듭하며 여러 곳을 전전하다가 마지막에 모퉈에 도달한다. 그곳에서 생활하면서 그녀는 내면의 집착을 버리고 자연 만물의 윤회에 순응하며 새로운 삶을 건립한다. 네이허의 유일한 친구인 샨성은 그녀를 찾아가기로 한 약속을 지키기 위해 길을 떠난다. 출세와 성공, 두 번의 결혼과 이혼을 경험한 그는 결국 자신 또한 내면의 상처를 가리기 위해 그녀의 운명적이고 맹목적인 격정을 늘 두려워하고 수치스러워했음을 발견하고, 그녀의 영혼이 자신의 육체에서 분열되어 나온 일부임을 확인한다. 샨성에게서 일반 여행자와 다른 느낌을 받은 칭자오는 그와 동행하기 위해 길을 떠난다. 유명 작가였으나 수술 후에도 완치를 예견할 수 없는 몸을 이끌고 라싸에서 생활하던 그녀는 인생이란 강인하게 침묵하고 인내하는 정신이 실천하는 여정임을 반추하게 된다.

그리고, 이들 세 사람의 신산한 노정을 겪지 않고서는 도달할
수 없는 아름다운 연꽃 성지를 향한 각기 다른 여정은, 또 다른 여
정의 길목에 서 있는 나를 인도引導한다.

실제 장소를 배경으로 썼지만 소설인 이상 그 장소는 새로운 암
시를 창조한다는 작가의 말처럼, 세 사람의 과거와 현재를 따라서
함께 걸어간 모퉈로의 여정은 티베트의 모퉈만이 아니라 우리 각
자의 내면에 자리한 기억과 상상, 지향과 추구, 그것을 실현하기 위
한 험난한 여정이다. 그것은 설령 서로의 여정이 합류하는 지점이
있다 해도 각자의 종점이 있을 뿐이다. 때로 서로에게 험난한 길의
동행이 되기도 하지만 각자의 수행과 깨달음만이 있을 뿐이다.

티베트 사람들은 마니차크라를 돌리며 진언眞言을 읊조린다. 옴
마니 팟메 훔, 옴 마니 팟메 훔. '연꽃 속의 보석이여'라는 뜻이다.
여기엔 윤회를 바라는 티베트 사람들의 간절한 소망이 담겨 있다.
동시에 그것은 수행 속에서 깨달음을 찾고, 수행과 깨달음이 하나
가 되어야 진정한 깨달음을 얻은 사람 즉, 부처가 될 수 있다는 의
미이기도 하다. 아직 순수하지 못한 말과 몸을 버리고 부처의 정화
된 몸과 마음을 얻기 위해 어떠한 더러움에도 더럽혀지지 않는 연
꽃 같은 지혜를 가지고 어떤 것으로부터도 동요되거나 나눌 수 없
는 근원을 얻는 것이다. 그것은 인간의 모든 희비와 득실을 초월한
곳에서 윤회하기에 우리는 위안과 신념을 얻고, 늘 감사하고 겸손
할 수 있다.

안니바오베이는 1998년부터 소설을 발표하기 시작해 지금까지 산문집, 사진에세이집, 단편소설집 등 여덟 권의 책을 발표한 중국의 젊은 작가이다. 발표하는 작품마다 베스트셀러에 오를 만큼 젊은 독자들의 인기를 한 몸에 받고 있다. 그의 작품은 주로 산업화된 대도시에서 생활하지만 그 안으로 온전히 진입하지 못하는 소외된 자나 아웃사이더를 소재로 하여 그들의 좌절과 불안, 고독과 소외감을 그리고 있다. 인생에 대한 허무, 사랑에 대한 집착, 자아에 대한 성찰 등이 담긴 그의 작품은 동시대를 살고 있는 사람이라면 누구나 깊이 공감할 것이다.

현재 국내에는 중국 서적 일반에 대한 관심과 더불어 동시대 중국 작가의 작품들도 연이어 소개되고 있다. 하지만 소위 '저평가 우량주'라는 평가에도 불구하고 몇몇 작가들을 제외하면 아직 깊은 인상을 남기거나 붐을 일으키는 작품이 적은 게 사실이다. 이것은 중국 특유의 현대사가 빚어낸 사회적·문화적 감수성의 차이 등 여러 이유로 설명될 수 있겠지만, 기본적으로 한자 특유의 표의성이 빚어내는 다층적이고 추상적인 표현을 제대로 풀어내지 못하는 점도 하나의 이유가 아닐까 한다. 이 작품을 번역하는 과정에서도 문자의 구체적 표상과 추상적 개념 사이에서 제법 당황하고 방황했다. 특히 비서술적 짧은 문장과 추상적 개념어의 긴 문장을 혼용해 쓰거나 내면 의식이 깊이 깔린 작가 특유의 문체 앞에서 적잖이 고민했다. 국내에 처음 소개되는 작가라는 점에서 그만의 문체를 확립하고픈 갈증 혹은 열망도 컸던 것 같다. 이제 그 열망과 아쉬움을 잠시 유보하며 더 많은 사람들이 그의 문체를 새로이 발견해주기를 기대해본다.

지금껏 전공서나 대중적인 전공서를 소개하는 데 주력했던 역자에게 소설 작품의 번역, 그것도 국내에 알려지지 않은 작가의 작품 번역이란 처음부터 모험과 도전을 의미했다. 그것은 결과로서의 성공을 위한 것이 아니라, 과정으로서의 실의와 좌절 그리고 열린 가능성을 위한 모험과 도전이었다. 그런 점에서 이 책은 역자의 길지 않은 번역 역사에 화려하지는 않지만 자그마한 하나의 시도가 되리라 생각한다. 일단, 책을 받으면 늘 어렵다고 겸연쩍어 하던 학교 밖 지인들에게 기꺼운 선물을 줄 수 있어서 무척 기쁘다.

2009년 봄 서은숙

© 안니바오베이, 2009

초판 1쇄 인쇄. 2009년 5월 15일
초판 1쇄 발행. 2009년 5월 18일

지은이.　　안니바오베이
옮긴이.　　서은숙

펴낸이.　　강병철
주간.　　정은영
편집.　　고은주
본문 디자인.　　배형원
제작.　　시명국
영업.　　임재현, 유경표, 김영웅

펴낸곳.　　이룸
출판등록.　　2001년 5월 8일 제20-222호
주소.　　121-840 서울시 마포구 서교동 395-172 상록빌딩 2층
전화.　　편집부 02) 324-2347 | 총무부 02) 325-6047~8
팩스.　　편집부 02) 324-2348 | 총무부 02) 2648-1311
이메일.　　erum9@hanmail.net

ISBN 978-89-5707-435-0 (03820)